柄谷行人論

〈他者〉のゆくえ

小林敏明
Kobayashi Toshiaki

筑摩選書

柄谷行人論　目次

参考文献

297

柄谷行人論

〈他者〉のゆくえ

序章

柄谷的思考

なぜ柄谷について書くのか

初めにことわっておかなければならない。これは私の柄谷行人論であり、おそらく公共的多数を獲得するような「一般性」をもってはいない。柄谷を理解するためのハンドブックとしても読めなくはないだろうが、著者の本当の意図はそこにはない。本書に示されるのは、柄谷よりわずかに遅れて時代を共有してきた私という著者が、そのかぎりで見てきた柄谷像でしかないからだ。

一言で「時代」といっても、それはだれにとっても、同じでのっぺりと流れる時間ではない。それには起伏があり、濃淡があり、寒暖の差がある。象徴的に言っておくなら、私にとってもっとも濃く熱かった時代とは一九六八年である。そのとき私は二〇歳の学生だった。ランボーの『地獄の季節』をポケットに、「僕は二十歳だった。これが人生でもっとも美しい歳だなどとはだれにも言わせまい」（ポール・ニザン『アデン・アラビア』）などという言葉に酔いしれ、いきがった日々を送っていた。そう、けっして「美しく」はなかった。しかし、充分に濃く熱い時代ではあった。半世紀を過ぎ、この時代のリアリティはいまや過去の彼方に消え去ってしまっている。

しかし、私個人はこの時代的刻印から逃れることはできないし、またそうしようとも思わない。あのときの私はそもそも時間とともに消失してしまうような「流行」ばかりを追い求めたわけではないからだ。本書はこうした制約と限界をおびた著者によって書かれる。しかし、この制約や限界をもたらした「時代」が忘却されていけばいくほど、それは同世代にはノスタルジーを、そして新しい世代にはひとつの「差異」や「違和感」を、いや、本書にふさわしい言葉でいえば、「パララックス（視差）」を提供することになるはずである。私の願いは、むろん後者にある。ノスタルジーなど勝手にひとりで耽っていればすむことだからだ。

とはいえ、思想史という分野において、現に生きて活躍している人物について何かを書き記すというのは、相当に難しいものだ。まず、物言う対象が目の前にいるという事実自体だけでも充分な重荷になる。それに当人に否定されてしまえば、書いたものはことごとく瓦解してしまうような気になるし、その瓦解するものとは、たいていはほかならぬ書き手が自らを読みこんだものなので、ついには自分自身を瓦解させられることになってしまうことにもなりかねない。さらに困るのは、その人について書き終えたと思いきや、すでに当人はそこからさらに先に進んでいってしまっており、書き手はさしずめアキレスが永遠に亀に追いつけないのと同じパラドックスに悩まなければならない。ならば、いっそのことウサギのごとく本人に先回りしてこっそり待ち伏せでもできればよいのだが、書いたものを公にしながら相手に知られないなどということは、これまた間の抜けた背理になる。柄谷行人のような時代を疾駆しているターゲットにはこうした危惧がすべてあてはまる。

これに対して死者を相手にするのは、本人との直接の出会いがありえないがゆえにまだしも安全のように見える。文字通り「死人に口なし」、対象が逃げていってしまうということもない。それに何より時間をかけて遺体をあれこれ解剖し、詮索することができる。そして、じじつ大半の思想史研究なるものは死者相手の遺産探しのようなものばかりだ。しかし少し冷静に考えてみれば、死人に口なしということは、われわれは自分では気づかないまま、カントであれ漱石であれ、本人が読んだら苦笑するよりほかないような愚にもつかない代物をただ自己満足気に積みあげているだけなのかもしれないわけで、これもまた思ったほど簡単に間抜け話を免れるわけでもなさそうだ。だからおいそれと、かつての小林秀雄のように「しっかりと人間の形をした」死者にこそ歴史の真実があるなどとお高くとまっているわけにもいかない。

こうしただれもが考え及ぶような困難が初めからはっきりしているにもにもかかわらず、私があえて柄谷行人という現在進行形の思想家を対象にして何か書いてみたいという誘惑から逃れられないのは、彼が一九七〇年以降日本の思想を牽引してきた代表的な人物だからということだけにとどまらず、その彼の辿ってきた歩みが、そのまま戦後日本の思想状況をアクチュアルなかたちで体現しており、それゆえまた、そのプロセスを振り返り、再検討してみるためにも格好の対象と思えるからである。

ややノスタルジックな言いようだが、振り返ってみると、一九七〇年あたりまでは、丸山眞男から吉本隆明にいたるまで、時代と格闘しながら独自の思想をもって論壇をリードしてきた思想家は少なくなかった。私自身がテーマとしてきた廣松渉などもそのひとりであった。だが、それらの世代が次々に世を去ってしまった今日、そうした世代を引き継ぎながら牽引車の役割を担っているような人物として、いったいだれが残っているのだろうかと考えると、ずいぶんとお寒いかぎりで、少なくとも私にとっては、もはや柄谷行人以外ほとんど見当たらないのである。せいぜいのところ、時代と格闘していてもオリジナリティがないか、オリジナリティがあっても時代と格闘することがないかである。むろん、「化石世代」に属し、おまけに日本が「外国」に見えてしまう今浦島の私とて、最近この国で新たに注目を集めている新しい批評家や思想家たちの名前をまったく知らないわけではない。しかし、私の見るところ、彼らはそれ以前の世代とは決定的に「断絶」したところから出発しているという印象を受ける。それゆえの「新しさ」なのだ。この印象はとりわけ一九九〇年代以降に登場してきた人たちに強い。おそらく一九八九年の「転換《ヴエンデ》」がもたらした結果なのだろう。

この切断は、世代の移りゆきとしてある意味で自然のこととはいえ、しかし私自身はそのことを簡単に「自明」とみなす気にはなれない。東西の壁が崩れたからといって、基本のところで人間の考えることがそれほど変わるとも思えないし、それに切断を自明視するとは、過去との正面きった対決を回避することにもなりかねず、こうしたことを永遠に繰り返しているかぎり、およそ語りつぐべき思想などというものは蓄積されようがないからである。次の世代がやってくれば、一時新しかったものも、いずれは無意味に消失していくだけである。さしずめ炊いた飯がまだ残っているのに、そこに新しく炊こうと生米を入れれば、結局両方とも捨てざるをえなくなるようなものだ。われわれはそういうもったいないことを繰り返してきた。漱石や丸山が早くから警告を発していたように、明治以降の日本における思想形成はめまぐるしいモードの変転であり、伝統の「無常観」なるものもそのような皮相な風潮のレッテル程度に貶価《へんか》されてしまった。だからこういう「伝統」のなかでは「思想」などといっても、たかだか消費される「流行商品」にすぎなくなる。日本における「ポスト・モダン」の論議なども、私の眼にはほとんど「思想」の戯画化、もっとはっきり言ってしまえば、資本主義化にしか映らない。

　そのことは、そうした知をあつかう大学をみればすぐわかる。いまや新自由主義の吹聴する「民営化」が常識となるなか、大学にとって産学協同は批判の対象どころか、臆面もなく積極的に推進すべき好ましい政策となってしまった。つまり大学はスポンサー付きとなったのである。その結果、批判精神を失って商品の宣伝と区別もつかない「学術研究」なるものがつぎつぎと生産され、その荒廃した「常識」が、いまやマンガ研究から薬品や原発の開発にいたるまでうんざりするほどさまざまな分野に蔓延している。その結果が今日の日本の知識人たちの批判精神を失った無気力ぶりであり、放射能がどれほど撒き散らされ、垂れ流されようと、自分には関係ないというシニカルなエゴイズムである。

　私が柄谷を取り上げる理由は、根本のところでは、そういう時代に対する不信ないし嫌悪感に発している。批評をも生業とする柄谷がこういう風潮にまったく無垢で無関係だったとは思わない。批評とは多かれ少なかれ時代に添い寝することでもあるからだ。しかし、彼のなかにはそうした風潮的論議の奥に、各世代を通して堆積してきた切実な批判精神の「連続性」というものが一貫してある。私が本書で扱ってみたいのも、この柄谷のなかに堆積された「批判の連続性」である。こういう野暮ったい思いは、思想をコンピューターのプログラムにのせてつぎつぎに処理していく最近の学者や批評家たちには相手にもされないだろう。だが、たぶんその齟齬は世代の問題というより、日本という「精神的孤島」の特殊現象である。別の言い方をすれば、どんなに外国由来の新思想が語られようと、その言説の全体が閉じているということである。まさに柄谷のいう自閉的な「独我論」にほかならない。

いや、そういうささか野暮で大仰な理由ばかりではない。要するに、はっきり言って柄谷の書いたものは読んで面白いのである。もう少しいうと、私個人は柄谷行人の書いてきたもの、とりわけ初期のそれのなかに、言葉には語弊があるかもしれないが、一種言いようのない「生真面目な狂気」とでもいうようなものを感じ取って以来、その異質性・異端性がこれまでにつぎつぎと紡ぎだしてきた思想・構想・着想・奇想・理想など数々の「想」を一読者として楽しんできたように思う。しかもそのことごとくが「反時代的考察」であることがまた面白いのである。碩学大室幹雄の言葉に託していえば、それは「正名《せいめい》」に対する「狂言」のなせる業とでも言えるだろうか。(1)

通説の転倒とアナロジカル・シンキング

柄谷の「狂言」の面白さは、何よりも通説の転倒にある。たとえば、われわれはふつう、まず告白すべき内容があって、それを一定の表現手段を通して表明し、伝えると考える。だが、柄谷の目からすれば、それは逆で、そもそも初めから告白されるべき内容などというものは存在しない。告白という一種の制度ができて、それによって逆に語られるべき内容が作られる、というような発想の転倒である。むろん、こうした考えにはすでにフーコーなどの先例がある。だが、柄谷はそのような転倒をさまざまな場面で展開してみせてくれる。ときにはそれは傍で見る者をはらはらさせるほどアクロバティックでさえある。

漱石の小説は近代的な自我意識の葛藤を描いたものだという通説があれば、それはむしろ漱石の自我にはおさまらない「自然」との格闘だと主張することになるだろうし、マルクスの解釈においては生産過程よりも交換過程が大事だとされるし、最近の例をあげれば、柳田國男の「常民」説が通説になると、いや、柳田は「山人《やまびと》」説を放棄したことなどないと主張する。こうした一貫した通説転倒の作業は、たとえばロマンティクの思想家や文学者たちが試みたレトリックのイロニーとは異質である。彼はそのような執拗な転倒作業によって、自明視されているパラダイムの相対化を、そういってよければ、解体をもくろんでいるのだ。それが彼の考える「批判」の基本スタイルであり、その転倒が読者の意表をつくものであればあるほど、知的エンターテイメントとしての魅力もまた増すのである。

この転倒と並んで、というか、それを生み出す方法論として柄谷のディスコースの特徴をなしているのがアナロジー、すなわち類比である。アナロジカル・シンキング（類比的思考）というのは、ふつう思われているようなたんに二つのものを並べて比べてみるだけのものではない。それは抽象作業の第一歩であり、新たな概念の創出および構造の発見である。言い換えれば、抽出される類似点をステップにして新たなアイデアを生み出すための基礎的方法論なのである。そもそも無からの創造などというものはなく、どんなに「新しい」ものも何らかのデータが出発点になっている。つまりクリエイティヴなものとは、データとデータの新しい擦り合わせから生まれ、その擦り合わせ作業においてアナロジーが重要な意味をもっているのである。そのことは最近企業の研究所などでも新案開発の方法論として注目されるようになってきているが（たとえばUSITなど）、このことをもっとはっきり示しているのは先端の自然科学者たち、とりわけ物理学者たちの作業である。たとえば素粒子論と宇宙物理学というミクロとマクロの両極間のアナロジーはもちろんのこと、そもそも彼らが応用する数学との分野どうしの関係も、ある意味でアナロジーが前提となっていると言えるからだ。そのことは総じて仮説を立てる研究作業などによく見られる。

ここで、ひとつ注意を要するのは、新説発見の方法としてのアナロジーとメタファーとのちがいである。メタファーというのは、すでに一定の意味内容を前提としている。言い換えれば、それはすでに成立している意味に従属している。たとえばAがBのメタファーであるとすれば、それはあくまでBがもっている意味を代行表現しているだけにすぎない。だからそこからはニュアンスのずれとその効果が生まれるとしても、予期せぬ新しい意味が生じてくるということはない。これに対して、アナロジーにおいては原則的に比較される両項に優劣はない。ひとまず両者の意味がそれぞれ前提されるとしても、その結合から何が出てくるかが初めから決まっているわけではない。ちょうど化合によって異なった物質が生まれるように、そこにはAともBとも異なった別の意味が生まれる可能性があるのである。メタファーは安住的であり、アナロジーは冒険的である。

アナロジーとは、もともとギリシア語のἀναλογία に発し、「ロゴスに沿って」とか「ロゴスを超えて」の意味をもった言葉である。つまりひとつの事象からそのロゴスにそって別の事象への飛躍をおこない、その類似から共通の何かを析出することである。大事なのはこの「飛躍」である。これがなければ、だれでも思いつくようなありきたりの類似こそ見つかれ、そこに新しい類似性を見出し、それをさらに新しいテーゼやアイデアにまで高めるなど望むべくもない。現在のアナロジカル・シンキングは膨大なコンピューターのデータをベースにしておこなわれるが、柄谷の場合は驚異的な読書量と記憶力をベースにして彼個人の直観にもとづいておこなわれる。それはときにアナロジカル・シンキングにつきものの誤推理や過剰推理をもたらすこともありうるが、それがうまく作動した場合はコンピューターには思いつきようもなかった新解釈として実を結ぶことがある。私の見るところ、通説を転倒する柄谷の「反時代的考察」の大半はそのようにして生み出されている。

思想や哲学の世界でこの良い先例を示しているのはフロイトの精神分析による解釈であろう。幼児の反応とギリシア悲劇の類似からエディプス・コンプレックスの仮説をたててみたり、旧約聖書に記述されたモーゼとその末裔の歴史を神経症患者の言説と重ねたりする、ある意味では奇抜なアナロジーが、ついには精神分析学という知の体系を構想させたことは有名である。柄谷が事あるごとにフロイトを引き合いに出すのも、彼の無意識がその発想法の近親性を感じ取っているからにほかならない。

じじつ、柄谷の場合にもこうしたアナロジーに基づいた論議が随所に見出せる。詳しくは本論にゆずることにするが、たとえば『〈戦前〉の思考』で国学における漢字と仮名の区別に着眼して、それを理と情のディコトミーに割り当てながらヨーロッパのロマンティクと重ねたりしたかと思うと、宣長とヘルダーの類比をおこなってみたり、『日本精神分析』では谷崎の短編小説からロシア革命と市民通貨を論ずるというようにである。彼がたびたび「歴史の反復」を口にするときも、やはりアナロジーがもととなっているのはいうまでもない。反復の認知は類似の出来事に目をつけることから始まるからである。

この類の例を数えあげたらきりがないが、いずれにせよこれらは既成のディシプリンの枠にとらわれているかぎりは、まず出てこない発想であり、ともするとその枠が禁じてさえいるものである。裏を返せば、柄谷のディスコースの魅力は、こうしたディシプリンの枠を自由に横断する「禁じ手破り」にあるといっていい。後で詳しく述べることになるが、彼が『日本近代文学の起源』を発表したとき、少なからぬ「国文学者」たちが眉をひそめた。彼らにはそれが「縄張り荒らし」ないし「掟破り」に思えたからである。だが、それから三〇年を過ぎた今日、その「国文学」のカノンのほうが解体して、柄谷の著作はれっきとした「国文学」の研究対象になっている。海外での日本研究ではなおさらである。つまり、初めはひとりの書き手のアナロジカル・シンキングが生み出したきわめて個人的なアイデアが時代を経てひとつの「学」の対象として公に承認されているのである。もっとも、これが柄谷にとって幸いなことであったかどうかは、また別の話ではあるのだが。

外部に向かう思考

柄谷の出発点は、本人の好んでつかった言葉でいえば、「単独者」である。これはしかし、たんなる「自我」とか「個人」のことではない。柄谷の思考は、デカルトと同じように、あらゆるものに対する懐疑を前提にしているが、初期の文学論をみればわかるように、デカルトにおいて最後に残される「自我」がさらに崩れるところまで懐疑を進めている。その結果としての「単独者」なのである。ある意味でそれはキルケゴールのやったことに近い。だが、問題はそのさきにある。

単独者を徹底するとは、よく思われているように、自分の世界に閉じこもってしまうことではない。その反対である。自閉とは、あくまで自我が自我であることによって、その壁によって守られた「内」の世界において成り立つものだが、自我が突き破られてしまえば、そもそもそれによって保護されるような「内」など不可能になってしまう。つまり単独者とは「内」にこもるのではなく、むしろ「外」にさらされる存在のことをいうのである。それは「自閉」というより、むしろ「自開」とでも言ったほうがよい。これについての詳しい論議は本論にゆだねることにするが、興味深いのは、柄谷の思考が徹底した単独者の立場から外部への意識を経て、ついには「世界」へと拡がっていくプロセスである。

とりあえず、ここでは傍証的な事柄について述べておくことにしよう。単独者から世界に向けての開放のプロセスは、柄谷の言説活動の場の変遷を見ればはっきりしている。彼の出発点は狭い日本の「文壇」という世界であった。だが、彼の関心は「日本文学」からまず外国文学へ、さらには哲学、数学、経済学、歴史学という領域へと広がっていった。この分野というトポスの開放とともに、地理上の日本という地域を超えて海外にもメッセージが発信されていくようにもなっていった。それは具体的にはアメリカ滞在や著作の各国語への翻訳というかたちでおこなわれてきた。とくにこの翻訳問題は重要である。柄谷の書き物を注意深く通読すれば、気づくことだが、彼はある時期からはっきりと外国語（とくに英語）に翻訳されることを前提にして書いているからである。それは表現や引用の仕方に出ている。このことは一九八〇年代に本人に自覚され始めているが、遅くとも一九九〇年代には明確な戦略的志向となっている。

当てずっぽうな物言いをやめて、具体的に証明しよう。私自身柄谷の『日本近代文学の起源』と『世界共和国へ』二冊の独訳作業に携わってきたが、その体験に基づいていうと、まずそれ以前に書かれた『畏怖する人間』や『意味という病』、つまり初期の著作は非常に翻訳しづらい著作である。その原因ははっきりしていて、柄谷がこれらの著作の読者として意識しているのが、狭い日本文壇の「通」たちだからである。この「通」たちにとって「社会化された私」とか「関係の絶対性」といった概念は、だれによって、またどのようなコンテクストにおいて述べられたものであるかは自明の事柄である。つまり書き手はそれを前提にして書くことができる。そこには「ナショナルな甘え」とでも言うべきものがある。だが、外国語への翻訳ではそうはいかない。それらの「自明性」が自明などではないからだ。まして、柄谷がこれらの著作において駆使したレトリックや隠れたメタファーなどは、そのまま翻訳しても伝わるべくもない。

その意味で面白いのは『日本近代文学の起源』という著作である。この著作には明治以降の日本の文学者からの膨大な引用がある。これを論じている柄谷自身の文章を翻訳することはさして困難な作業ではない。それはこの部分の文章がイェール大学の学生を相手に講じられたものをベースにしているからである。これに対して、引用文のほうの翻訳はけっして簡単ではない。とはいえ、明治期の古い文体のものが難しくて、戦後のものが易しいというわけではない。たとえば、あの鷗外の擬古文調の文章は必ずしも翻訳困難ではないのに対して、戦後の吉本隆明や山口昌男のほうがむしろ翻訳しづらい。意外に思われるかもしれないが、吉本や山口の文章は、日本の読者にとってすんなり意味が伝わるところでも、よく読むと主述の構造があちこちで崩れており、翻訳に際して再構成しなければ態をなさないことがしばしばある。これにはむろん彼らの個人的な資質も与っているだろうが、少なくとも彼らには日本人以外の読者に読まれるという意識は希薄であったように思われる。とくに吉本に対してその印象が強い。その意味では柳田國男や田山花袋なども非常に翻訳困難な例である。鷗外が例外なのは、おそらくその破格のドイツ語能力による。これらと比較すると、柄谷の本文の言語表現はきわだって明晰に見えるが、このことは後の『世界共和国へ』でもっとはっきりする。ここでは引用文献も世界共通に出回っているものばかりであり、まず翻訳が原因となって誤解されるというようなことはないだろう。

なぜ、こんなことを持ち出すかというと、「日本思想」はこれまでこういう表現に対する「外部の眼」をもってこなかったからである。文学とか宗教といった分野はそれ自身の宿命として土着性を切り離すことができない（ちなみに、自然科学はそういう土着性が捨象されているがゆえに初めから「国際的」である）。むろん「思想」にも多かれ少なかれそういう土着のファクターはどこまでもつきまとう。だが、少なくともその文脈においてカントやデリダを論じようというのであれば、たとえ日本語で書かれようとも、それらとの土俵を同じくする表現努力をしなければ本当ではない。たしかに眼としてだけならば、こうした意識は英語で自著をものしたかつての岡倉天心や新渡戸稲造にあった。だが、それはあくまで自ら思いこんだ「日本文化」「日本精神」の一方的喧伝であって、いわゆる外部の言説との交換ないし対話とは言いがたい。つまりそれらのディスコースは「ディアロゴス」とはなっていないのである。

こういう眼で眺めたとき、初めて政治的にも経済的にも開かれた戦後世界の「思想家」で、だれが自分の書くものに対してそういう外部との交通意識をもちえていただろうかと振り返ってみると、絶望的なことに、ほぼ皆無に近いのである。おそらくある時期からの丸山眞男にはこれがあった。中国の読者を意識した竹内好などもそうかもしれない。それ以外であげられるのは、意外かもしれないが、三島由紀夫と廣松渉である。われわれは三島の「右翼」的擬装に惑わされて逆を考えるが、三島のディスコースは思われているよりはるかに「非日本」的であると私は思う。その文体がクリアに映るのも、そのせいである。廣松もそのアナクロなまでの漢語の多用とは裏腹に、論理が整然としていて意外に翻訳に乗りやすい。そう思えないとすれば、それは、自らのボキャブラリーの貧困を棚に上げて、字面だけで判断する読者のたんなる怠慢にすぎない。

要するに、私が柄谷を興味深いと思うのは、この言説の開放である。つまり単独者という極私的な次元から外部への意識が生じてきて、それが「日本」という偏狭な境界を突き破り、世界にまで拡がっていくプロセスが、たんに内容面のみならず、言語表現の面でも明確な軌跡を残しており、その事実がそのまま日本の戦後思想ないし現代思想なるものを考えていくうえで、ひとつの貴重な事例となっているように思われるからである。大半の日本のインテリが年齢とともに日本や東洋への回帰を示す傾向があることを考えると、その希少性の価値は増す。

ただし、ことわっておかなければならない。この「世界化」はのっぺらぼうの普遍主義や国際化に迎合することとはまったく別の事柄である。柄谷は一貫して「外部」「他者」「差異」「交通」「交換」ということを強調してきた。だから世界といっても、ホモジーニアスな日本というイデオロギーを批判した、あの差異化の精神があくまで活きるような、そういう「世界」でなければならない。それはまた資本主義に領導される一元的な経済グローバリズムに対抗するオールターナティヴなグローバリズムの試みと言ってもいい。その意味で「アソシエーション」としての「世界共和国」を唱える柄谷という存在は「日本思想」が直面する初めての自覚的な事例と言えるかもしれない。

序章註

（1） 大室幹雄『正名と狂言』参照。ここでいわれる「狂言」とは、孔子型の言説に対置される荘子型の言説のことで、能・狂言のそれとは別である。

第一章

違和感に発する文学

失語症と離人症

柄谷の処女作は一九七二年に出版された『畏怖する人間』である。過剰なまでに敏感な対人感覚がもたらしたこの作品は、いわゆる「文芸評論」としては、かなり異質な著作である。そこには、扱われた作品の解釈や批判というより、むしろ評者柄谷行人自身の恐怖、不安、懐疑、不信、疎隔感、違和感といったものがいたるところに表白されているからである。奇妙な言い方をすれば、その表白は饒舌な失語症とでもいうべきものだ。現にこのように鬱屈した青年を前にするならば、こちらのほうも語る言葉を失ってしまうだろうが、じじつ言葉そのものへの根本的な不信は、この著作が扱っているテーマのひとつでもある。この言葉への不信に発する言葉による記述としての饒舌な失語症、これが柄谷行人という思想家が誕生とともに負わざるをえなかったパラドックスであるが、本人によってそのパラドックスの意味が解明されるのは、もう少し後のことである。

病理学の言葉をさらに重ねてみるならば、この著作に展開されているのは、さしずめ離人症の世界である。離人症とは、事物があることを知覚認識できても、それがあるという実感をもてないこと、そしてその障害をこうむった対象認識に対応するかのように、それを認識する主観たる自分の方も、自分が自分であるという実感をもつことができないという事態のことをいう。つまり自己の側も対象の側も疎遠なものとしてのみとらえられ、悟性認識と感情ないし実感とが乖離してしまう状態のことである。精神病理学者の木村敏は「どういってよいのかわからない大変な恐怖感」にとりつかれたある離人症患者の次のような言葉を書き留めている。

自分というものがまるで感じられない。自分というものがなくなってしまった。（中略）私のからだも、まるで自分のものでないみたい。だれかの別の人のからだをつけて歩いているみたい。物や景色を見ているとき、自分がそれを見ているのではなくて、物や景色のほうが私の眼の中へ飛びこんできて、私を奪ってしまう。（中略）とにかく、何を見ても、それがちゃんとそこにあるのだということがわからない。色や形が眼に入ってくるだけで、ある、という感じがちっともしない。[1]

『畏怖する人間』にもこれによく似た記述が出てくる。漱石の『坑夫』を論じたところで、柄谷はこう書いている。

『坑夫』の自分がいっているのは、自分が自分でないような気がすることと、外界が現実のように感じられぬことである。このことは、べつに彼の反省や知覚までをそこなうわけではない。ものを知覚しているが、どうもそれが現実のように感じられず、自分も明らかに自分なのだが、自分自身のように感じられないだけだ。だから、手配師の長蔵の誘うままに、ふ

わふわと坑山までついていってしまうのである。(2)

おそらくこの文章を書く時点で、柄谷は木村の文章を読んでいる。しかも読んで、そこに漱石のみならず自分のことが書いてあると思ったであろう。なぜならこの記述は『坑夫』という作品の解釈だけにとどまっていないからである。『畏怖する人間』に収まっている別のエッセイ「内面への道と外界への道」には、ほぼこれと重なる柄谷自身の心情吐露が書かれている。

率直にいえば、私自身にも現実感はほとんど稀薄である。むろんそれは私が「現実」に眼をそむけているという意味でも、関心をもたないという意味でもない。関心ならありすぎるほどあり、それでいて何の痕跡も私の内部にとどまらぬという意味である。(中略)

見かけは華々しく「現実」に接触しているようにみえながら、実は深い霧のなかに沈みこんでいる。どんな重々しい切実な体験も、この霧にのみこまれると、たちまちはてしなく遠のいていく。たとえば「全共闘」運動があり三島事件があり、おびただしい事件があった。しかしその渦中にいた私と現在の私とのあいだに確実な自己同一性を認めることはできない。あえて認めようとすればするほど、言葉は虚偽にまみれてしまう。「現実」はある、が現実感がない。とすれば、むしろ「現実」の方が疑わしいのだというべきだろうか。(3)

「「現実」はある、が現実感がない」――この現実感を喪失した「異常」感覚は個人的資質の域にとどまらず、若き柄谷が六〇年安保闘争挫折直後のあの「憂鬱な時代」を経験した世代に属することに起因すると解釈してみせることもできるだろうが、しかし、そうした精神病理学的診断や歴史的解釈だけではおそらく事柄の核心をとらえきることはできない。このエッセイでは古井由吉の『杳子』がはっきり「離人症」という言葉で表現されたりしているように、このころの柄谷は精神病理学に強い関心を抱いていたにもかかわらず、問題をすべてそういう観方に還元してしまうことをはっきりと拒否していたからである。

私は、自意識、近代批判、心理分析、言語論、思想史、そういうもので成り立つ批評に興味がない。（中略）そこでは、個人が特定の時代のなかで一回的に生きているということそのもののリアリティと、同時にそれにもかかわらずなにか永続的な形相においても生きているということのリアリティとが、微妙に交錯《こうさく》しあう両義性《りょうぎせい》が切りすてられている。(4)

問題の核心は、この一回的な生のリアリティに重なる永続的な生のリアリティにある。あえていうなら、それはモナドとして生み落とされた人間だれもが宿命のように負わざるをえない「存在することの居心地の悪さ」とでもいうべき実存的感情である。サルトルの『嘔吐』やカミュの『異邦人』の主人公に一度は感情移入したことのある読者ならば、心のどこかに心当たりを覚えるような感情と言っていいかもしれない。とはいえ、この居心地の悪さは、だれのなかにもありながら、だれによっても自覚されるというわけではない。それは「あること」に過敏な少数の者たちの意識にのみ上ってくるような感情であり、たとえばサルトルやカミュのほかにも、キルケゴール、ハイデッガー、レヴィナスといった哲学者たちがある種の極限状態で経験したような、しかも容易に言葉になりえない不安の根本気分に接近しているものである。だからそれが狂気に接近するのも、ある意味では当然のことである。

漱石の恐れ

この著作ではっきりしているのは、柄谷の漱石への傾倒である。正確には、それは傾倒というより、むしろ偏執に近い。後の明晰で論理性の強い文体とは対照的に、感情の襞に分け入る繊細でエモーショナルな文体は、たしかに柄谷が未来を嘱望された気鋭の文芸評論家として注目を浴びるのにふさわしい文才の発露であったし、じじつそれは他に類例を見ない出色の漱石論をもたらした。おそらく文壇のみならず、当時多くの人々が小林秀雄、江藤淳、吉本隆明などにつぐ次世代の評論家として期待したのも充分に肯かれる。

だが、こうした世評とは裏腹に——小林や吉本もそうであったが——当の柄谷本人がどれほど「文芸評論家」なるものを信じていたかは疑わしい。それは彼の批評がたんなる文学作品の添え物としての批評ではなくて、そもそも「文学」という制度そのものを突き破ってしまう問題や関心を内に秘めていたからである。言い換えれば、彼にとって文学作品は従うべき自明な所与の場ではなく、むしろ彼自身を表現するための仮設フィールドにすぎなかった。彼は個々の表現者に敬意を表したことはあるが、文学という制度に拝跪したことはなかった、と言ってもいい。本人の言葉を借りていえば、批評とは何よりもまず「存在の自覚」「自己の資質の検証」[5]でなければならなかったからである。だから柄谷が対象とした漱石も、近代日本文学を代表する小説家というより、むしろ固有の思想をもったひとりの悩める実存であった。

『畏怖する人間』の冒頭に収められた論文「意識と自然」は一九六九年の『群像』新人文学賞を獲得した論文で、柄谷の本格的な文壇登場のきっかけとなったものであることはよく知られている。[6]このなかで柄谷は漱石の長編小説に共通して感じられる主題のずれに着目し、その原因を漱石自身の直面した「存在論的」な危機のなかに探ろうとした。

> おそらく、漱石は人間の心理が見えすぎて困る自意識の持主だったが、そのゆえに見えない何ものかに畏怖する人間だったのである。[7]

この引用はそのまま論集全体のタイトルの出自を語っているのだが、そのことよりも大事なのは、この漱石の「見えない何ものかに対する畏怖」を柄谷自身がどう理解したかである。そして、じじつそれが後の柄谷の思想展開にとって決定的な意味をもつことになっていくのである。この

「畏怖」は「裸形の関係」「なまなましい肉感」「彼自身の存在の縮小感」「われわれの生の感触とじかに結びついた、どろりとした感覚」「裸形の人間としての不安」等々とさまざまにパラフレーズされるが、具体的なイメージとしては、『道草』の主人公が鯉を釣ろうとした際、言いようのない恐怖に襲われたことなどをあげることができるだろう。そしてそれらをもっとももよく言い当てた表現として、柄谷は『行人』のなかの主人公の次のような象徴的な言葉をクローズアップする。

君の恐ろしいといふのは、恐ろしいといふ言葉を使つても差支へないといふ意味だらう。実際恐ろしいんぢやないだらう。つまり頭の恐しさに過ぎないんだらう。僕のは違ふ。僕のは心臓の恐しさだ。脈を打つ活きた恐しさだ。(8)

この「頭の恐しさ」に対比される「心臓の恐しさ」、これは以後しばらく柄谷が漱石を論じるときに好んで引き合いに出すフレーズである。ペンネームの「柄谷行人」がやはりこの小説のタイトルに一致している事実からも、若き柄谷がいかにこの作品に思いを凝らしたかが想像できよう。問題はここにクローズアップされた漱石の存在論的な危機を象徴する「心臓の恐しさ」に柄谷がさらにどのような解釈を加えているかである。

この関連で浮上してくるのが、もうひとつの概念「自然」である。柄谷は漱石における「自然」概念の多義的な使用に注目しながら、それをさきの「裸形の関係」に始まる一連の表現の総まとめの概念としてつかう。これは一見すると、「文化」ないし「文明」に対置される人口に膾炙した「自然」概念に近いように思われるが、むろん柄谷がそのような月並みに迎合することはありえない。この「自然」はまた「無為自然」や「自然《じねん》」といった古い東洋的理念などとも一線を画している。

論文のタイトル「意識と自然」が示しているように、ここでの「自然」は、多くのヨーロッパの思想や文化人類学などに見られるような「文化」や「文明」ではなく、「意識」に対置されているのである。そのことに充分な注意が払われなければならない。つまり柄谷自身の言葉でいえば、「自然」とは「自分に始まり自分に終る「意識」の外にひろがる非存在の闇」[9]のことである。これはいったいどういうことを意味するのだろうか。

存在することの不安

まず「自分に始まり自分に終る「意識」」だが、さしあたりこれはわれわれの一般的な自己意識のことと解していいだろう。場合によっては「自我」と呼んでもいいかもしれない。この意識は、ふつう言葉およびそれが作りあげる観念やロゴスによって支えられている。だから問題はその「外部」ということになる。この「外部」はその定義からして、そもそも言葉によってはとらえることはできない。だから「非存在」とも呼ばれる。とはいえ、この「非存在」はたんなる無ではない。それは言語や理性の彼岸にありながら、われわれ人間の「存在」を根底から支えているからである。だからこれはまた「根源的な関係性」とも呼ばれる。『行人』の主人公に典型的に見られるように、漱石の小説においては、この「根源的な関係性」が不気味なまでに露出してしまったり、あるいは途絶してしまったりしているのである。

こうした「異常」事態は現象学が取り組んだものに近い。私にはとくに現象学を精神病理学に取り入れ、分裂病（統合失調症）を「自然的自明性の喪失」ととらえたブランケンブルクが連想される。ブランケンブルクの患者アンネはこう告白していた。

> どういえばよいのでしょう……簡単なことなのです……わからないけど、わかるとかいうことではないんです、実際そうなんですから……どんな子供でもわかることなんです。ふつうならあたりまえのこととして身につけていること、それを私はどうしてもちゃんということができません。ただ感じるんです……わからないけど……感じのようなもの……わかりません[10]。

しかし、アンネがわからなくなる「あたりまえのこと」とは、たんなる日常の茶飯事ではない。たとえば刺繍をすることが難しくなるのか、という治療者の問いかけに対して、こう答えている。

いいえ、そんなことなら、ちょっとした表面的なわかりきったことでしょう、それはできます。でもそのほかのこと、そのほかのことではもう――どういったらいいんでしょう、子供にもちゃんと必要なこと、人間ならばちゃんと必要なこと、それがないのです……[11]

この証言は自明性の喪失が言葉を失効させ、さらに離人症と連接していることを示している。この例に即していうなら、柄谷のいう「自然」とは、自明性のほうの「自然」ではない。逆に、それがはがれて不気味に露出してくる何ものかとしての「自然」である。それは「どういったらいいかわからない」、ただ「感じ」としか言いようのないものであり、あるといえば、あるし、ないといえば、ないような「非存在」にほかならない。その意味で『行人』の主人公一郎とアンネは同じ事態に遭遇していることになる。

「意識の外にひろがる非存在」という言葉でさらに連想されるのは、フロイトの「無意識」である。つまり、ふだんは抑圧されていて表面化することなく、それでいて目覚めた「意識」を深層から拘束する「無意識」という考えである。そこには「不気味」や「不安」の源泉となる「死の欲動」も含まれていた[12]。じじつ、柄谷の関心はそういう方向にも向かった。漱石の『夢十夜』を扱った第二論文「内側から見た生」がそれを示している。そして柄谷のこのフロイトへの関心は初期から今日に至るまで一貫している。ただし、その思想が形骸化した心理学という制度に取りこまれてしまわないかぎりにおいてである。前の引用でも「自意識、近代批判、心理分析、言語論、思想史、そういうもので成り立つ批評に興味がない」と述べていた。
しかしこれらのアプローチにもまして、この「裸形の人間としての不安」をもたらす「非存在」としての「自然」という考えが私にもっとも強い連想を呼び起こすのは、後に柄谷も自覚的に関心を示すことになるレヴィナスの「実存」体験である。レヴィナスはこう言っている。

存在の積極性そのもののうちに何かしら根本的な禍悪があるのではないだろうか。存在を前にしての不安——存在の醸《かも》す恐怖〔おぞましさ〕——は、死を前にしての不安と同じく根源的なのではないだろうか。存在することの恐怖は、存在にとっての恐怖と同じく根源的なのではないだろうか。いや、それよりいっそう根源的なのではないだろうか(13)。

ここでは「存在」すなわち「あること」が、そのことだけで不安や恐怖をもたらすことが表明されている。おそらく漱石＝柄谷が遭遇した「裸形の人間としての不安」もこうした次元に接している。柄谷が問題にする「非存在」に関しても、レヴィナスに次のような言葉がある。

事物の形が夜のなかに解け去るとき、一個の対象でもなく対象の質でもない夜の暗がりが、ひとつの現前のようにあたり一面に広がる。夜の中で私たちはこの暗がりに釘づけにされ、もはや何ものにも関わっていない。しかし「何も……ない」というこの無は、純粋な虚無の無ではない。これやあれはもはやなく、「何か」はないのだ。だがこの遍《あまね》き不在は、翻ってひとつの現前、絶対に避けることのできないひとつの現前なのである。[14]

いうまでもなく、このレヴィナスの言葉はナチの捕虜収容所という極限状況での体験がもとになっている。だが、レヴィナスはこれをたんなる特殊状況での体験として語っているのではない。むしろ極限状況だからこそ見えてくる人間の普遍的本質があると言っているのだ。ここに言われる「無」は無味乾燥な論理学者の唱えるそれでもなければ、神秘家・宗教家たちのお高くとまったそれでもない。まさに「裸形の無」であり、肯定的な「存在」に匹敵するれっきとした「現前」なのである。

　では、こうした「裸形の不安」「非存在＝無」あるいは「存在の縮小感」などをめぐる漱石＝柄谷とレヴィナスとの類似は何によっているのだろう。その手がかりはさきの引用にある。レヴィナスの「無」は夜の体験に基づいていると述べておいた。具体的なきっかけはおそらく収容所における夜警の体験であろう。目的を剥奪され、無意味な生を生きさせられている囚人たちを見回るという二重に無意味な役回りを与えられて、夜の暗闇が世界を覆いつくす。いっさいの対象への関心が奪われたこの見回りは、ただ見回りのための見回りという空虚な役を消化しさえすればよい。ここで対象が消失するのは、たんなる暗闇だからではない。その対象に向かう意識の側からの志向もまた消失してしまっているのだ。にもかかわらず、その無関心や匿名性のところに何ごとかが最後のものとして現前している。だから、それは結局のところ「存在」と呼ばれようが「非存在」と呼ばれようが同じことである。いずれにせよ、そこでは言葉は失効せざるをえない。

夜警とは、人々が眠っている間、自分だけが起きていることである。しかしこの当たり前の事実はレヴィナスにおいてはそれだけにとどまらなかった。すなわちレヴィナスの実存哲学のキーワードとなる「不眠」である。この概念が重要なのは、レヴィナスにとっては夜警にとどまらず「眠ることができない」という事態そのことが苦痛とともにわれわれに裸形の存在を知らしめるからである。

あたりいちめんに広がる避けようもない無名の実存のざわめきは、引き裂こうにも引き裂けない。そのことはとりわけ、眠りが私たちの求めをかすめて逃れ去るそんな時に明らかになる。もはや夜通し見張るべきものなどないときに、目醒めている理由など何もないのに夜通し眠らずにいる。すると、現前という裸の事実が圧迫する。ひとには存在の義務がある、存在する義務があるのだと。ひとはあらゆる対象やあらゆる内容から離脱してはいるが、それでも現前がある。無の背後に浮かび上がるこの現前は、一個の存在でもなければ空を切る意識の作用のなせるものでもなく、事物や意識をともどもに抱擁する〈ある〉という普遍の事実なのだ。(15)

ここで思い出してほしいのは、柄谷が漱石を評してこう述べていたことである。

　おそらく、漱石は人間の心理が見えすぎて困る自意識の持主だったが、そのゆえに見えない何ものかに畏怖する人間だったのである。

　私はこの漱石評は思いのほかに重要だと思う。それはここでの表現が論集のタイトルに浮上したからだけではない。問題はこのなかに書かれている「見えすぎて困る自意識」である。こういう言い回しは小林秀雄の得意としたレトリックだったが、こと漱石とそれを読んだ若き柄谷にとっては別の意味があった。「見えすぎて困る」ことには、むろん漱石の博識、慧眼、さらには病的なまでの敏感な対人感覚が与っていることはまちがいないのだが、私はこれが具体的にも、また象徴的にも、漱石および若き柄谷における「不眠」や「夜の体験」から来ているものではないかと推測する。むろん彼らに収容所は問題とならない。だが、彼らの「心臓の恐しさ」を知る過敏な精神は、それをさらにつきつめれば、必ずやレヴィナスの「不眠」体験に行きつくような方向に向いていたのではないかと思われてならない。

　たんに「見えすぎる」のではない、「見えすぎて困る」のである。ここには苦痛がある。その苦痛の出どころは、レヴィナスにおいてと同じように、切りつめられた意識がぎりぎりのところで感知した「存在すること」それ自体の苦痛だったのではないか。私はこうした推測を大げさなものだとは思わない。それはわれわれの意識の根底にいつでも横たわるものを言い当てていると思うからだ。ひとはただ、「日常性への頽落」（ハイデッガー）のなかにあって、たいていはそのことに気づかないだけである。それはひとりの人間においても同じで、ひとにはときどきこのような昂揚の瞬間や時期があるが、ただ神経の鈍麻とともにそれが忘れられていくだけにすぎない。

精神病理との親和性

だから、こういう実存的な危機意識は、人間にとってある意味できわめて真っ当なものというべきである。ただ、その真っ当さがあまりにも真っ当すぎて「病」に接近しているのである。『畏怖する人間』には、すでに触れた離人症のほかにも精神病理に接するような事柄が出てくる。

さきほど私は柄谷が離人症に言及するとき、木村敏を参照したのではないかという推測を述べたが、「心理を超えたものの影」と題する論文でははっきり木村の名前があげられている。これは自意識をつきつめた漱石と小林秀雄・吉本隆明との相違を述べた論文だが、柄谷は前の論文の結論を踏襲するかのように、漱石では自意識の外部にあの裸形の「自然」が現われたのに対して、小林や吉本の場合には回帰すべき場所があったと解釈する。そして「国民の智慧」「見事な橋」（小林）、「大衆の原像」「対幻想」（吉本）等々として表現されるこの回帰点を柳田國男の「常民」とも重ねながら、柄谷はそこに日本独特の精神傾向を見出そうとする。木村への言及が出てくるのは、そうしたコンテクストである。

木村が『自覚の精神病理』で離人症とならんで問題にしたのが、日本人に多く見られる「家族否認症候群」である。当事者は自分の親兄弟姉妹とのつながりを否定し、自分が継子ではないかとか、だれかと取り替えられたのではないかという妄想に取りつかれる病像である。柄谷はこれに注目して、小林や吉本が回帰していく「国民」や「大衆」とは、結局のところ「来歴」の原点たる「家族」を抽象したものではないかと考えるのだが、しかしこの論文ではそのことと肝心の漱石と小林・吉本との相違というテーマとの関連は展開されていない。そこで以下に中断してしまった柄谷の論理を私なりに敷衍してみる。

まず、両者の決定的な相違は小林や吉本が回帰の場所をもっていたのに対して、漱石の場合は「裸形の自然」にさらされたままその回帰の道が閉ざされているという点である。その意味で漱石のほうが木村のいう「家族否認症候群」により親和的だということになる。そのことは柄谷自身が重要な小説とみなし、綿密な解釈を試みている『道草』に出ていると思う。

この小説は、柄谷も注目しているように、主人公健三が道で「帽子を被らない男」と出会うところから始まっている。かつての養父が、そのようなよそよそしい言葉で表現されていることのなかに、柄谷は「裸形の人間としての不安」を読みとり、しかもそこに「おまえは何者か、どこから来てどこへ行くのか」という存在論的な問いかけを重ね合わせているのだが、まさにこれこそ「家族否認」ないし「来歴否認」の好例であるといわねばならない。たとえ養父といえども、この人物は健三にとって実の養父である。その人物が嫌いであるとか何とかならば、別に不思議なことではない。ところが健三はその人物を「帽子を被らない男」というきわめて疎遠な人物、言い換えれば、それに対して感情さえ湧いてこないような人物としてとらえているのだ。この事実が語っているのは、おそらくこういうことである。すなわち漱石の分身たる健三は養子体験の「来歴」をけっきょく自分のなかに組み入れられなかったということである。

健三（漱石）はどこからきたか。これはたとえば漱石が、慶応三年旧暦一月五日江戸牛込馬場下の名主の家に生れたという客観的事実とはなんの関係もない問いである。その種の事実は他者から知らされることであり、「他者としての私」でしかない。その証人たちが嘘をついているとすれば、――現に漱石が生みの両親を知ったのは、養父母の家から帰されたのち女中からうちあけられたときである――、なんら彼自身のアイデンティティを保証しないのである。[16]

「どこからきたか」という来歴に関して柄谷がこう言いうるのは、漱石において養子体験という「客観的事実」がアイデンティティ形成に組みこまれず、宙吊りにされてしまっているからである。しかも自分の体験でありながら、自分のものではないという乖離はさきの離人症の場合と同じである。そしてこの宙に浮いた来歴が漱石という知識人において「おまえは何者か、どこから来てどこへ行くのか」という存在論的な問いにまで昇華されたという解釈は充分成り立つだろう。

もうひとつ、漱石と病理との親和性で、柄谷も感知しているのは、『こゝろ』における先生の自殺の動機にかかわる問題である。柄谷はこの自殺の動機として「かつて友人を裏切ったという罪意識」や「明治という時代の終焉」というようなものが本当の動機とは思えないと述べているが、この読みは私も正しいと思う。そこで柄谷は真の動機をそれらの根底にある「人間の孤独」、「人間と人間が関係づけられて存在するとき、われわれにどうすることもできない虚偽や異和が生じるということ」に起因する「生存条件の問題」、つまり、これまでの言葉で言えば、「裸形の人間の不安」へと抽象化しているが、推論をそこに飛躍させる前に、この問題にはもう少し立ち入った説明が可能である。手がかりとなるのは、先生の告白的述懐を受けた柄谷の次のような認識である。

これは後悔である。そして、『こゝろ』の遺書の部分はすべて、なぜあのとき真実をいわなかったのかという後悔にみちている。だが、われわれはむしろこういうべきではないか、真実というものはつねに、まさにいうべき時より遅れてほぞをかむようなかたちでしかやってこないということを。そして、このずれにはなにか本質的な意味があるということを。(17)

人間心理の認識としてはこれは鋭い洞察である。さらに柄谷はこれを前提にして、そもそも

「遅れ」や「ずれ」においてしか成り立ちえない「告白」というものが真の自殺の動機になったはずはないという推理を導き出しているのだが、しかし、ここでとらえられた「後悔」「遅れ」はそのまま素通りにできない観点をわれわれに与えてくれるのである。
『メランコリー』という名著を著したテレンバッハはそのなかで、メランコリー親和型の人間の時間意識を「レマネンツ」という用語でまとめ、その基本特徴を「自己自身におくれをとること」と規定した。

　自己の要求水準におくれをとるというかかる事態の本質をなすものは、あらゆる場合において負い目を負うこと（Schulden）である。つまりそれは、自分のなすべきことへの要請に対して負い目を負うことであったり、他者のためにあるという形での対人的な愛の秩序の要求に対して負い目を負うことであったり、倫理的ないし宗教的な次元に置かれた諸秩序に対して負い目を負うことであったりする。いかなる場合にも、負い目を負うということがレマネンツの決定的契機として姿を現す。[18]

つまり「遅れ」とは、メランコリー者がもっとも怖れ、回避しようとする事態なのだが、そこでは「過去への回顧に対する忌避」と「後へ引き戻す正確癖」という相矛盾する二つの傾向がはたらいて当事者はジレンマに陥ってしまう。具体的には、もはや「手遅れ」で取り返しのきかない過去を取り戻して償おうとする不可能事に悩む人々である。やってしまったことは、もはや取り返しがきかない。それをもう一度やりなおすことはできない。あるいは、それはもうかたづいたはずのことなのに、まだ終わっていないという「未済」の意識をともなった強い後悔の念である。これが昂じた例としてテレンバッハは次のような非常に興味深い例をあげている。

> 患者Dは、彼の罪責妄想の中で自分を倫理的な罪人（Sünder）と感じたのではなく、《犯罪者》（Verbrecher）と感じた。つまり彼は道徳律に違反したのではなくて、《生命の法則》を破ったのである。彼の（精神病の時期の）レマネンツを表現するものとしては、彼がこの生命の法則を破った罪条《ママ》を述べた次の言葉ほど真に迫った表現はないだろう。つまり彼は、自分はとっくの昔に死んでいなくてはいけないはずなのにまだ生きている、というのである。この点に、死がいわば現にあるにもかかわらず時熟されえないでいるというパラドックスが示されている。現存在はいわばみずからの死にすらおくれをとっている――これこそ不条理の現象にほかならない[19]。

私はこの記述は『こゝろ』の先生の内奥をかなりなところまで言いあてていると思う。先生が「とっくの昔に死んでいるはずなのにまだ生きているという」想いに取りつかれて、それを忘却できないまま引きずってきたという事実を考えるとき、自殺の動機があるとすれば、それは忘却するということができずに今日まで引きずってきた、その性格自体だということができる。だから柄谷が読みとったように、友人への裏切りであれ、時代の終焉であれ、想念（妄想）の内容は二の次になって、真の動機としてはいまひとつ説得力をもたないのである。もはや特定の罪のせいというより、生きて存在することがすでに罪を負っているというメランコリー親和型の意識のありかたそのものが彼を縛りつけているのだ。[20]

意味にとりつかれた人間たち

『畏怖する人間』についで出された文芸評論集が『意味という病』（一九七五年）である。この著作について告白しておけば、これが出版された当時、私は表題にひかれて購入し、ページをめくってみたものの、じつのところ著者が何を言いたいのか、さっぱりわからなかった。だから、これから述べることは四〇年後のリベンジである。

この著作にはシェークスピアにおける悲劇の（不）可能性を論じた「マクベス論」と鷗外の歴史小説の意義を論じた「歴史と自然」という二本の重要な論文が収められている。両者に通底しているのは、前の漱石論で主題化された「裸形の無」としての「自然」である。まず「マクベス論」から見ていこう。柄谷はシェークスピアという劇作家を基本的にこうとらえる。

つまり、精神という場所ではどんな奇怪な分裂も倒錯《とうさく》も生じるということをあるがままに認めたところに、彼の比類ない眼がある。この眼は人間の内部を観察しようとする眼ではない。観察したり分析したりするには、この自然はあまりに手強い。いや手強いからシェークスピアはそれを自然と呼んだのである。[21]

漱石論からの連続性は明らかであろう。それは観念やそれに付随する意味を突き抜けてしまったところに露出する「自然」である。ひとたびこの裸形の「自然」が見えてしまった者には、逆に観念や意味にとらわれていることのほうが「悲劇」と映る。だから、こう言われる。

〔シェークスピアの「悲劇」〕それは「意味づけること」の悲劇である。この意味に憑《つ》かれるという病は、「近代」からはじまったのではなく、むしろ「近代」を生みだしたのである。[22]

著作の総合タイトルもこの箇所に基づいているのだが、重要なことは、柄谷にとって観念や意味を突き破ってしまったことが病なのではなくて、反対に、突き破った側から見るならば、自明と思われる意味の世界のほうこそが病であり悲劇だということである。この転倒の真意はどこにあるのだろう。

柄谷はシェークスピアの悲劇のなかにあの裸形の「自然」の現われである「まったくわけのわからないメランコリー」が忍びこんでいることを指摘しておいて、それを手がかりに、四大悲劇の中でも『マクベス』を「精神を「自然」として見ることを最も徹底してつらぬいた」作品とみなす。それがなお悲劇であるとするなら、それは観念や意味に依拠したいわゆる「悲劇」を突き破ってしまうような「悲劇」にほかならない。

ごく簡単に言ってしまえば、マクベスの物語はマクベスが王になるという怪しげな魔女の予言、すなわちひとつの観念（意味）が主人公マクベスとその夫人に取りついて彼らを殺人にまで追いやってしまうという悲劇である。

事件はもともとどんな現実的契機《けいき》も根拠もなく、彼らにとりついた「必然性」の観念から生じた。ひとが観念をつかむのではなく、観念がひとをつかむ。ひとが観念をくいつぶすのではなく、観念がひとをくいつぶす。そういう秘密を『マクベス』の冒頭《ぼうとう》ほどよく示しているものはない。(23)

マクベス自身は王になりたいわけではない。王になるという観念が予言という擬制の「必然性」を通してマクベスにそれを強いるのだ。そしてマクベスはその倒錯した「病」に取りつかれて殺人を犯してしまうのだが、その結果残るのは、「一切の「意味」を拒絶《きょぜつ》した男」（マクベス）と「私は私だ」というアイデンティティを喪失した女（マクベス夫人）だけである。つまりそれは、これまでの言葉に依拠していえば、あらゆる意味を剝奪されて裸形の「自然」にさらされてしまった存在にほかならない。
同様の帰結が鷗外論にも見出せる。柄谷は鷗外の歴史小説を基本的に「やってしまった」行為についての小説であるとし、そこには「出来事を別の一つの原理によって還元することへの拒否」があるとする。つまりそこにはどんな観念にも左右されない出来事「それ自らが光を放つもの」を見ようとする意志があるとする。何らかの歴史観によってとらえられた歴史はあくまで一種の「物語」である。そこには意味の整合性や合目的性が支配している。だが、鷗外の歴史小説はそうした歴史観ひいては観念による意味づけを拒否しているのである。漱石論以来の柄谷の論旨ははっきりしている。

鷗外のいう「自然」が、あるいは「ありの儘《まゝ》」が、自然主義者や心理家のいうそれとはまったく異なることはすでに明瞭であろう。「自然」とは、ひとが恣意的に区切ったり整理できないもの、矛盾していようがいまいがその矛盾自体が生きた姿であるようなもののことだ。(24)

こうした歴史観というか歴史感は小林秀雄のそれに近いが、基本的には漱石論以来同じスタンスから生まれた批評はここでも「マクベス論」と同じような解釈を生み出している。それは鷗外の『大塩平八郎』を論じた部分である。蜂起を企てて失敗した大塩平八郎を描いた鷗外の作品について、柄谷はこう結論を下している。

一切は平八郎の想念からはじまっている。彼は家族門弟の間では絶対的な独裁者だから、準備の段階では障害は一つもない。平八郎のいうままになる門弟たちが次々と準備をし、準備ができたからにはやらねばならなくなる。現実的に事態が進行しているようにみえながら、そこに何ら障害がないのだから、平八郎自身にとってはそれはただ観念の自己増殖《ぞうしょく》のようなものにすぎないのである。そして、彼を行動に強いるのは、準備ができたということより、あるいは門弟たちの抑えがたい意志というより、そのようなかたちをとって迫ってくる平八郎自身の観念なのである。ここには何らの現実性も存在しない。平八郎は行動のさなかで夢をみており、この夢から「醒覚《せいかく》」できないのである。(25)

自己増殖した自らの観念に強迫される事態、これが柄谷のいう「意味という病」であり、それは定かな根拠もない魔女の予言の言葉に呪縛されて殺戮への道を急いでしまったマクベスと変わらない。そしてさらに付け加えるならば、シェークスピアの描くマクベスも鷗外の描く平八郎も、ともに「とりかえしのきかないことをやってしまった」人物として描かれているとするならば、そう描いた作家たち自身がいずれも漱石と同じようにメランコリー親和型の人たちであることを暗示している。ここにはまた、さきに指摘したあの「不眠」という観点も顔を出してきている。柄谷はダンカンを殺した後のマクベスをこう解釈する。

彼にはもう「眠り」がない、安息《あんそく》がない。明けることのない内的な闇の中に不意に投げ出されたからである。（中略）マクベスが「眠り」をなくしたのは、ダンカンを殺したからではなく、自分自身を殺してしまったからだ。彼がもし「俺は俺だ」ということができたら、人を殺したことに罪感情を抱いたとしても、「眠り」を永久に奪われるというようなことは生じなかったはずである。彼はむしろ殺されたのはダンカンではなく自分だといいたかったのである。(26)

連合赤軍の影

こうみてくると、『意味という病』という著作は『畏怖する人間』のたんなるヴァリエーションであるように見える。実際にも両者の間には意味を剝奪された裸形の「自然」という共通した基本認識が貫かれている。だが、『意味という病』にはそれだけではすまない深刻なバイアスがかかっていた。一九七九年の第二版のあとがきに柄谷はこう記している。

第一版の「あとがき」にあるように、本書の主要な評論は、一九七二年の春から一九七三年の晩秋にかけて書かれている。あらためてそのことを記すのは、この時期に、一九六〇年代に支配的であった政治・経済・思想的なパラダイムがすでに組み替えられていることをカタストロフ的に露呈するような出来事が生じたことを、銘記していただきたいからである。その一つは、一九七二年の初めにおこった、いわゆる「連合赤軍事件」である。その後六〇年代の急進主義の惨めな帰結を示す事件は世界的におこっているが、私にはこれで十分だった。私がマクベス論を書きはじめたのは、この事件に触発されたからであり、書いている間いつもそれが念頭にあった。[27]

文芸批評家の高橋敏夫がかつて「柄谷行人は、徹頭徹尾、状況の批評家」であると述べたことがあるが、[28]私もまったくこれに同感である。序章で柄谷を「時代と格闘した思想家」と評したゆえんもそこにある。一見ポストモダンのしゃれた論議をしているように見えるところでも、多くの有象無象の哲学青少年たちとはちがって、柄谷という思想家はそこに何らかのアクチュアルな「状況」を読みこんで表現してきた人である。マクベス論にもどれば、このなかには「連合赤軍」を直接想起させるような言葉はまったく出てこない。だから当時批評家のだれひとりとしてこのエッセイと事件を結びつけた者はいなかった。おそらく多くの読者はこれを経済学部を卒業して大学院で英文学に鞍替えした柄谷の習作程度に受け取った。そうした鈍感な読者たちに対する歯がゆさが柄谷にこのような例外的な種明かしを強いたのであろう。

若い読者のために少し説明しておくと、連合赤軍事件というのは、一九六〇年代終わりに昂揚した全共闘運動ないし新左翼運動が急激に退潮していく七〇年代初め、追い詰められた日本赤軍と京浜安保共闘とがいっしょになってできた武装地下組織「連合赤軍」の指導者森恒夫と永田洋子の二人が一九七二年二月に群馬県山中で検挙されると、包囲網を逃れた一部のグループが長野県のあさま山荘に立てこもり、人質をとって警察側と銃撃戦を展開した事件であるが、同時にこのとき彼らが地下潜行中十数人の同志をリンチ殺害していたことが発覚したという事件である。後のオウム真理教とも比較されるこのおぞましい仲間殺しは、このころ頻発したセクト間の内ゲバ殺人とあいまって、当時の新左翼運動の息の根を止めるほどのショックを与え、多くの学生や青年たちが運動から去ってしまう原因ともなった。当時学生であった私も自分の携わった運動の背中合わせに起こったこうした悲劇に対して、何ともやりきれない憤りと失望を味わわされ、そのトラウマは今でも消えていない。

では、柄谷の「マクベス論」のどこに連合赤軍の問題が隠されているのであろう。端的にいえば、それは無根拠な観念に取りつかれて無意味な殺人にまで走ってしまうというプロットそのものにある。連合赤軍が山岳アジトにこもって極端な閉鎖集団を形成し、世間から完全に遊離してしまったわずか二〇人ほどの小グループがファナティクに「革命」を唱え、それを「大義」に次々と殺人を犯していくというグロテスクな事態は、ある意味で根拠のない「予言」としての「観念」が自己増殖していって、それに翻弄されてしまうマクベスの姿と同じである。そこではたかだか仲間のささいな目つきや服装が「反革命」とみなされ、それを矯正することが「共産主義化」と呼ばれ、リンチを加えることが「総括」と呼ばれた。この常軌を逸した言葉遣いは自己増殖した観念の畸形以外の何ものでもない。柄谷が『マクベス』の冒頭に関して「事件はもともとどんな現実的契機《けいき》も根拠もなく、彼らにとりついた「必然性」の観念から生じた」と述べていたが、そこには、まさにそのようなグロテスクな「意味という病」がこめられていたのである。「マクベス論」において連合赤軍に触発された観点はプロットだけにとどまらない。それは登場人物の解釈にも反映している。マクベスとマクベス夫人のペアはそのまま事件の主役森恒夫と永田洋子のアレゴリーである。たとえば柄谷はマクベス夫人についてこう書いている。

夫人はマクベスの「考え」を何の疑いもなく生きはじめる。しかし、マクベスにとって、それは自分から出た考えでありながら、まさにそれが自分から出たということのために信じることができないのである。両者のこの関係は、彼らのその後を暗示しているといってよい。夫人の明快なマキャヴェリズムがやがて精神の破綻《はたん》として終るのは、結局彼女の目的がマクベスの借りものにすぎなかったからである。(29)

永田洋子の手記『十六の墓標』は全編家父長制度を背景にしたマッチョな男たちに対する怨念に満ち満ちている。しかし、これは彼女が獄中で得た後付けの「女性解放」の認識であって、活動中は得心がいかないままそのマッチョな男たちに唯々諾々と迎合した「幹部」の姿が描き出されている。私は彼女の手記のすべてが真実を表現しているとは思わないが、たしかなことは、渦中にあった彼女が自分を失って森やかつての指導者だった川島豪《つよし》の言説をそのまま無批判に踏襲し、それを実行に移していたということだ。まさに「マクベス夫人は男性の役割をしなければならない(30)」からである。柄谷は永田と森の関係にそのような非対称の力関係を読みこんだ。そしてもうひとりの主役森恒夫についてはこういう解釈を与える。

「人を殺す」、突然浮んできたこの考えにマクベスはぞっとする。ぞっとしたのは、この考え自体が恐ろしい事柄だったからではなく、彼が今やどんな考えさえ抱きうる自分というものにおののいたからである。さらに、「人を殺す」という想念が現実化されてはならぬいわれもまたないということが、彼にとってもう一つの驚きだったのである(31)。

ここには観念によってのみ結びついた同志たちの実行力がなければ、本当のところは何ごともなしえないような「一切の意味を拒絶した」自失の人物が書かれている。今となって思えば、これは当時報道でも盛んに書きたてられた男勝りで無慈悲な永田像のためにやや歪められた解釈であるように思われるが、たしかに当時の風潮は永田像のペンダントとしてこのような森像を可能にしていた。じじつ永田の手記にはこんなことが記されている。警官隊に包囲された二人が検挙される直前の場面である。これを読むと柄谷のアナロジーがいかに鋭敏なものであったかがわかる。

この時、森氏が、

「もう生きてみんなに会えないな」

といった。私は、

「何をいっているのよ。とにかく殲滅戦を全力で闘うしかないでしょ」

といった。森氏はうなずいたが、この時、私は一体森氏は共産主義化をどう思っていたのだろうと思った。「もう生きてみんなに会えないな」という発言は、敗北主義以外のなにものでもなかったからである。しばらくすると、森氏は、

「どちらが先に出て行くか」

といった。私は森氏に、

「先に出て行って」

といった。森氏は一瞬とまどった表情をしたが、そのあとうなずいた。こうした森氏の弱気の発言や消極的な態度に直面して、私は暴力的総括要求の先頭に立っていたそれまでの森氏とは別人のように思えた。(32)


ただ、柄谷の推測にもひとつの狂いが生じた。『マクベス』で命を絶つのはマクベス夫人であるのに対して、連合赤軍のほうでは収監一年後にマクベス役の森のほうが自殺をしてしまったと

いう事実である。だからさきにあげた「第二版へのあとがき」にこう書き記すことになる。

一九七二年の暮れに、ひとまず書きあげた草稿を編集者に渡したあと、正月に私はあの事件の指導者〝夫婦〟の一人が自殺したというニュースを聞いて驚いた。自殺に驚いたのではなく逆にそれが自明のように感じられることに驚いたのだ。私は「そうか。いつかは死ぬはずであった。こういう知らせを聞く時もあろうかと思っていた」というマクベスの言葉があまりに現実的であることにとまどいをおぼえたのだった。男の方が自殺したことが不審に思われたほどに。(33)

連合赤軍事件に触発された小説や映画は少なくない。比較的最近の例でいえば、二〇〇八年のベルリン映画祭にもエントリーされた若松孝二の『実録・連合赤軍』などがあるが、文学の世界でよく知られているのは大江健三郎の『洪水はわが魂に及び』と『河馬に嚙まれる』であろう。執筆中に事件に遭遇して書きなおしがおこなわれたという前者に対して、後者は折りしも中心人物永田の手記が出版されて、事件の全貌がかなりなところまで明らかになった時点での作品である。

この作品はあさま山荘に立てこもって銃撃戦をおこなったメンバーのなかの少年のその後を、大江が例によって自分をとりまく擬似現実と重ね合わせながらフィクション化したものだが、ここで大江が試みたのは、エリオットの詩を介して事件の意味と、それにかかわった人間の生の意味を理解することであった。連合赤軍事件に関して柄谷がシェークスピアを、大江がエリオットをもちだしてきたという事実は、それはそれで面白いことだが、しかし、両者の間には見逃せない相違がある。

柄谷が事件のなかに読みとったのは、観念の徹底的な純化の果てに帰結される「自然」の露出、すなわち意味の剝奪である。だから、そこにはあの事件の当事者たちに対する反感もなければ同情もみられない。意味を剝奪された赤裸々な人間の姿が無慈悲に表現されているだけだ。これに対して、大江の作品はその絶望的な事態に最後の希望としての意味を与えようとする作品である。具体的には、銃撃戦から十数年を経て、アフリカの観光地で河馬に嚙まれた雑用係の青年、すなわちかつての少年が自分のかかわったリンチ事件の犠牲者の妹と結ばれて再出発するという話である。この意味付与には、だから作家の願望をこめたプラスの感情移入が書きこまれることになる。

この意味付与と意味剝奪の明確な対立、ここには両者の個人的な資質のちがいのみならず、戦後民主主義とそれに疑問を唱えた当時のニューレフト的思考や感性との対立が象徴的に出ているとも読めるのだが、そのような解釈が成り立つとすると、興味深いのは、ニューレフト運動の極左として戦後民主主義を徹底的に拒否して武装蜂起を唱えた連合赤軍に対して本来批判的であるはずの大江のほうが、このグループを人間という最後の一線で守ろうとし、逆に本来ニューレフト的な方向に共感を抱いているはずの柄谷のほうが、ことこの事件に対してはニヒリスティクで冷徹な観察をしているということである。連合赤軍事件が発覚する一年数カ月前に「内ゲバ」問題を革命運動の内的論理や心理において真摯にとらえようとした高橋和巳の長編エッセイ「内ゲバの論理はこえられるか[34]」などを考え合わせてみると、うまく言葉にはできないが、私には噴出する暴力と狂気を前にした、この時期の立場を超えた心情の交錯は何か重要な課題を示唆しているように思えてならない。

さらに興味深い事実を付け加えておくならば、さきに触れた『実録・連合赤軍』において独自のヒューマンな眼を注いだ若松が、一見大江のそれと接近しているようで、人間そのものの見方においてはむしろ柄谷が後に傾倒することになる坂口安吾や中上健次の独特な「ヒューマニズム」に近いようにも思えるということであるが、これについてはまたあらためて論ずることにしよう。

柄谷が「マクベス論」に連合赤軍事件を読みこんだことに関連して、もうひとつ思い当たることがある。それは西洋古典の読解に託して日本の政治事件を間接的に論じるという表現方法である。じつはこれには前例がある。それは吉本隆明の『芸術的抵抗と挫折』(一九五九年)に収められた「マチウ書試論」(執筆は一九五二年)である。私には、この吉本の「マチウ書試論」が柄谷の「マクベス論」に少なからぬ影響を与えているように思われてならない。

「マチウ書試論」は、仏訳聖書の中のヘブライ聖書(旧約聖書)と『マチウ書』(『マタイ伝』)を綿密に読み比べて、原始キリスト教のイデオロギーを析出しようとした、ある意味で画期的な聖書論であり、当時大きな反響を呼んだエッセイである。だが、これに真摯に対応した「異端」の聖書学者田川建三のような例外を除いて、その反響の大半はキリスト教関係者ではなく、左翼知識人たちからきたものである。というのも、このエッセイはあくまで聖書というテクストの読解を貫いているにもかかわらず、反逆や革命というもの一般がかかえる本質的で普遍的な問題を提示しているからである。そして「秩序にたいする反逆、それへの加担というものを、倫理に結びつけ得るのは、ただ関係の絶対性という視点を導入することによってのみ可能である(35)」というような主張から、当時「関係の絶対性」などというひどく曖昧な言葉が流行語になったりもしたのであった。

言うまでもないことだが、当時の大半の読者にとって吉本は聖書研究者などではなかった。「芸術的抵抗と挫折」や「転向論」といったエッセイが示しているように、吉本といえば、まずなにより戦時中のプロレタリア詩や共産党の非転向の欺瞞を告発する、いわば硬直したマルクス主義の運動に対する辛辣な批判者であった。だからその吉本が「マチウ書試論」を書いたとき、多くの読者がこれを共産党を中心とする旧来の左翼運動に対する批判のアレゴリーとして受けとめたのも当然である。たとえば、このなかで吉本は次のような三つの人間のタイプをあげている。

第一は、己れもまたそのとおり相対感情に左右されて動く果敢《はか》ない存在にすぎないと称して良心のありどころをみせるルッター型であり、第二は、マチウ書の攻撃した律法学者パリサイ派そのままに、教会の第一座だろうが、権力との結合だろうがおかまいなしに秩序を構成してそこに居すわるトマス・アキナス型、第三は、心情のパリサイ派たることを拒絶して、積極的に秩序からの疎外者となるフランシスコ型である。[36]

マルクス主義の運動や労働運動のなかにこれらの人間類型を見出すことは難しくない。じじつ多くの読者はそう読んだのである。だが、ここで付けくわえておかなければならない。それはこの人間論の論議が観念と現実の分離という状況認識のうえになされているということである。反逆や革命は、それが実現されていないところでは、あくまでそれが立ち向かう現実の秩序に対する観念にとどまらざるをえない。ここに柄谷の「マクベス論」が遭遇した問題との接点がある。マクベスや連合赤軍とは、吉本の言葉を借りていえば、反逆や革命が「関係の絶対性」を顧ることなく、その観念の自己増殖に身をゆだねてしまった例として考えられるのだが、おそらく柄谷は「マクベス論」を書いたとき、そのような「マチウ書試論」との類似性を意識していたはずである。[37]「みだらな思いで他人の妻を見る者はだれでも、既に心の中でその女を犯したのである」という『マタイ伝』のよく知られた一節をニーチェばりに解釈した吉本の次のような辛辣な言葉は連合赤軍のリンチ殺人の心理にも充分に当てはまるだろう。

人間は性的な渇望を、「その肉体からもぎとることは出来ない」のではない。逆である。人間は性的渇望を機能としてもっているのだ。ぼくたちが、このロギアに反抗し、嘲笑するのは、原始キリスト教が架空の観念から倫理と、くびきとを導入しているからである。前提としてある観念が、障害感覚と微妙にたすけあい、病的にひねられ、倒錯していて、人間性の脆弱点《ぜいじゃくてん》を嗅《か》ぎ出《だ》して得意気にあばき立てる病的な鋭敏さと、底意地の悪さをいたるところで発揮している。(38)

文芸評論からの脱出

前にも触れたように、柄谷の関心は初めから、いわゆる文芸評論の枠に収まるものではなかった。だが、一度「文壇」という世界に足を踏み入れてしまった彼には、いやでもその縄張りのなかで一定の義理をはたさなければならない。かろうじてそこに踏みとどまりえたのは、同じように既成の文芸評論の枠には収まらないまま表現活動をつづけてきた小林秀雄や江藤淳、吉本隆明のような相通じる、ある意味では憧れの対象ともなるような「先輩」たちがいたからである。だが、あらゆる意味の剝奪を趣旨とする『意味という病』を書いてしまった柄谷にとって、この世界はますます色褪せ、むしろ桎梏となった。そしてそこからの脱出が深刻な問題となっていった。文壇からの脱却、ひいては後の柄谷を作り上げることになるこの脱却作業は、それまで信奉していた小林秀雄からの決別というかたちで象徴的におこなわれた。批評家の島弘之の言葉を借りれば「恩返し」としての「共感的反逆(39)」である。中上健次との対談で柄谷はこう回顧している。

ところがある時期、五、六年前から、何となくそれに違和を感じ始めたんですね。それは部分的に始まって総体的になった。つまり、日本の批評が小林秀雄という一つのパラダイムの上にある、ということが見えてきた。たしかに吉本隆明も江藤淳も、それぞれ小林秀雄に対立するだろうが、それらも含めて、結局一つのパラダイムがあって、そのパラダイム自体に違和を感じ始めた。というより、猛烈に嫌悪をおぼえ始めたんですね(40)。

自らもそのなかに浸かっていたという意味で、この「嫌悪」は「自己嫌悪」でもあるのだが、その嫌悪すべき自分を深く拘束していた小林秀雄という「パラダイム」、あるいはそういってよければ、「原父」からの脱却の具体的なきっかけとなったのは、おそらく無頼派で知られる坂口安吾である。じじつ柄谷における安吾の評価は例外的に高い。安吾のよく知られた小林秀雄批判のエッセイが「教祖の文学」である。これは戦争直後の一九四七年に書かれたものだが、ここで安吾は小林の悟道に達したようなレトリックを難じたあと、小林の「無常という事」に出てくる、「生きている人間なんて仕方のない代物だな。何を考えているのやら、何を言いだすのやら、仕出かすのやら、(中略)其処《そこ》に行くと死んでしまった人間というものは大したものだ。何故《なぜ》ああはっきりとしっかりとしてくるんだろう。まさに人間の形をしているよ」という有名な言葉にターゲットをすえて、その歴史観を忌憚なく批判している。

歴史には死人だけしか現われてこない、だから退《の》ッ引《ぴ》きならぬギリギリの人間の相を示し、不動の美しさをあらわす、などとは大嘘だ。死人の行跡が退ッ引きならぬギリギリなら、生きた人間のしでかすことも退ッ引きならぬギリギリなのだ。もし又生きた人間のしでかすことが退ッ引きならぬギリギリでなければ、死人の足跡も退ッ引きならぬギリギリではなかったまでのこと、生死二者変りのあろう筈はない[41]。

生きた人間を自分の文学から締め出してしまった小林は、文学とは絶縁し、文学から失脚したもので、一つの文学的出家遁世《しゅっけとんせい》だ、私が彼を教祖というのは思いつきの言葉ではない[42]。

こうした安吾の小林批判は、ある時期以降の柄谷の小林に対する基本姿勢を規定している。象徴的なのは、小林が亡くなった日の翌日の朝日新聞夕刊に寄せた彼の短文である。

パスカルについて、小林秀雄さんは、あまりに速く回っているコマは静止しているように見える、といったことがある。その言葉は小林さん自身にあてはまるように思う。死に至るまで迅速に回転しつづけ、しかもあくまで静止しているように見えたコマ。私はむしろ、速く回っているコマが他のコマに衝突して移動したり、自らの遠心力で台座からとび出してしまうような姿を思い浮かべるが、小林さんにはそういうことがなかった。(43)

簡にして要を得た自他の観察である。安吾が「死人」と述べたところを柄谷は「静止するコマ」ととらえ、それを返すかたちで自分のことを「コマが他のコマに衝突して移動したり、自らの遠心力で台座からとび出してしまう」姿になぞらえている。いうまでもなく、これは安吾でいえば、生者の「退ッ引きならぬギリギリ」に相当するものだが、じつはこのメタファーはたんなる言葉のあや以上のものを含んでいる。「衝突」と「移動」は柄谷のつかう別の言葉でいえば「差異化」と「交通」のことにほかならず、「台座をとび出す」とは「パラダイムからの脱却」のことであり、それらはいずれも「他者」や「外部」を暗示しているからだ。言い換えれば、柄谷は安吾によって相対化された「小林秀雄」という静止した文学パラダイムを「外部」や「交通」という概念によって動態化し、さらにそれを乗り越えようと図ったのである。よく知られているように、小林は「自意識の球体」を突き破ることを訴えたのだったが、その訴え（批判）に「外部」や「交通」がなければ、それもまた閉じた「球体」となってしまう。そしてこの柄谷思想にとって決定的となる「外部」と「交通」によるパラダイム・チェンジの試みに伴走したのが、ほかならぬ彼の生涯の「朋輩」中上健次であった。

二人による「小林秀雄を超えて」と題された対談はその経緯をよく語っている。『枯木灘』が評判を呼んで自信を得た当時の中上は、自分が被差別部落出身であることのうえに独自の文学観を築き始めていた。被差別部落とは、ある意味では共同体内部に恣意的に作られた「外部」であり「差異」である。小説家としての彼はそこに発する文学の、いわば存在論的意味を「物語」の掘り起こしととらえ、自閉化してしまった日本の近代小説からの脱却を物語のなかにある「交通」に求めようとしていた。[44] これに対して、次章で論ずるように、柄谷のほうは当時文学という枠を超えて、共同体の外部、つまり共同体と共同体の間に生ずる「交通」の問題を考えていた。こうしたパースペクティヴから見ると、それまで彼らが信奉してきた小林秀雄の欠陥がはっきりしてくる。それは交通という観点の決定的な欠如である。中上は対談のなかで安吾には「外」があったことを認め、小林秀雄についてこう発言している。

さらに坂口安吾のように、アジアのほうからこっちを見るということもない。つまり、ほかの言葉を知った耳で日本語を聞いてみる、あるいは見てみる、という目すらもないのがわかってくる。小林秀雄はフランス文学をやったらしいが、物語としての言語を文学としての言語に、強引に枝葉を切りとって収めたみたいな気がするんですよ。

そうすると、この人の「中庸」は、ことごとく、思考の遮断というか、あるいは交通の遮断になる。一億の人間がこんなふうに交通を遮断し、小林秀雄ふうに物を考えていると、もともと交通の坩堝として出発してここまで来た日本なんて、必ずたちまち潰れてしまうこととになる。[45]

中上のこの発言は今日いっそうリアリティをもってわれわれに迫ってきているが、同じころに柄谷が書いた小林批判のエッセイも文字通り「交通について」と題され、柄谷はそこでマルクスの『ドイツ・イデオロギー』の交通概念を論じている。[46]こうした「差異」や「外部」に基づいた「交通」の思想が当時のポストモダンの論議とニアミスしたことは確かだが、そちらの流行思想の側からのみ理解してしまうと、おそらく中上も柄谷もその思想の核心をとらえることはできない。いずれにせよ、柄谷はこの時期「先輩」小林から「朋輩」中上への「移動」をとおして「日本文学」というパラダイムを超えていくのであるが、その立ち入った内容はこれからの章で徐々に明らかにしていくことにしよう。

第一章註

（1）木村敏『自覚の精神病理』一七―一八頁

（2）『畏怖する人間』二五頁

（3）『畏怖する人間』三二二頁

（4）『意味という病』二七九―二八〇頁
（5）『畏怖する人間』三四二―三四三頁
（6）この論文はその後発表当時のものに手が加えられているが、ここでは比較的新しい講談社文芸文庫版に依拠して論を進める。
（7）『畏怖する人間』四四頁
（8）『畏怖する人間』二六頁、夏目漱石『行人』三五五頁
（9）『畏怖する人間』五八頁
（10）ブランケンブルク『自明性の喪失』七五頁
（11）ブランケンブルク『自明性の喪失』七七頁
（12）これについては拙著『フロイト講義〈死の欲動〉を読む』参照。
（13）レヴィナス『実存から実存者へ』二七頁
（14）レヴィナス『実存から実存者へ』一二三頁
（15）レヴィナス『実存から実存者へ』一四一頁
（16）『畏怖する人間』四九頁
（17）『畏怖する人間』三九頁
（18）テレンバッハ『メランコリー』二六七頁
（19）テレンバッハ『メランコリー』二七八―二七九頁
（20）なお、『こゝろ』における罪意識については拙著『父と子の思想』第一章で詳しく論じたので、参照願えれば幸いである。
（21）『意味という病』一〇頁
（22）『意味という病』一五頁
（23）『意味という病』五四頁

(24)『意味という病』一七二頁
(25)『意味という病』一九八頁
(26)『意味という病』三九―四〇頁。むろんこのような観点が生じるのは、ほかならぬ柄谷自身が「不眠」に悩んだと思われる「メランコリー親和型」の人間だからである。これは後の関井光男との対談にもはっきり述べられている。『坂口安吾と中上健次』三〇〇―三〇一頁参照。
(27)『意味という病』三一〇頁
(28)高橋敏夫「「他者」としての状況」『国文学解釈と鑑賞別冊　柄谷行人』一二八頁
(29)『意味という病』三三一―三三三頁
(30)『意味という病』四四頁
(31)『意味という病』三一二頁
(32)永田洋子『十六の墓標』下、三八一頁
(33)『意味という病』三一一頁
(34)一九七一年刊行の高橋和巳『わが解体』に所収。
(35)吉本隆明『マチウ書試論・転向論』一三八頁
(36)吉本隆明『マチウ書試論・転向論』一三四頁
(37)ちなみに、柄谷が聖書問題として論じたのは『マタイ伝』ではなく、『マルコ伝』である。これは田川建三の『原始キリスト教史の一断面』の書評だが、このなかで柄谷ははっきりと吉本の『マチウ書試論』からの影響に言及している。『畏怖する人間』二七九頁以下参照。
(38)吉本隆明『マチウ書試論・転向論』一一五頁
(39)島弘之『〈感想〉というジャンル』六一頁
(40)『柄谷行人・中上健次全対話』五七―五八頁
(41)坂口安吾『教祖の文学・不良少年とキリスト』二四頁

(42) 坂口安吾『教祖の文学・不良少年とキリスト』二九頁
(43)『批評とポスト・モダン』一九五頁
(44) 中上の物語論については長編エッセイ「物語の系譜」を参照。
(45)『柄谷行人中上健次全対話』七〇頁
(46)『批評とポスト・モダン』一七四頁以下。

第二章

外部というテーマ

内省と遡行

小林秀雄というパラダイムからの脱出は、そのまま日本文学という分野からの脱出でもあった。そのキーワードとなったのが「交通」「外部」「他者」「差異」といった諸概念であるが、一九八〇年代に入ると、これらの概念との理論的格闘が柄谷を哲学、言語学、数学などに急接近させることになる。彼の思考がポスト構造主義やポスト・モダンの論議にニアミスして、広く名前が知られていくことになるのもこの時期である。この哲学期の最初に位置する著作が『隠喩としての建築』（一九八三年）と『内省と遡行』（一九八五年）であるが、ここでは哲学的色彩のより濃い後者を中心にして論を進めていくことにする。この著作は一九八五年の出版だが、収められた二本の互いに重なり合う（ところどころ記述まで同一の箇所がある）長編論文の「内省と遡行」と「言語・数・貨幣」の雑誌掲載は、それぞれ一九八〇年と一九八三年のことであった。

『内省と遡行』はエチュードのような作品であり、哲学の論議としてはやや粗さや飛躍が目立つとはいえ、それでも随所に柄谷ならではの特徴ある鋭敏な解釈や発想が顔を出している。著作の位置づけとしては、ちょうど西田幾多郎が『善の研究』を発表したあと、一時期集中的に数学に専念し、その研究成果を『自覚に於ける直観と反省』という著作にまとめ上げているが、後の柄谷思想の発展を考えると、この『内省と遡行』も、それとよく似た位置にあると言えよう。つまりこのエチュードのような「悪戦苦闘のドッキュメント」（西田）が後の本格的な論議を可能にしたのである。

論文「内省と遡行」のタイトルは、そのままこの時期に柄谷が集中した問題意識を表現している。前章で見たとおり、文学批評において柄谷が突き当たったのは、日本文学、ひいては文学という制度の自閉性と、それからの脱出の可能性という問題であった。まずこの前者すなわち自閉システムと理論的に関係しているのが「内省」という概念である。「内省《イントロスペクション》」とは一般に、自己の内部を観察ないし考察することを意味する言葉だが、哲学の分野ではデカルトの「省察《メディテイション》」や認識主観を前提としたドイツ観念論の「批判」「思弁」、フッサールの現象学的還元などが代表的である。問題は、この内省の立場をとると、原理的にすべてがその内省する主観の世界のなかに収まって、その外部が消えてしまうということにある。従来これは「独我論《ソリプシズム》」と呼ばれ、哲学において大きなアポリアとなっている。柄谷が理解する「内省」はこれを同一の原理に従う合理的な記述体系一般にまで拡大したもので、『隠喩としての建築』でいわれる「建築への意志」や「形式化」はすべてこれに属する。言い換えれば、この「独我論」は個人のみならず、自己完結的な制度や共同体をも対象とし、そこに「自己言及的」な閉じたシステムを見出すことになる。つまり内省の原理はわれわれを同一の世界のなかに閉じこめるということである。

では、そこからの脱出はどのように図られるのか。それがもうひとつの言葉「遡行《リトロスペクション》」に託された意味である。柄谷がこれを考えるにいたったきっかけはニーチェであったと思われる。周知のように、ニーチェはヨーロッパ思想、とりわけ「自我」という桎梏にとらわれた近代思想に対して根本的な疑義を唱えて、それが発生してくるメカニズム、ニーチェ自身の言葉でいえば「系譜学《ゲネアロギー》／発生論」を明らかにしようとしたが、柄谷はこの自我発生の起源に遡って事態の本質を暴露するニーチェの系譜学／発生論の方法を「遡行」と呼ぶ。ニーチェがこの遡行の行きつく先に「身体」や「力」を見たこともよく知られていよう（『力への意志』参照）。しかし、柄谷はこの遡行先の「身体」や「力」を実体的な何かとはみなさない。それはあくまで「比喩」だという。なぜ、そう言わなければならないのか。

内省の立場をとるかぎり、自己ないし自我の外部に実体的な何かを措定し、それによって自我を脱出しようとしても、それは原理的に不可能である。フィヒテの自我哲学が明らかにしたように、自我に対する非自我ないし反自我の措定は、あくまで自我の意識の働きによっておこなわれる。だからそのようにして見出された「外部」は自我主観のペアとしての「対象」または「客体」の枠を抜け出せない。言い換えれば、主観と客観は互いに補い合うセットとして同一の閉鎖世界を構成してしまうのだ。かといって、文字通り素朴に自我の外部の実在を認めるのでは、内省の立場を放棄することになってしまう。では、どうしたらこのジレンマを脱して自我は「外部」に出会うことができるのか。直接実体的な外部に依拠できないとするなら、それは内省を徹底して、自我の同一的世界が内側から解体するのを待つ以外にない。だからニーチェに託して柄谷はこういう。

ニーチェの遡行《リトロスペクション》は、外的な（物理学的・生物学的・歴史学的）な事実性においてあるのではなく、内省《イントロスペクション》のなかでしかありえないのであり、しかも内省の拒絶としてしかありえないのである。[1]

この自己の同一的世界、言い換えれば、閉じたシステムの内部における内省の徹底化という意味で柄谷が注目するのが、フッサールの現象学的還元という方法論である。フッサールは純粋な現象学を打ち立てるために、デカルトと同じように、まず「自然的態度」において現われるすべての対象、すべての存在を「括弧に入れる」という措置をとった。つまり、われわれがふだん自明とみなしている物事に対していったん「判断を停止する《エポケー》」のである。これが現象学的還元である。フッサールの場合は、この還元の結果として個々の自我を超えた「超越論的自我」が残る。だから、これを土台にしてあらためて世界の「構成」がおこなわれることになる。だが、柄谷の解釈によれば、ニーチェは「フッサールが超越論的自我とよんだものに、抑圧的《よくあつてき》・隠蔽的《いんぺいてき》な中心化をみいだ[2]」し、「還元」すなわち「遡行」をその自我の解体否定にまで進めたのだという。

ニーチェの戦略は、意識に問いながらそこから身をかわしすりぬけること、中心を解体しながらその解体作業がひそかに前提する〝中心〟をさらに解体することである。彼が提示するのは窮極的に「比喩」である。[3]

すでに気づかれた人もあると思うが、このニーチェ解釈はドゥルーズのそれに近い。ドゥルーズはニーチェの「力への意志」をこう解釈していた。

> 〈力〉への意志というときの〈力〉とは、意志が欲するものではなくて、意志のうちで欲しているもの（ディオニュソスその人）なのである。〈力〉への意志は相互の差異によってのみ成り立つ示差的な境位《エレメント》であって、そこからある一つの複合体において向かい合う諸力が派生し、またそれら諸力のそれぞれの質が派生してくるのである。だから〈力〉への意志はまたいつも動性に富む、軽やかな、多元論的な境位として提示される[4]。

柄谷はこの文脈で直接ドゥルーズを引き合いには出していないが、おりしもほぼ同時期に俊才浅田彰がドゥルーズを含むポスト構造主義の優れた解説書『構造と力』を出して一躍評判をとったことを考えると、ドゥルーズの柄谷への直接間接の影響は否定しがたいだろう[5]。たとえば『隠喩としての建築』のなかで建築家アレグザンダーの「セミラティス」構造について論じるとき、柄谷ははっきりとドゥルーズとガタリの「リゾーム」を意識している[6]。またそれ以降柄谷と浅田が雑誌の編集などを通して親密な協働関係にあったこともよく知られている事実であろう。そしてこのポスト構造主義への急接近において柄谷が直面したのが、ポスト構造主義の前提となる構造主義が登場するときの決定的な理論的機縁となった「言語論的転回《リングイスティク・ターン》」という課題であった。

ソシュールの言語論的転回

いわゆる言語論的転回は埋もれていたソシュールの発見に始まると言われる。ソシュールの「一般言語学」の構想は、あらゆる言語システムに妥当する言語基礎論とでもいうべき原理的な理論の創設にあったと、さしあたり言うことができる。「ラング」と「パロール」、「シニフィアン」と「シニフィエ」、「共時的」と「通時的」といった基礎的な対概念を打ちたてながら言語一般の「構造」を明らかにしようとしたソシュールの試みは、しかしその一見まとまりのあるように見える理論構成のなかに、それまでの通念をひっくり返すラディカルな発想を秘めていた。

そのもっとも有名なのが、言語を実体なき「恣意的」な「差異」のシステムにまで還元するという考えである。たとえば「意味するもの」としての「シニフィアン」はそれぞれの言語システムのなかで恣意的に区別された音声であり、その音声の区別(分節化・差異化)は言語システムごとに異なっているがゆえに、それに対応するシニフィエ(意味)もまた恣意的な差異化を逃れることはできない。言い換えれば、それまでの言語学が前提としていたようなアプリオリな「意味」や「指示対象」なるものは初めから前提にできない。それはむしろ恣意的で偶然なシニフィアンの差異化の運動の結果にすぎないのだ。この動的な差異化の運動を機軸にして哲学理論を展開したのがドゥルーズやデリダのポスト構造主義の論議であることは今日ではよく知られていよう。

さきのニーチェ解釈からもわかるように、柄谷もまたこの差異化の運動――デリダの言葉でいえば「差異の戯れ」ないし「差延」――に注目している。ニーチェの「身体」や「力」が「比喩」だと述べたのは、それらがこの差異化の運動に対応するとみなされたからである。だが、柄谷によるソシュール解釈の最大のポイントはそこにはない。彼の関心がもっとも集中するのは、ソシュールにおける「ラング」の概念である。ソシュール研究の第一人者丸山圭三郎は「ラング **langue**」をこう規定している。

> さて、ソシュールがランガージュとラングを峻別した視点に立つ限り、前者は潜在的能力であるのに対し、後者は顕在的社会制度であった。ところが、この顕在性も、決して物質性を表わすものではない。つまり社会制度としてのラングは、社会的実現という意味で顕在化していても、決して具体的・物理的な実体ではない。これは、母国語であれば幼年期に、第二言語であればもっとのちに個人の頭脳に作られる心的な構造であって、人々はこれによって自己の生体験を分析し、発話の際に必要な選択と結合を行うことが可能になる。すなわち、ある特定の言語にあっては、音声の組み合わせ方、語の作り方、語同士の結びつき、語のもつ意味領域等々には一定の規則があり、この規則の総体がラングであって、これはいわば超個人的な制度であり条件である。(7)

こういう説明からもわかるように、ラングは一般には日本語とかドイツ語というような個々の制度化された言語のことと理解されている。しかし柄谷はソシュールがいう「ラング」とはそのような具体的な言語のことではなく、すでに理念《イデア》化された言語システムのことであるとする。この考えは、丸山の規定に即して言えば、もはや「実体ではない」ような「個人の頭脳に作られる心的な構造」を拡大解釈したものと言うことができるが、柄谷によれば、このラングはフッサールが現象学的還元を通して得た「形相」ないし「形式」に匹敵するという。こう言いうるのは、柄谷が還元概念をフッサールの『論理学研究』や『幾何学の起源』をモデルにして理解しているからである。フッサールは幾何学の体系を念頭に置いて「領域的に共属しあう諸命題、およびそれから演繹的に獲得される諸体系においては、われわれは理念的同一性の領域をもち、この同一性には、十分に明瞭な持続的伝統化の可能性がある」(8)と述べているが、これをそのまま言語法則の総体としてのラングにも当てはめて考えるということである。だから柄谷はこういう。

ソシュールのいうラングは、音声やレファレントのような外的な存在物をカッコに入れるところに、定立される。つまり言語学の対象としてのラングは、外的な対象をカッコに入れ、「意識体験」を注視するような「態度変更」において見出されるのだ。したがって、ラングあるいは記号体系は、経験的に見出されるものではなく、内省的にのみ見出されるものなの

である。(9)

丸山の説明と比較してみればわかるように、このラング理解は必ずしも一般的ではなく、あくまで柄谷独自の解釈だが、逆にそれゆえに、ここに柄谷に固有な考えもよく出ている。つまり、柄谷はラングをひとつの閉じた理念的で形式的なシステムととらえ、そのシステムを支えているのが意識による内省だと考えるのである。そしてそのうえで問題となるのが、この言語システムの最下層に置かれたシニフィアンとしての音韻および音声の存在である。この分節化(差異化)された音声がシニフィアン(意味するもの)として機能するということは、その差異がすでに内省による同一的な意味を前提しているということであり、音声はその意味を生み出す差異のシステムのなかに組みこまれていることになる。そのかぎりではシステムの基本単位として同一性の担い手となっているのである。

だが、ソシュールの最終的な意図はそのような静的で閉じた言語システム論を構築することにはなかった。そのことはさきに述べた差異化の運動にも現われているが、柄谷が強調するのは同一の閉じたシステムの最下層に見出される「恣意的な・偶然的な・多方向的なもの」としてのシニフィアンの性格である。しかも、ここが大事なところだが、柄谷にとってこの「恣意的な・偶然的な・多方向的なもの」は、たんにシステムの外部に見出されるものではなくて、あくまでシステムの内省を突き詰めたところに出てくるもの、言い換えれば、内的な還元の果てに出てきてしまう「内的外部」とでもいうべきパラドックスめいた存在だということである。柄谷にとって、これはニーチェが「遡行」の果てに突き当たったあの「身体」や「力」と同じものにほかならない。――ちなみに、われわれはここに前章で見た柄谷独特の「裸形の関係」としての「自然」概念の発展を見出すだろう。

ソシュールは、一方で「意識」あるいは一つのラングから出発して、構造あるいは階層的構造を明らかにする。むろんそのような構造は、目的論的・機能的なものであって、すでに統合化・中心化されている。だが、他方で、ソシュールは、現象学的‐構造論的還元においては一方向的に閉じられてしまうほかない構造を、恣意的な・偶然的な・多方向的なものが制限されたものとして、あるいは選択的に排除された結果としてみるのである。彼は「意識」からはじめると同時に、「意識」を「本来混沌たる体系の部分的修正にすぎない」ものとしてみるのだ。[10]

ここに出てくる「恣意的な・偶然的な・多方向的なもの」という表現は、あのドゥルーズがニーチェの「〈力〉への意志」に読みこんだ「動性に富む、軽やかな、多元論的な境位《エレメント》」とも重なり合うが、柄谷にとってそのことよりももっと決定的なのは、内省システムが内部にそのシステム自体の解体の契機を孕んでいるという認識のほうであり、この基本認識が以後しばらくの間柄谷の集中的論議のテーマとなる。

不完全性定理の射程

内省のシステムがそれ自身のなかに自己解体の契機を含んでいるという考えを理論的にもっとも純化してみせたものが、柄谷も注目した数学におけるゲーデルの不完全性定理である。この定理の詳しい説明は門外漢の私には不可能だが、定理の基本的な内容は、以下の二点である。ひとつは「公理系が無矛盾ならば、それは不完全である」ということ、二つ目は「公理系が無矛盾ならば、自らの無矛盾性を証明できない」ということである。この画期的な定理は「クレタ人は嘘つきだと、クレタ人が言った」というような典型的な自己言及命題のパラドックスの考えをさらに数学的に発展させたもので、カントールが集合論において空集合（φ）を組みこんで新たな無限集合論をたてたあたりから始まるとされるが、ゲーデルが発見した純粋な形式原理の要点は、自己言及を含む公理系が無矛盾な完全性を追求すると、結果的にその無矛盾性が決定できないというパラドックスに陥ってしまうということにほかならない。この定理への並々ならぬ関心は『隠喩としての建築』をも貫いているが、柄谷はこれを以下のように理解する。

> 集合が、それらの内部関係を還元された要素の集まりであるためには、もともとそれらの内部関係を構成している超越的な中心そのものが集合の要素として引きずりおろされねばなら

ない。そのとき無限は、限りないものとして超越化されるかわりに、数えられる「実無根」となる。だが、まさにそこに彼［カントール］を狂死させたようなパラドックスが生じる。それは、「どんな集合Sが与えられても、それよりもたくさんの要素をもつ集合S'を定義できる」という定理に対して、「およそ考えられるすべてのものの集合」なるものを考えると矛盾に陥るということである。このパラドックスは、「無限集合」を可算的なものとして囲いこむメタレベルが暗黙に前提されてしまうことからきているといってよい[11]。

しかし、柄谷の本当の関心はたんに数学の新定理を知ることにはなかった。むしろ問題は、そうした「自己言及のパラドックス」が、いわば時代のパラダイムとして、さまざまな分野に顕在化したことを知ることである。ここで柄谷特有のアナロジカル・シンキングの威力が遺憾なく発揮されることになる。その柄谷的資質が、このころに出てたちまち評判を呼んだホフスタッターの『ゲーデル，エッシャー，バッハ』からも少なからぬ刺激を受けたろうことは想像に難くない。柄谷は、一九世紀後半から二〇世紀前半にかけてヨーロッパでは文学、絵画、音楽のみならず、物理学、数学、論理学などにも共通する大きな変化があったとし、その特徴を次のようにまとめている。

このような変化のパラレリズムが示すものを形式化とよぶとすれば、さしあたって、その特性は次のようなものであるといってよい。第一に、それは、いわゆる自然・出来事・知覚・指示対象《レファレント》から乖離《かいり》することによって、人工的・自律的な世界を構築しようとすることであり、第二に、指示対象・意味（内容）・文脈をカッコにいれて、意味のない任意の記号（項）の関係（あるいは差異）の体系と一定の変形規則をみようとすることである。さらにいえば、そのような還元によってとりだされた形式体系は、それ自体のなかに一つの背理をはらみ、「形式化しえないもの」を逆説的に提示するということができる。(12)

「パラレリズム」とは、アナロジカル・シンキングの別名にほかならない。同じことを『隠喩としての建築』なら、こう表現するだろう。

くりかえしていえば、このゲーデル的問題は、文学批評であれ、記号論であれ、一般システム理論であれ、「形式化」が本来的に「確実性」――建築《コンストラクション》への意志に根ざしているがゆえに生じるのである。逆説的なのは、「確実性」の探求と建築が、その不可能性を証明してしまうことだ。(13)

ここで柄谷が念頭においているのは、すでに述べたソシュールの言語学やカントールからゲーデルにいたる数学の新理論だけではない。そこには絵画における反遠近法の運動やシェーンベルクの十二音階なども入ってくるのだが、このパラダイム上の変化において、あらためて彼のアナロジカル・シンキングを刺激したのが、マルクスとフロイトであった。

カントールとマルクスの仕事が平行していることは不思議ではない。むしろそれがみえなかった方が不思議なのだ。しかも、彼らの仕事は、それらを区別し分離してしまう知の遠近法《パースペクティヴ》を還元し不安定（決定不能性）のなかに追いこむことであった。このような基礎論的企てのなかに、フロイトの〝心理学批判〟やソシュールの〝言語学批判〟を加えてもよいだろう。[14]

マルクスに関しては後に一章をもうけて論ずるので（第四章参照）、ここではその指摘にとどめておくが、フロイトに関してはやや批判的なコメントが必要かもしれない。周知のように、フロイトといえば、意識の背後ないし深層に無意識的なものを発見（仮説）したことで知られる。柄谷がまず注目するのは、この「深層」という考えである。柄谷によれば、これは意識と無意識を同一の階層システムのなかに取りこむことであり、その意味で遠近法と同じく、ひとつの閉じた空間の形成を語っている。たとえばフーコーが理性と狂気の間に「分割線《パルタージュ》」を引くことによって隔離や排除が生ずるとしたことも、それは両者が等質の空間に置かれたからこそ可能だったという論理である。[15]だとすれば、無意識なるものを立てる精神分析ないし深層心理学は「遠近法」ないし「自己言及」的な自律的世界を作りこそすれ、けっしてこれを「決定不能性のなかに追いこむ」ような「パラドックス」を含むことにはならない。では、いったい柄谷はフロイトのどこにシステム解体の契機を見出すというのだろうか。

> 彼のやったことは、むしろそのような階層的遠近法の拒絶である。それは彼がブロイアーの催眠療法からはなれて自由連想法をとったことに示されているといってよい。つまり、フロイトは「深層」のかわりに、自由連想または夢において表層的にあらわれる情報の連合と統合の配置に注目したのだ。「無意識」とよばれるものは、われわれの「意識」の遠近法的配置（線的論理）において、無意味・不条理として排除される「表層」的配慮である。[16]

この記述のポイントは、フロイトは「深層」というよりむしろ「表層」を問題にしたということと、その「表層」が「自由連想」から成り立っているという点である。これまでの論旨にしたがって推測するに、ここで柄谷が言いたいのは、患者に思いつくままに語らせる精神分析の「自由連想法」のなかに、ソシュールのあの「恣意的な・偶然的な・多方向的なもの」としてのシニフィアンと同一のものを見出すことができ、それが「階層的遠近法の拒絶」につながるということであろう。だが、この蓮實重彥風表層理論に引きずられた立論はあまり説得的とはいえない。まずフロイトの精神分析における「無意識的なもの」を「表層」とみなすことには、やはり理論的に無理がある。柄谷の論旨からすれば、むしろ無意識をいったん「深層」として認め、その意識―無意識の階層的システムの「深層」にある無意識的なものをさらに突きつめていくと、ちょうど柄谷が読みこもうとしたフッサールの現象学的還元がそうであるように、そこにシステムを破ってしまうような何かが出てきてしまうという立論のほうが柄谷自身の論旨にも整合的であろう。このことの理解の助けになるのがラカンの精神分析理論である。

ラカンが、無意識的なものは言語活動《ランガージュ》として構造化されているというセンセーショナルなテーゼを立てて、精神分析のなかに構造主義の考えをもちこんだことは今日ではよく知られている。つまりそのことをもって、まず意識と無意識は言語活動という指標で同一のシステムのなかにつながれたとみなすことができる。だが、無意識的な言語活動は、シニフィエ（意味）の安定した意識におけるそれとは異なって、まさにシニフィエを固定できない「恣意的な・偶然的な・多方向的なもの」としてのシニフィアンがうごめく「想像的な《イマジネール》」世界である。そして、これがシステム解体の契機となるのだ。

さらにこれに付け加えるなら、フロイトの「メタ・サイコロジー」は、このシニフィアンの戯れのその奥にエロースとタナトスの欲動を見るのだが、とくに注目すべきは死や破壊のもととなるタナトス、すなわち「死の欲動」と呼ばれるものである。これはエロースが作りあげる生の秩序をつねに無化し、解体する方向にはたらくとされるもので、こちらのほうが、さきの引用で柄谷自身があげた「表層」や「自由連想」による根拠づけよりも、内省のシステムがそれ自身のなかに自己解体の契機を含んでいるという柄谷の基本テーゼによりいっそう合致するといえよう。(17)このあたり『内省と遡行』という著作がまだエチュードの作品で、粗さや飛躍が目立つと述べたゆえんでもあるのだが、にもかかわらず、これらを通して柄谷が述べようとした基本的な考えが崩れ去るわけではない。この基本的な考えをさらに理論的に追究したのが『内省と遡行』につづいて出版され、柄谷の哲学的素養を遺憾なく発揮した『探究Ⅰ』(一九八六年)と『探究Ⅱ』(一九八九年)である。つづけてこれらの著作のなかで展開された柄谷の理論的格闘をおもだったテーマごとに紹介検討していくことにしよう。

他者または他性

まず、閉じたシステムの解体またはその外部ということで浮上してくるのが「他者」というテーマ系である。そしてこの問題の所在がどこにあるかをウィットゲンシュタインの『哲学探究』の解釈をとおして明らかにしようとしたのが『探究Ⅰ』という著作である。おそらく書名もウィットゲンシュタインのそれを受けたものであろう。

この書の冒頭で柄谷は、自分の言葉を理解しない人間に向かって石板をもってくるよう言葉で命ずる場合を考察した有名なウィットゲンシュタインのアフォリズムに注目して、こう述べる。

「われわれの言語を理解しない者、たとえば外国人」は、ウィトゲンシュタインにおいて、たんに説明のために選ばれた多くの例の一つではない。それは、言語を「語る―聞く」というレベルで考えている哲学・理論を無効にするために、不可欠な他者をあらわしている。言語を「教える―学ぶ」というレベルあるいは関係においてとらえるとき、はじめてそのような他者があらわれるのだ。[18]

われわれはさきに自己言及のパラドックスに陥る同一次元の閉じたシステムについて見てきたが、ここでそれに当たるのが「語る―聞く」の関係である。なぜなら「語る―聞く」の関係はすでにして共通のコードやルールを前提にしており、それはどれだけ規模が大きくなろうとも、そのコードのもとにひとつの閉じた体系をなしているといえるからである。いわゆるコミュニケーションの成り立つ世界である。通念に反して柄谷はこの世界をあえて「独我論」または「モノローグ」と呼ぶ。それはシステムとしては同一性のなかに閉じられているからである。むろん言葉によるコミュニケーションが可能であるかぎり、ここでも他者が問題になる。だが、この場合の他者は同一のシステムのなかの成員、いわば一分枝としての役割を担うものであり、ある意味では互いに「交換可能」な存在である。社会学的にいえば、ミードやパーソンズなどのいう「ロール・プレイ」、廣松渉の哲学用語でいえば「役割行為」を担う他者であり、要するにそれは「他者性」「疎遠性」を払拭した理解（交通）可能な「他者」である。[19]

これに対して「教える―学ぶ」の関係にある他者には共通のコードがまだ成立していない。つまり教えられる側ないし学ぶ側は、さしあたりそのコードを前提とするシステムの外部に置かれているのであり、それゆえにいまだ「他者性」「疎遠性」をおびた「他者」である。ウィットゲンシュタインおよび柄谷が注目するのはこのコードを同じくしない他者との非対称の関係にほかならない。いうまでもなく、これはコードを共有する対話の場合とちがって、一対一の対等な関係ではない。

たとえば外国語学習において教える側は、なぜ犬のことをドイツ語で「Hund」と言うのかを説明することもできなければ、そうする必要もない。それはただたまたまそうなっているにすぎない。学ぶ側もまたそれをそのまま受け入れるよりほかにない。そう名づけられた理由を問うても仕方がないし、その言葉が気に入らないからといって拒否するわけにはいかない。つまりここには一方から他方への一方通行的な知の流れがあるだけである。それゆえの非対称である。言い換えれば、学ぶ側の他者は対等な地位を与えられていない。教える側からすれば、それは「無知」で「疎遠」な「他者（外国人）」にほかならない。対等な関係が成立するのは、この習得が済んでコードが共有されてからのことである。いったん参入したコードの内部で説明や説得をとおして知を獲得していくプロセスとちがって、この「教える—学ぶ」の瞬間にはひとつの「飛躍」が認められる。言い換えれば、そのコードのなかに入るか入らないかの決定的な分岐点である。この分岐点を学ぶ側から見れば、それはシステムへの参入口であり、教える側から見れば自分のシステムが外部に接する境界点でもある。

この参入の瞬間は、学ぶ側からすれば、ひとつの「飛躍」であるが、裏返してシステムの側からみれば、そのシステムが通じるか通じないかが宙吊りにされる瞬間であり、その意味でシステムの限界点でもあることになる。相手が学ぶことを拒否してしまえば、そのシステムは意味をもたなくなってしまう。言い換えれば、それはシステムがその外部に直面して解体の危機にさらされる瞬間であると言ってもいい。この意味での他者との出会いは、だからシステム解体の契機をはらんでいることになる。こういう危機《クリーゼ》をはらむ飛躍の瞬間は、哲学的にみると、真の意味での他者／他性や文字通り未知なる未来に直面したキルケゴールやレヴィナス、ひいては西田幾多郎などの問題意識とも通じているのだが[20]、この時点での柄谷の関心は、もっぱらこの飛躍を介した「交換」ないし「社会関係」の成立という問題のほうに向かっている。その格好のモデルとしてあげられるのが、商品の売買が成り立つ瞬間である。

売り手がある商品を売りたいと思っても、買い手がそれを欲しいと思わなければ売買が成立しないことは自明のことである。さらに両者の間に「売りたい―買いたい」の気持ちができたとしても、まだ売買は成立しない。物々交換であれ、金銭による売買であれ、互いに交換されるものの間に交換比率が決まらなければ取引は不可能だからである。この交換比率は、むろん最初は手探りでおこなわれるだろうが、いったんそれが成立すると、その既成事実がひとつの（修正可能な）ルールを形成することになる。以後はそれに基づいて売買がおこなわれ、そこに一定の商取引、さらには商業システムが成立することになるだろう。マルクスはこの瞬間を「命がけの飛躍」と呼んだが、柄谷はこの関係を言語ゲームや人間交通一般にまで敷衍しながら、ここにひとつのパラドックスを見出す。

「意味している」ことが、そのような《他者》にとって成立するとき、まさにそのかぎりにおいてのみ、〝文脈〟があり、また〝言語ゲーム〟が成立する。なぜいかにして「意味している」ことが成立するかは、ついにわからない。だが、成立したあとでは、なぜいかにしてかを説明することができる——規則、コード、差異体系などによって。いいかえれば、哲学であれ、言語学であれ、経済学であれ、それらが出立するのは、この「暗闇の中での跳躍」（クリプキ）または「命がけの飛躍」（マルクス）のあとにすぎない。規則はあとから見出されるのだ。[21]

ここで言われる「意味している」という事態は交換やコミュニケーションが成立していることとアナロジカルである。さきの「教える—学ぶ」の関係で見たように、われわれはふだんルールが先行すると考えている。だからなによりまずそれを学ばなければならない。ルールを知らずしてゲームを始めることはできないからだ。それは一面において正しいのだが、しかし、この飛躍の瞬間から見なおしてみると、じつはその先行するかに見えるルールないしコードが「事後的」にしか成立しないということである。ルールに基づいた意味や理屈は遅れてやってくるのだ。[22] その意味での「パラドックス」である。マルクスはこれを「倒錯」とみなしたが、柄谷はこの倒錯を生み出すパラドックスを前提にして、普遍的な規則と思われているものは、じつは無根拠なのであり、それは多様な実践的行為の類似性としてのみかろうじて成り立っているものにすぎないとし、それをウィットゲンシュタインの「家族的類似性」という概念のなかに読みこんでいる。

言語ゲームは多様であり、したがって、「世界」(の限界)は多様である。しかし、このことは、言語ゲームが成立するか否かにかかわる無根拠的な危うさと、われわれが、「世界」を画定することの不可能性とを、考慮にいれなければ、大して意味がない。ウィトゲンシュタインは、明瞭な同一性と差異からなる世界に対して、「複雑な類似性の網目」であるほかない世界の在りようを見ている。そこから、有名な「家族的類似性《ファミリー・リゼンブランス》」という考えが出てくる、といってよい。[23]

柄谷のアナロジカル・シンキングがゲーデルの不完全性の定理とウィットゲンシュタインの言語ゲーム、それにマルクスの価値形態論に共通するロジックを読みとろうとしていることは明らかだろう。

固有名の問題

他者と同じように共同体ないし同一システムの外部にありながら、それらにとって謎めいた、しかも重要な役割を果たすものとして、さらに柄谷の関心を引きつけたのが固有名の問題である。われわれは人名、地名などの固有名をごくあたりまえの言語現象だと思って使っているが、とりわけてこれの哲学的意味に注目して有名になったのが、さきにも触れたウィットゲンシュタインの言語ゲームやゲーデルの自己言及のパラドックスについての論議をもリードした言語哲学者のクリプキであった。

固有名の問題というのは、簡単にいえば、こういうことである。固有名はわれわれの言語を構成するたいていの言葉（概念）とちがって、「これ」という指示語と同じように、ほかならぬある特定のものを指し示すだけで、その意味内容を記述するものではない。いわばまっとうなシニフィエをもたないシニフィアンである。だが、指示語がそのつどの話し手のそのつどの視点ごとに設定できる言葉であるのに対して、固有名は他の概念と同じように、どのような立場からであれ、ある意味で客観的に通用するという性格をもっている。この固有名のもっている特殊な性格の位置づけをめぐってはJ・S・ミル以来さまざまな議論があるが、そのなかでもよく知られているのは、これを有意味な記述言語に還元しようとしたフレーゲやラッセルなどの試みである。言い換えれば、固有名にまっとうなシニフィエをあてがおうという試みである。だが、クリプキは、固有名をそのように記述言語に還元してしまうことはできないとし、記述を中心とする言語システムのなかにあくまで固有名独自の指示性格を位置づけようと試みたのであった。その論議の中心は、固有名をあらゆる可能な世界において同一の対象を指示する「固定指示子」というひとつの権利上の「約定」としてとらえ、それが代々伝えられていくものだとすることにあるが[24]、柄谷はこの煩瑣な論議から固有名に関する独自の観点を取り出してくる。

固有名は、言語の一部であり、言語の内部にある。しかし、それは言語にとって外部的である。[25]

クリプキが論証したように、固有名の指示的性格が記述言語に還元することはできないとすれば、それは互いに説明（交換）可能な説明言語でできあがっている言語システムのなかに完全に収まりきらない、つまり内部でありながら外部でもあるような特別なポジションにあるということを意味する。

固有名が記述に還元されないということは、それが一つの言語体系に「内面化」されないということである。これは固有名が外国語に翻訳されない理由でもある。だが、別の観点からいえば、それは、固有名がはらむ外面的な多数的な諸関係が単一の関係体系に収められないということである。[26]

では、指示的性格はなぜ固有名にそのような特別なポジションを強いるのか。固有名は「これ」という指示語のように特定の対象を「ほかならぬこのもの」として指し示すのであった。クリプキは固有名が仮定をも含むあらゆる可能な世界において同一の対象を指し示すと言っていたが、柄谷は「ほかならぬ」というのは、文字通り「他であったかもしれないが現実にこうである」ということであり、言い換えれば、可能な世界の総体からたまたま「ほかならぬこのもの」が顕現したことだと考える。柄谷が注目するのはこの「ほかならぬ」に含まれる「たまたま」つまり偶然性である。固有名が完結した言語システムのなかに説明可能なものとして収まるのであれば、それは必然性としてシステムの内部にとどまる。だが、計算も説明も不可能な偶然性と接する固有名はそこにとどまることはできない。それは偶然性を介して外部に接しているからである。それがさきの引用にいう「固有名がはらむ外面的な諸関係」である。だから、こう言われる。

では、けっして内面化されないような「関係の外面性」はいかなるものか。それはこの関係が「偶然的」であるほかないような関係である。[27]

ありていに言って、偶然とは、いわば不可知なものが現在を襲う瞬間である。著者はこの問題については別著で詳しく論じたことがあるので、ここでは深く立ち入ることはしないが、この瞬間は現在において既成性や整合性（ハイデッガーのいう「事実性」）が外部によって不意打ちをくらう瞬間だといってもよい。[28] その意味で偶然とは外部との接点なのだ。同じように固有名の外部性の根拠を偶然性のなかに求める柄谷は、そうした立場から、さらに九鬼周造の『偶然性の問題』を参照しながら、「独立した複数の系列の出会い」としての偶然のなかにこそ固有名の核心的な問題があるとする。クリプキは「約定」としての固有名がそのまま伝承されるものであることを述べていたが、柄谷はこの伝承（交通）は説明による整合的な伝達ではなくて、偶然を旨とする「独立した複数の系列の出会い」をとおしておこなわれるものであり、それはまさに自分のいう「教える—学ぶ」の非対称な関係においておこなわれるのだと理解する。固有名の伝承は説明記述、すなわち別の言葉でいえば、「話す—聞く」という言語システム内部の対等で整合的な回路をとおしてではなく、それを伝える者から受け取る者への非対称な伝達（教え）によって可能となるからである。九鬼のいう「仮説的偶然」の「一の系列と他の系列との邂逅」を、このように直接人間どうしの伝達関係に適用できるかは、いささか疑問が残るところだが、柄谷の言わんとすることは明らかであろう。

ついでに、この固有名の問題との関連でひとつ補足しておこう。それは固有名のもっていた「ほかならぬこのもの」という性格を同じくするものとして、柄谷が「特殊性」と区別された「単独性」という概念を強調していることである。[29] 両者は往々にして混同されているが、柄谷によれば、「特殊性」というのはあくまで「一般性」の部分をなすものであり、ある意味ではその全体性の構成要素として、一般性ないし全体性に内属しているのに対し、「単独性」というのはそうした一般性に所属しようのない外部を言い表わしている。さきの他者の問題でいえば、共同体の成員としての他者とコードを共有しない他者との区別がそれに対応しており、柄谷の問題意識が一貫していることがわかる。

たとえばわれわれが「この私」というとき、それは他の何者とも交換不可能で唯一一回的な「ほかならぬここにいるこの私」を意味しうる。このような意味での「私」は、「われわれ」の一部としての私でもなければ、万人に当てはまる私なるものでもない。それはそもそもからして一般化とは相容れない存在である。前者が柄谷のいう「単独性」、後者が「特殊性」である。こうした「単独者」への関心は、すでにシュティルナーの「唯一者 der Einzige」やキルケゴールの「単独者 der Einzelne」に見られるものだが、柄谷のエッセイが出るのとほぼ時を同じくして、あらためてM・アンリや永井均などによる「この私」をめぐっての本格的な論議が生まれているのも興味深い(30)。

第二章註

(1)『内省と遡行』一〇頁
(2)『内省と遡行』一六頁
(3)『内省と遡行』一八—一九頁
(4) ドゥルーズ『ニーチェ』四四頁
(5)『構造と力』に収められた一連の論文が雑誌に発表されるのが、ちょうど柄谷の論文「内省と遡行」と「言語・数・貨幣」に挟まれた期間に相当するのだが、著者の記憶では、この著作が火付け役となって日本でもドゥルーズ、ガタリに対する関心が急激に高まったと思う。
(6)『隠喩としての建築』第二章参照。ただし、柄谷はセミラティスは結局のところツリーに還元されるので、ドゥルーズのリゾームとは似て非なるものだとしている。
(7) 丸山圭三郎『ソシュールの思想』八三頁
(8) フッサール『幾何学の起源』二八四頁。ちなみに、柄谷の「遡行」という概念は、内容的にはニーチェに負っているが、用語としてはこの『幾何学の起源』に展開されたフッサール独特の「歴史性」の概念にヒントを得たものかもしれない。
(9)『内省と遡行』二八頁
(10)『内省と遡行』三九頁
(11)『内省と遡行』一二六頁
(12)『内省と遡行』一一四頁
(13)『隠喩としての建築』六四頁
(14)『内省と遡行』一二九頁。なお、この引用に出てくるカントールについて付言しておけば、合田正人が吉本と柄谷に先立って、カントールの影響のもとに閉鎖システムの外部を考えていた数学者遠山啓の存在を指摘しているが、実際カントールの集合論は重要な哲学的課題を含んでいるという点で共鳴できる。合田正人『吉本隆明と柄谷行人』第一章参照。
(15)『内省と遡行』七〇頁
(16)『内省と遡行』七四頁
(17)この「死の欲動」を扱うフロイトのメタ・サイコロジーの詳細については拙著『フロイト講義〈死の欲動〉を読む』を参照。
(18)『探究Ⅰ』八頁
(19)これについての詳細な議論に関しては廣松渉『存在と意味』第二巻参照。
(20)拙著『西田哲学を開く』は「永遠の今」という瞬間概念に含まれるこの未知性、他性を哲学の言説に即して論じたものであり、詳しい論議についてはこの書を参照されたい。
(21)『探究Ⅰ』四九―五〇頁
(22)このことを暗示しているのが、柄谷もよく持ち出す囲碁や将棋である。プロを志す子供たちは数歳にしてすでに石を握るが、その場合の訓練法に、理由もわからないまま一流棋士の棋譜をただ並べて頭に入れるという方法がある。その一手一手の意味や論理がわかるようになるのは、後になってからなのだ。
(23)『探究Ⅰ』八二頁
(24)論議の詳細に関してはクリプキ『名指しと必然性』を参照。
(25)『探究Ⅱ』四六頁
(26)『探究Ⅱ』七九―八〇頁
(27)『探究Ⅱ』八〇頁
(28)拙著『西田哲学を開く』第五章参照。
(29)『探究Ⅱ』第一部第一章参照。
(30)アンリ『精神分析の系譜』および永井均『〈私〉のメタフィジックス』参照。私事だが、ついでに述べておけば、当時著者はこの問題にはまったく関心がなかったが、西田の「純粋経験」「永遠の今」や木村の「イントラ・フェストゥム」を追っていく過程で、この問題の重要性を知った。

第三章

日本像の転倒

近代というパラダイム

前章でみた自己言及のパラドックスをもう少し一般化していえば、それは自己同一的なシステムには本質的にそれを矛盾に陥れ、自己解体させる契機が含まれているということである。この自己同一的なシステムは数学の公理体系であってもいいし、ひとつの共同体や制度のようなものであってもいい。そういう目からすると、資本制経済システム、ひいてはそれをベースとする近代（モデルネ）もまた広い意味での自己同一的システムとみなしてよいだろう。科学史に即してモデルネをひとつのパラダイムととらえたものとして、クーンの『科学革命の構造』が知られているが、戦後日本思想の文脈でそのことを強く意識していたのが廣松渉である。

> われわれは、今日、過去における古代ギリシャ的世界観の終熄《しゅうそく》期、中世ヨーロッパ的世界観の崩壊期と類比的な思想史的局面、すなわち近代的世界観の全面的な解体期に逢着《ほうちゃく》している。こう断じても恐らくや大過ないであろう。閉塞情況を打開するためには、それゆえ――先には〝旧来の発想法〟と記すにとどめたのであったが――〝近代的〟世界観の根本図式そのものを止揚《しよう》し、その地平から超脱《ちょうだつ》しなければならない。認識論的な場面に即していえば、近代的「主観－客観」図式そのものの超克が必要となる。(1)

廣松は相対性理論や量子力学が登場する二〇世紀前半の物理学におけるパラダイム・チェンジに範をとりながら、マルクスの考えのなかには近代の資本主義パラダイムを「超克」する契機があるとし、哲学（認識論）的にはそれは「主観‐客観」の二元図式のパラダイムの超克として顕現してくると考えたのであった。

次章で述べるように、同じくマルクスを評価するとはいえ、根本的にアプローチを異にする柄谷がこのように大上段に構えた発想をそのまま受け入れることはありえなかったが、[2]ただ近代という時代を「閉塞情況」にあって「解体（革命）」を余儀なくされているひとつのシステム（パラダイム）ととらえるかぎりにおいては、廣松と問題意識を共有していたと言ってもいいだろう。ただし、柄谷はそれを廣松のような「超克」というかたちではなく、システムの「無根拠性」ないし「恣意性」を指摘することによって、その自己解体を促すという言説戦略をとった。こういうマクロな視点から柄谷の『日本近代文学の起源』を読みなおしてみるのは興味深い。

この著作はもともと柄谷が一九七〇年代の半ばにイェール大学の客員教授としてアメリカの学生を相手に近代日本文学を講じたものに発するのだが、その後日本の雑誌掲載のための加筆修正を経て一九八〇年に単行本として出版され、一躍注目を浴びた著作である。これは現在では英語、ドイツ語、韓国語、中国語、トルコ語にも翻訳されており、日本以外でも評価の高い著作である。では、明治以降の日本の近代小説を丹念に読んだきわめてローカル色の強い著作が、なぜそれほどまでに国外でも注目を浴びたのだろうか。それは日本文学をケーススタディとし、そこに近代に共通する普遍的な思想課題を際立たせてみせたからである。以下、その内容を簡単になぞってみよう（ただし、この著作は翻訳書も含め、版が変わるごとに大幅な改訂が加えられており、ここではあえて定本版を取らず、普及度の高いと思われる講談社文芸文庫版をもとに論議を進めていく）。漱石の文学論の特異さを述べた後、柄谷は各論に移り、こう述べている。

私の考えでは、「風景」が日本で見出されたのは明治二十年代である。むろん見出されるまでもなく、風景はあったというべきかもしれない。しかし、風景としての風景はそれ以前には存在しなかったのであり、そう考えるときにのみ、「風景の発見」がいかに重層的な意味をはらむかをみることができるのである。(3)

いうまでもなく、自然としての風景は太古の昔からつねに存在してきた。だが、ここで柄谷が言おうとしているのは、風景が「風景」というテーマとして人々の意識に上るようになったのは新しい事態だということである。では、それ以前に日本で風景はテーマにされなかったのだろうか。もちろん、それもありえないことで、われわれは『枕草子』の記述や山水画、北斎、広重の風景画を知っている。ということは、柄谷が言おうとする「風景の発見」とは、風景一般のことではなくて、近代というパラダイムにおいて発見された風景だということになる。

柄谷にとって風景とは「一つの認識的な布置」である。言い換えれば、それはたんに自然そのままに存在するものではなくて、ある一定の物の見方《パースペクティヴ》が生み出したものである。文芸評論家の高澤秀次は、日本は近代以前から「感覚の再生産の技法」を反復的に習得し、そのつど「風景」を発見してきたことを指摘しているが、(4) 明治の近代化とともに新たな「感覚の再生産の技法」を習得した日本は、今度はそれに見合った風景の発見をあらためて体験したのである。

風景とは一つの認識的な布置であり、いったんそれができあがるやいなや、その起源も隠《いん》蔽《ぺい》されてしまう。明治二十年代の「写実主義」には風景の萌芽《ほうが》があるが、そこにはまだ決定的な転倒がない。それは基本的には江戸文学の延長としての文体で書かれている。そこからの絶縁を典型的に示すのは、国木田独歩の『武蔵野』や『忘れえぬ人々』（明治三十一年）である。とりわけ『忘れえぬ人々』は、風景が写生である前に一つの価値転倒であることを如《によ》実《じつ》に示している。(5)

柄谷は独歩の作品においては自然のみならず、人間もまた風景のように描写されていることに注目し、そうした描写はたんに対象をそのまま写し取ったというよりも、むしろ特定のパースペクティヴによって生み出されたものであるとする。そしてそのパースペクティヴが人々にとって自明になればなるほど、そのような描写があたかも対象をあるがままに描いたかのように思われ、それを生み出した原因としてのパースペクティヴのほうは忘れ去られていくというのである。柄谷はこうした新しい近代的な風景の発見を可能にしたパースペクティヴを文字通り「遠近法《パースペクティヴ》」に見ているのだが、しかしこの遠近法はたんに絵画の技法に限られるものではなく、ひろくわれわれの認識一般を可能にする遠近法、すなわち認識パラダイムを意味する。だから、そこではたんに描かれる対象のみならず、それを見たり描いたりする人間（主観）の側にもパラダイム・チェンジが起こることになる。やはり『忘れえぬ人々』の記述に依拠しながら、柄谷はこう書いている。

ここには、「風景」が孤独で内面的な状態と緊密《きんみつ》に結びついていることがよく示されている。この人物は、どうでもよいような他人に対して「我もなければ他もない」ような一体性を感じるが、逆にいえば、眼の前にいる他者に対しては冷淡そのものである。いいかえれば、周囲の外的なものに無関心であるような「内的人間」inner manにおいて、はじめて風景がみいだされる。風景は、むしろ「外」をみない人間によってみいだされたのである。(6)

見られるように、このパースペクティヴにおいては、あたかもあるがままに描写されたかのような対象と、それを観察する「内的人間」とが一対のものとなっている。この「内的人間」とは、言い換えれば、内省を備えた近代的主観のことである。つまり、ここで言われる「内的人間」と「風景」とは、認識論的には、さきに述べた主観と客観のことにほかならず、その両者がセットとなって、ひとつの認識パラダイムを作っているということである。だから、こうも言われる。

風景がいったん成立すると、その起源は忘れさられる。それは、はじめから外的に存在する客観物のようにみえる。ところが、客観物《オブジェクト》なるものは、むしろ風景のなかで成立したのである。主観あるいは自己《セルフ》もまた同様である。主観（主体）・客観（客体）という認識論的な場は、「風景」において成立したのである。つまりはじめからあるのではなく、「風景」のなかで派生してきたのだ。[7]

そして柄谷が意図するのは、いまやその起源が忘却され自明視されてしまっているこの認識パラダイムが歴史的なものであること、それはある意味では恣意的な制度の産物であることを抉り出し、そうすることによって、そのパラダイムそのものを相対《デコンストラクト》化しようということである。さきに私が、方法において決定的に異なった道をとりながらも、近代的パラダイムへの挑戦という意味で、廣松と問題意識を同じくしていると述べたゆえんもここにある。

言文一致が生み出す内面

よく知られているように、主観・客観の近代的パラダイムを相対化するために、廣松はカントから新カント学派に受け継がれた認識論を内側から崩そうとして、そこに「関係の一次性」をべースに置く「共同主観」と「物象化」というオルターナティヴな概念を構築しようと試みたのであった。その成果が『世界の共同主観的存在構造』と主著『存在と意味』第一巻である。これに対し、柄谷は初めからそのような伝統的な認識論の装置を拒否し、むしろそのような認識論的装置を可能にしている言説的条件ないし「記号論的布置」を問題にしようとした。ある意味で両者の相違は、「純粋理性」を打ち立てようとしたカントないしヘーゲルと、そうしたものの「系譜学」を明らかにしようとしたニーチェないしキルケゴールとの相違に似ている。

明治文学に即していえば、風景や内面を可能にしている「記号論的布置」とは、この時期に起こった言文一致という新たな文体のことである。柄谷はフロイトとニーチェに依拠しながら、人間の「内面」なるものは「抽象的思考言語」を介して初めて可能になるとして、日本近代においては言文一致の文体こそがその「抽象的思考言語」に当たるのだと考えた。

（しかし、）フロイトの説においてもっとも重要なのは、「内部」（したがって外界としての外界）が存在しはじめるのは、「抽象的思考言語がつくりあげられてはじめて」可能だといっていることである。われわれの文脈において、「抽象的思考言語」とはなにか。おそらく「言文一致」がそれだといってよい。言文一致は、明治二十年前後の近代的諸制度の確立が言語のレベルであらわれたものである。いうまでもないが、言文一致は、言を文に一致させることでもなければ、文に言を一致させることでもなく、新たな言=文の創出なのである。(8)

では、「新たな言＝文」としての言文一致はどのようにして「内面」を可能にしたのだろうか。柄谷が言文一致のなかに読みとったのは、ほぼ次のようなことである。それ以前の書き言葉は形象的な言語である漢字に支配され、それを以てしてはありのままに風景や内面を描写したり表現することはできなかった。そういうことが可能になるためには、言語は形象性ないし表意性をできるだけ切り捨てて、音声言語として「透明」になる必要があった。そしてこの透明な音声言語が抽象的思考を可能にしたということである。

事物があり、それを観察して「写生」する、自明のようにみえるこのことが可能であるためには、まず「事物」が見出されなければならない。だが、そのためには、事物に先立ってある「概念」、あるいは形象的言語（漢字）が無化されねばならない。言語がいわば透明なものとして存在しなければならない。「内面」が「内面」として存在するようになるのは、このときである。(9)

言文一致とは、いってみれば書き言葉を話し言葉の音声に近づけることである。そしてその過程でそれまでドミナントだった漢字の形象性ないし表意性は一歩背後にひくことになる。そうして前景に出てきた音声を中心とする言語の「透明さ」が、視覚的な形象に邪魔されることなく、事物をあたかもありのままであるかのように表現すること（客観）を可能にし、そしてそのペンダントとして、それを観察し、考察する「内面」を備えた人間（主観）もまた成立するということである。「重要なのは、自分自身が聴く音声、内的な音声であり、それだけが透明なのである」[10]。こう述べるとき、柄谷はすでにデリダの音声中心主義批判を意識している。

ここで、前章で述べたことをもう一度振り返っておこう。柄谷は自己同一のシステムの基本特徴として「形式」をあげ、それを支えるのが「内省」だと言っていた。そのモデルとなったのがフッサールの現象学である。さきにも見たように、柄谷はそのシステム解体の契機を自己言及的パラドックスのなかに見出していたわけだが、同じシステムを「音声主義」と特徴づけ、その歴史的相対性を指摘することによってシステムの「脱構築」を図ろうとしていたのが、ほかならぬデリダだった。デリダはフッサール現象学があらゆる意味での「ルプレザンタシオン（表象、代理、再現）」から成り、それが「孤独な心的生」によって支えられていることを指摘し、しかもその「孤独な心的生」、すなわち柄谷の言葉に合わせていえば、「内省」を可能にしているものが「声《フオネー》」であると言っている。つまりフッサール現象学を含む西洋形而上学の歴史は、この声の特権性に支えられているのである。

意識としての現前の特権は声の卓越性によってしか確立されえないということ――（中略）――これは、現象学において決して前景を占めたことのないひとつの明証事である。[11]

柄谷が言文一致の文体のなかに見出したのは、この「ルプレザンタシオン」世界の「内省」を支える「声」である。そもそも近代的な認識論のパラダイムを記号論的布置に還元するというアプローチは「言語論的転回《リングイスティク・ターン》」に端を発する構造主義の発想法であったが、一九七〇年代末に柄谷が、日本文学史を勉強した者ならだれでも知っている言文一致のなかに、こうした構造主義さらにはポスト構造主義の発想を読みこんだのは、まさに柄谷のアナロジカル・シンキングがなしたタイムリー・ヒットだった。その後多くの論者がこのテーゼをあちこちで引き合いに出していることは、よく知られていよう[12]。つまり、この時点で柄谷は近代的パラダイム解体の戦略をゲーデルから構造主義およびポスト構造主義のほうにシフトさせていったのである。じじつ、それ以降柄谷の言説にゲーデルの名前はほとんど出てこない。

柄谷の構造主義への接近は、同じ『日本近代文学の起源』のなかに展開された「告白という制度」にはっきりと出ている。「内面」を生み出す条件は音声を中心とする言語だけでは足りない。それを使ってさらに「告白」という表現形式を身につけたときに「内面」は生まれる。まず「風景」なるものが手付かずに存在していて、それをあるがままに描写するのではなく、それを描写する言語が成立して初めて「風景」描写が可能であったのと同じように、初めから存在している「内面」を告白するのではない。むしろ逆に、告白という形式ないし制度が「内面」を成立させるというのが柄谷の基本認識である。島崎藤村の『破戒』や田山花袋の『蒲団』といった明治期の有名な告白小説を念頭に置きながら柄谷は、はっきりとこう述べている。

前章で、私は表現さるべき「内面」あるいは自己がアプリオリにあるのではなく、それは一つの物質的な形式によって可能になったのだと述べ、そしてそれを「言文一致」という制度の確立においてみようとした。同じことが告白についていえる。告白という形式、あるいは告白という制度が、告白さるべき内面、あるいは「真の自己」なるものを産出するのだ。隠すべき問題は何をいかにして告白するかではなく、この告白という制度そのものにある。隠すべきことがあって告白するのではない。告白するという義務が、隠すべきことを、あるいは「内面」を作り出すのである。[13]

告白を文字通り「制度」として確立したのはキリスト教である。その萌芽はすでにパウロにあったといっていいが、ヨーロッパはその後アウグスティヌスやルソーなどの「告白」を生み出し、カトリックにおいてそれがひとつの制度的形式となって定着していることは、よく知られた事実である。そしてまたこの告白（告解）の形式をセラピーに取り入れたフロイトの精神分析がよく表わしているように、心理的な抑圧を克服して打ち明けるべき無意識なるものは、初めから存在するのではなく、むしろ意識による抑圧の結果生まれたものであるという発想の転倒が、ここでも問題となる。こうした通説転倒の論理は、しかしフロイトのオリジナルではない。それ以前に、すでにニーチェがキリスト教的良心の発生を系譜学的に解き明かしたときに出てきたものである。ニーチェは元来野蛮な本能を持ち合わせていた人間にどのようにして良心などというものが生まれるにいたったのかについてこう言っている。

> 外へ向けて放出されないすべての本能は内へ向けられる――私が人間の内面化と呼ぶところのものはこれである。後に人間の「魂」と呼ばれるようになったものは、このようにして初めて人間に生じてくる。当初は二枚の皮の間に張られたみたいに薄いものだったあの内的世界の全体は、人間の外への放《は》け口が堰き止められてしまうと、それだけいよいよ分化し拡大して、深さと広さとを得てきた[14]。

見られるように、ニーチェは「内面」「魂」「良心」というものが初めからあるものではなく、それはやり場のなくなった（攻撃）本能が内に向かったことによって生じたものであるととらえている。有名なフロイトのメランコリー論はこれを直接応用したもので、外に向かうべき攻撃欲動が内に向かいながら、当人はその仕組みに気づかないまま自責の念に悩まされているのがメランコリーだとされる[15]。あるものを押さえこみ、それを封印するから、そこに「内面」や「良心」（ひいては「無意識」）が生まれるのだという論理は、ニーチェの場合、明らかにすでに制度化されたキリスト教の告白を前提にしていた。告白と抑圧は裏腹である。抑圧するから、そこに告白すべきものが生まれる。そもそも抑圧の対象とならないようなものは告白にも値しない。キリスト教の禁欲主義を辛辣に批判するニーチェはさらに、こうも言っている。

> すなわち、病人をある程度まで無害なものにすること、癒しがたい者どもを自滅させること、比較的軽症の患者を峻烈に自己自身に向かわせ、彼らの《反感》に逆説的方向を取らせること（中略）、そしてそのようにしてすべての苦しんでいる者の悪しき本能を自己訓練・自己監視・自己克服の目的のために利用し尽くすことがそれであった[16]。

ニーチェにとって内面的な「良心」の正体は「自己訓練・自己監視・自己克服」にほかならない。この転倒ないし倒錯から生まれた「自己訓練・自己監視・自己克服」をさらに具体的な建築物に即してあざやかに示してみせたのが、フーコーである。私の言わんとするのは、いうまでもなく、あの『監獄の誕生』においてフーコーがおこなった「一望監視施設《パノプティコン》」の解釈である。まず一望監視施設の仕組みをフーコーの言葉を借りて説明しておけば、こうなる。

> その原理はよく知られるとおりであって、周囲には円環状の建物、中心に塔を配して、塔には円周状にそれを取巻く建物の内側に面して大きい窓がいくつもつけられる。周囲の建物は独房に区分けされ、そのひとつひとつが建物の奥行をそっくり占める。独房には窓が二つ、

塔の窓に対応する位置に、内側へむかって一つあり、外側に面するもう一つの窓から光が独房を貫くようにさしこむ。それゆえ、中央の塔のなかに監視人を一名配置して、各独房内には狂人なり病者なり受刑者なり労働者なり生徒なりをひとりずつ閉じ込めるだけで充分である。[17]

そしてフーコーはこの建築物がもたらす効果を次のように解釈したのであった。

〈一望監視装置《パノプティック》〉は、見る＝見られるという一対の事態を切離す機械仕掛であって、その円周状の建物の内部では人は完全に見られるが、けっして見るわけにはいかず、中央部の塔のなかからは人はいっさいを見るが、けっして見られはしないのである。（中略）つまり可視性の領域を押しつけられ、その事態を承知する者は、みずから権力による強制に責任をもち、自発的にその強制を自分自身へ働かせる。しかもそこでは自分が同時に二役を演じる権力的関係を自分に組込んで、自分がみずからの服従強制の本源になる。[18]

フーコーは、ここから「規律・訓練」が生まれてくると言っているのだが、これはニーチェにおいて「自己訓練・自己監視・自己克服」が生まれてくるメカニズムと同じである。ニーチェ（やフロイト）において外から転じて内に向かうのは攻撃本能であったが、フーコーはそれを眼差しに置きかえて新しい解釈をほどこしたのである。

柄谷の告白という制度によってもたらされる「内面」も、この一連の言説と同じ構造をもっている。まず内面なるものがあって、それを告白する、というのではなく、告白という制度、すなわちフーコー的にいえば「装置」のほうが「内面」を生み出すのだ。だからもともとニーチェに親和的だった柄谷の発想がフーコーにつながっていくのも自然である。花袋の『蒲団』が呼び起こしたセンセーションの一因が「抑圧によってはじめて存在させられた性」にあることを柄谷が指摘しているのは、性が「告白の特権的な題材」であることを指摘したフーコーに依ってであった(19)。

サブジェクトとしての主体

「告白」による「内面」の発生に関連して柄谷がさらに取り上げている重要なテーマが「主体《サブジェクト》」という問題である。告白によって内面が発生してくるとき、同時にそれを備えた「主体」ないし「主観」が立ち上がってくるからである。だから告白とキリスト教の歴史的つながりを考慮に入れたとき、柄谷が主体の立ち上げに際して明治を代表するキリスト者内村鑑三に範をとったのは必然であった。では、柄谷はこの主体の立ち上げをどう解釈しているか。

キリスト教がもたらしたのは、「主人」たることを放棄することによって「主人」(主体)

たらんとする逆転である。彼らは主人たることを放棄し、神に完全に服従《サブジェクト》することによって「主体《サブジェクト》」を獲得したのである。(20)

柄谷の言いたいことは、このテーゼで言い尽くされているが、私自身の解釈をまじえながら、この抽象的な言い回しの内容をもう少し具体化しておこう。まず内村のみならず、明治期にキリスト教に転じた青年たちの多くが旧佐幕派の下級武士の子弟たちであったという事実が問題となる。内村や新渡戸稲造に見られるように、日本の胎生期のキリスト教と武士道精神の結びつきは、これまでにもよく指摘されてきた。内村の『代表的日本人』や新渡戸の『武士道』といった海外の読者に向けて英語で書かれた著作はそのことをよく物語っている。「精神的革命は時代の陰より出づ」と唱えた当時の批評家山路愛山も、早くからこう述べていた。

新信仰を告白して天下と戦ふべく決心したる青年が揃《そろ》ひも揃うて時代の順潮に棹《さをさ》すものに非ざりしの一事は当時の史を論ずるもの、注目せざるべからざる所なり。彼等は浮世の栄華に飽くべき希望を有せざりき。彼等は俗界に於て好位地を有すべき望少かりき。(21)

武士道の基本にあるのは主従の関係である。ところが明治維新において敗北者の側に回った佐幕派の、しかも下級武士の出身者には自ら権力の側において「主人」たるチャンスは奪われていた。だが、その代わり「新信仰」の神に帰依するという、いわばアウトサイダーとして別の「主体」を獲得するチャンスがあったのである。私自身日本近代における「主体」の発生とその展開について論じたことがあるので[22]、この点をもう少し説明しておきたい。それはとくに「主体」という表記の問題ともかかわる。

かつての幕藩体制において主君に対する従、すなわち「家臣」であった者が、体制の崩壊とともにそれまでの主君を失ったとき、それに取って代わるものとして二つの可能性があった。ひとつは、新国家が祀り上げた国家元首、すなわちナショナル・シンボルとしての天皇を新たな主とすることである。だが、「時代の順潮に棹すものにあらざりし」者たち、すなわち権力機構のなかに立身の機会を見出せなかった青年たちにとっては、天皇は必ずしも代理の「主」とはなりえなかった。そうした不遇組の一部が見出したのがキリスト教という第二の道である。愛山からの引用はそのことを言っている。だから彼らがキリスト教のなかに、かつての主君に代わる新たな「主」、すなわち神を見出したとき、そこにはそれなりの心理的一貫性があったと言うべきである。その場合、さしあたりは、どちらの場合でも自分が「家臣」ないし「従僕」であることができた（ちなみに、天皇を代理主とした者は自らを「臣民」とみなした）。

ここで注目されてよいのは「subject」という概念である。この言葉は英語のなかにもその意味が残っているように、古くは「従僕」ないし「服従」の意味を表わす言葉である。さらに遡れば、「下に置かれたもの」「基体」というような意味もある。だが、近代ヨーロッパの歴史は、この概念を次第に自立した「主観」「主体」の意味に変じていった。それは「自我ego」「個体individuum」「自然nature」といった概念の台頭ともパラレルである。そしてとりわけカント以来のドイツ観念論が示したように、subjectは世界を知覚認識し、それを構成する主役の座を占めるようになっていった。別の言い方をすれば、subjectは「従僕」に発しながら、いつのまにかその反対の「主人」に転じたのである。

近代西洋を受け入れた明治日本のキリスト者たちが直面したのはこの両義的な「subject」である。神に帰依するとき、それは神という主に対する「従僕」でありながら、すでに啓蒙家福沢諭吉の「自由」や「独立不羈」の精神をも知っていた彼らは、体制に反逆する近代的な自立した個人として、自らが「主体」となる。その意味で、明治のかなり早い時期からsubjectの訳語が、「主観」「主体」「主語」「主辞」というように、「主」という表記を使っているのはきわめて象徴的である。[23]「subject」は、その概念が日本に入ってきたとき、もともとの「従」ではなく、その反対の意味を表わす「主」によって表記されたのである。そしてこの表記上の倒錯がまさに近代思想の特徴でもあるわけだが、柄谷風に表現するなら、この「主体」は初めから存在していたのではなくて、神の前で告白する「従僕」であることの結果として成立したのである。柄谷はこの倒錯した経緯をこう表現している。

彼［内村］は唯一神の前に立つことによって、日本国からも「キリスト教国」からも独立しようとした。逆にいえば、いかなる意味でも服従することを拒《こば》む彼の武士的独立心は、唯一神に対する服従《サブジェクト》によって絶対的な「主体《サブジェクト》」たることを得たのである。(24)

辛辣に「西洋世界における人間は、告白の獣となった」と述べて、告白が「解放」や「自由」につながるという通念を打ち破らなければならないと批判したフーコーも、こう言っている。

権力についての全く転倒したイメージを抱かない限りは、我々の文明においてあれほど久しい以前から、自分が何者であるのか、自分が何をしたのか、自分が何を覚えているのか、何を忘れたのか、隠しているもの、隠れているもの、考えも及ばないもの、考えなかったと考えるもの、こういうすべてが何かを語れという途方もない要請を執拗に繰り返すあれらすべての声が、我々に自由を語っているなどとは考えられないはずだ。西洋世界が幾世代もの人間をそれに従事させた、産出するための厖大な工事であり――その間に、他の形の作業が資本の蓄積を保証していたわけだが――そこに産み出されたのは、人間の《assujettissement》〔服従＝主体‐化〕に他ならなかった。人間を、語の二重の意味において《sujet》〔臣下＝服従した者と主体〕として成立させるという意味においてである。(25)

フーコーが「告白」をあの「一望監視施設」と結びつけて考えているのは言うまでもないこと

だが、大事なことは、それらはともに権力を背景にした制度ないし装置だということであり、「主体」はそうした近代の制度を介して生み出されたものだということである。だから、皮肉な例をあげれば、たとえば最近の日本で「自由」を吹聴する人々が『教育勅語』を復活させて自ら「臣民」であることを求めるというような、アナクロで倒錯した事態も、まったく無根拠な話というわけでもないのである。フーコーは多分にニーチェを意識しながら、こうしたメカニズムを「真理の政治史」と呼んだのだった。

言文一致論その後

今までの論議を簡単に要約しておけば、言文一致によって獲得された音声中心の言語が告白という制度と一致することによって内面を備えた主体を生み出すことが可能となり、それが明治期におけるモダンな告白小説ひいては近代的個人という発想を可能にしたということである。だが、つねに同じところにとどまることのない柄谷の思考は、ここで得られた考えに次々と修正を加え、それを発展させていく。その経緯をもっとも象徴的に語っているのが言文一致論のその後の展開である。

柄谷があらためて言文一致問題を論じることになるのが、『〈戦前〉の思考』(一九九四年)に収められた「文字論」である。(26) このなかで柄谷は「国語」としての「日本語」なるものが初めから存在したのではなくて、近代国家の成立とともに新たに生み出されたものであるという、今日では広く受け入れられている認識を確認したうえで、言文一致の文体も、普通に考えられているように、話されていた言葉をそのまま書き写したものではなくて、あくまで「漢文を読むことによってつくり出された日本語のエクリチュール（書き言葉）」に依拠して新たに創り出されたものであることを強調する。そしてそもそも「日本語」ないし「大和言葉」なるものが、この言文一致の場合のみならず、それ以前から漢文の読みを介して作られた言語であり、それが漢字と平仮名と片仮名が混交するという、世界にも類例をみない特異な表現形式となって結果し、さらにそれが「日本人」の心理・思考の形態を規定しているのではないかと推理する。

重要なことは、このような三種類の文字を使って、どこから来たかということを明瞭に区別している文字組織は、日本のほかには存在していないということです。それが千年以上続いている。この特質に、制度にせよ、思想や心理の型にせよ、日本的なものの性格があらわれていると思います[27]。

これはどういうことを言っているかというと、片仮名で表記されると、今日われわれは（洒落や強調などを除けば）その概念がたいていは外来のものであると考える傾向にあるが、じつは漢字の表記にも、かつてはそのような外来性の保存効果があったということ、そしてそのようにして外来のものに価値を付与することが、他方でそれに対する反撥をも生み出し、その反動の結果としてはじめて「日本語」ないし「大和言葉」なるものが意識されたということである。その相違は漢語（または片仮名）を使って表記される詞と平仮名によって表記される辞の相違に端的に表われている。つまり日本語なるものの起源は初めから独自に存在しているというより、漢文というう外来のエクリチュールの読みを介して後発的に生まれたということにほかならない。もっとあっさり言ってしまえば、「外来語と大和言葉の区別は、実は、漢字・片仮名で書くか、平仮名で書くかという区別にすぎない(28)」のである。

では、このような特異な文字システムから生まれる「思想や心理の型」としてどのようなことが考えられるのか。ひとつは、容易に想像がつくように、何でも取り入れながら、外来のものを外来のものとして符牒付けることによって、それを内面化しない一種の排外主義的なメンタリティである。日本のインテリがインテリであることを否定する傾向もそれにかかわっており、いざというときには抽象的で外来的なものに対置される「大衆的で土着的なもの」への「転向」、あるいは理論に対する実感や感情への傾きということが起きたりするのも、原理的には漢字から平仮名への表記上の「転向」に還元できると柄谷はいう。いうまでもなく、こうした実感を重んずる排外主義的なメンタリティは、かつて丸山眞男が批判的に分析してみせたように、近代においてはナショナリズムと密接につながっているが（『日本の思想』参照）、柄谷によれば、そうしたメンタリティを基礎にして生まれた音声言語としての言文一致の言語こそがまさに「国語《ナショナル・ランゲージ》」としての近代日本語を可能にしたということになる。

さらに柄谷の解釈によれば、言語学者時枝誠記《もとき》が日本語の特徴として述べている「風呂敷型」という考えや西田幾多郎のいう「無の場所」という哲学理念も、基本的には「どんなものが外から来ようと、変わらない、影響を受けない同一性」としての辞「てにをは」に支えられた「述語的同一性」に還元できると解釈される。

実は、日本の原理というのは、何を入れても構わないような、ゼロ記号みたいなものです。それは、外のものに「抑圧」されないような「排除」の構造をもっていることによるのです。そして、それは、われわれがふだん毎日やっているもの、つまり、読んだり書いたりしている、あの文字の表記法に、深く関係しているのです。(29)

既成の「日本人論」をこのように記号論的布置に還元しようと試みる柄谷の論議にはむろん言語学的には検討の余地はあろう。だが、日本思想の問題をこうした新しい観点から見なおすことをはじめて提示してみせたという意味で、その功績はけっして小さくない。

だが、二〇〇〇年頃を境に、この柄谷の文字論に明確な変化が見られるようになる。その変化をはっきりと告げているのが『日本精神分析』（二〇〇二年）という著作である。これはこの頃に発表した論文を集めたものだが、なかでも芥川の『神神の微笑』を題材にしてあらためて文字の問題を論じた第二章「日本精神分析」は当該問題に対する柄谷のパースペクティヴの変化とその後の問題意識を暗示して興味深い。
まず、このなかで柄谷は漢字仮名の併用と外部性の保存という従来の見解を繰り返しながら、それを「精神分析」的に再解釈する。

精神分析は「無意識を意識化する」ことにあるが、それは音声言語化にほかならないわけです。それは、いわば無意識における「象形文字」を解読することです。しかるに、日本語では、いわば「象形文字」がそのまま意識においてもあらわれる。そこでは、「無意識からパロールへの距離が触知可能である」。したがって、日本人には「抑圧」がないということになる。なぜなら、日本人は無意識（象形文字）をつねに露出させている——真実を語っている——からです。[30]

これはフロイトというよりも多分にラカンの精神分析理論に影響を受けた発言だが、ここで柄谷が問題にしようとしているのは、仮名と漢字の関係を意識と無意識の関係にあてはめ（類推し）、その両者の関係を精神分析理論にいう「抑圧」の問題として考えてみたらどうなるか、という問題である。精神分析の基本的な考え方では、幼児はエディプス・コンプレックスにともなう（父による）「去勢」への恐れとその結果としての「抑圧」を経て自らの「主体」を形成していくとされるのだが、ラカンは「主体」の未成熟ひいては精神病（具体的には分裂病）の原因として、

「去勢」ないし「抑圧」の「排除」ということがあるとした。

ところで、ラカンは、「去勢」の問題を言語論的に考えました。そこで、去勢は、想像界を出て、象徴界つまり言語的世界（文化）に参入するという意味になります。その場合、象徴界に入りながら、同時にそれを拒む方法があるのです。たとえば、訓読みとは、漢字を受け入れながら、受け入れない方法です。中国周縁の民族は漢字をそのまま受け入れた。それが去勢だとしたら、日本で生じたのはそのような去勢の「排除」です。それが他の中国周縁の文化と異なる点です。

おそらく「日本的」ということがあるとしたら、このような点にしかないでしょう。多くの「日本人論」が、肯定的であれ否定的であれ、指摘するのは、そこに確固たる主体がなく原理的な機軸がないということです。それは神経症的ではないが、ほとんど分裂病的です(31)。

精神分析の言い方をつづけるなら、幼児は自分を去勢するかもしれないという不安の源となっている権威的な父親を「超自我」として自分のなかに抑圧、内面化し、それによって自らの「自我」ないし「主体」を形成していくのだが、それはラカン的にいえば、まだシニフィアンの安定しない想像界の段階を経て、やがてコード化された言語世界としての「象徴界」の段階に達することを意味する。だとしたら、漢字という外的権威を受け入れながらも、それを内面化できないとは、内面化にともなう抑圧を経験しないまま、結局のところ抑圧をともなった意識と無意識の緊張関係のうえに成立する明確な主体が成立しないということを意味する。そこに「日本精神」の「精神分析」としての「日本精神分析」の核心があると、柄谷は解釈したのである。だが、この「抑圧」という観点は柄谷に精神分析という心理学的次元にとどまることを許さなかった。

私は一九九〇年代の初めに、以上のような分析を試みました。いま、特にそれを否定するつもりはありませんが、ただ何か退屈に思うようになりました。というのは、以上の分析は、芥川が考えたことをさほど越えているものではないからです。つまり、何だかんだといいながら、私はもう一つの「日本人論」を書いただけではないか、と思うようになりました。(32)

第二章は真ん中ほどで突然このような言葉で中断されるのだが、この述懐は大変重要な転換を暗示している。どれほど精神分析や構造主義の理論を駆使して論じようと、自分の言説が結局は別種の「日本人論」を提供しただけかもしれないという自己批判的な反省がここに出てくるのは、柄谷がこの時点でネーションおよびナショナリズムの問題を本格的に意識し始めているからである。だが、それを言うなら、読者とりわけ外国の読者のほうでは、すでにこの『日本精神分析』に先立つ『日本近代文学の起源』を、そうしたナショナリズムへの反省という文脈で読んでいたと言うことができるかもしれない。いずれにせよ、この著作（『日本精神分析』）の冒頭に収められた論文（第一章）「言語と国家」は柄谷における転換の自覚をはっきり告げている。この論文は、よく知られたベネディクト・アンダーソンの「想像の共同体」に触発された論文だが、その基本的な意図は、世界帝国における普遍宗教と、それを可能にする言語（国語）の役割を明らかにしようとするところにあり、そこにはすでに後に本格的な展開をみせる「世界共和国」や「世界史の構造」といったディスクールの基本概念の大半が顔を出しているからである[33]。

だから、もとにもどっていえば、二つの異なった時期に発表された論文をつないだ論文「日本精神分析」（第二章）[34]に、突然さきのような自己反省が出てきているのである。この論文の後半部では「抑圧」はもはや精神分析の問題ではなく、むしろ歴史の問題となっている。だから、後半になると、柄谷は芥川の作品についても突然のようにして戦国時代のキリシタン史、日露戦争から大正の政治史などを引き合いに出してきて、その歴史的コンテクストのなかで、さきにもあげた時枝言語学や西田哲学の意味などをあらためて論じなおすようになるのである。丸山眞男の歴史意識の「古層」論[35]を批判した部分には、その新たな関心がはっきり出ている。

私が到達したのは、むしろ、ありふれた考えです。日本において丸山真男のいう「古層」が抑圧されなかったのは、日本が海によって隔てられていたため、異民族に軍事的に征服されなかったからである、と。日本に入ってきた宗教が仏教であったがゆえに、「去勢」がおこらなかった、ということではない。仏教は特に寛容な宗教ではありません。逆にいって、一神教が特に苛酷《かこく》だということもない。苛酷なのは、世界帝国による軍事的な征服と支配です。宗教がたんにその教えの「力」だけで世界に広まるということはない。その証拠に、世界宗教は、旧世界帝国の範囲内にしか広がっていないのです。(36)

「抑圧」は父と子の心理的関係から帝国とその周縁の地政学的関係に移されている。そして日本における「抑圧の排除」は文字通り東アジアの歴史的布置の問題としてとらえなおされる。日本において帝国としての中国による直接の征服侵略（去勢）がなかったとするなら、それは両者の中間にあって政治的軍事的に防波堤の役割を果たした朝鮮半島があったからだというように。言語の特徴としていうならば、そのことはハングルという音声言語を発達させ、漢字を「抑圧」した朝鮮半島と、仮名という音声言語と抑圧されない漢字とが表層において共存する日本列島の対比として表われているということでもある。読者はこの時点で柄谷が「後期」へと離陸したことを確認するであろう。だが、われわれはその飛行に同乗するまえに、まだいくつかの問題を片付けておかねばならない。

柳田國男問題

前節でわれわれは、言文一致論の変転を通して、柄谷自身の問題関心の変化を追跡したが、それを簡単にまとめておけば、言語学（記号論）をベースとする構造主義的な精神分析からネーションの問題を主軸とする地政学的な歴史構造論への理論的シフトであったといえる。この転換の過程で「日本」像に関してもややこみ入った変化が起こっているのだが、その経緯をみるのに格好のテーマが、柄谷が事あるごとに想い出すようにして論じている柳田國男である。これは漱石、安吾などと並んで柄谷が一貫してこだわってきた論究対象で、あらためて読みなおすと、さきに取り上げた『日本近代文学の起源』などでも、思いのほか頻繁に言及されていることに気づく。それゆえにまた、この対象は柄谷自身の変化を測るのに格好の物差しだともいえるのである。

柄谷の柳田についての本格的な論議は一九七四年に『月刊エコノミスト』に一年にわたって連載された「柳田国男試論」に始まっている[37]。これは柄谷が若さにまかせて一挙に書きなぐったという印象を与える長編論文だが、それなりに当時の柄谷の鋭敏な感性が非常によく表われた論文と言うことができる。

この論文で柄谷が試みているのは、よくあるように、柳田の書き留めた個々の民俗学的知識をなぞったりすることではなく、その全著作を通してうかがい知ることのできる柳田民俗学の「方法」ひいては思想家としての柳田の基本態度を明らかにすることである。その中心に置かれたのが、やはり「自然」ないし「自然史」という概念であった。

柳田は日本の現実をいわば一つの「自然」としてみていた。この「自然」は斬っても叩いてもどうにもならない。ただそれを「知る」ことによってしかコントロールしえないのである。まずわれわれはそれに対して従順でなければならず、いかなる規範や体系もおしつけてはならない。そういうおしつけによって得た「知識」は、真に「力」とはなりえないので、ただ人間を説得し精神をそこに閉じこめることしかできないのである。

（中略）

柳田にはベーコンにあったような進歩への信頼がある。むろんそれは進歩主義のようなものではない。彼の「自然史」の考えには、たとえ自然総体は不可能であっても、少なくとも人間にとって人間は理解しうるはずだという楽天主義がある。こういうオプティミズムはいうまでもなく〝科学万能主義〟や〝ユートピア主義〟とは無縁なので、その意味でなら柳田はむしろ「自然と人間」の関係になにか拭い去ることのできない暗いものを見ていたのである。晩年の柳田をおそったのはそういう暗さだといってよいが、今はそれについては書かない。ただ、方法的であることを生涯にわたって貫徹した柳田のなかに、「知識人批判」のようなチャチな課題でなく、「自然史」として人間を視る突きつめた認識があったことをいっておきたいのである。(38)

この「自然」概念には、第一章で漱石に関して出てきた「自然」の考えが共鳴しているが、柳田をテーマにするこの論文での「自然」は、漱石論で言われたような不安をもたらす裸形の自然という心理的意味を超えて、いわゆる「知識」によっては容易にとらえがたく、それゆえもっぱら「内的な感覚」によってのみ到達できるような「言葉以前の言葉」とでもいうべきもの、すなわち柳田的に考えられた「歴史」の意味にまで拡大されている。この自然と歴史の一体視には、本文中フロイトと並んでたびたび引用されているマルクスにおける自然概念とのアナロジーがはたらいていると思われる。確証はないが、柄谷による「自然」をめぐるこのアナロジーのきっかけは、おそらく「人間史」の「自然的基礎」を論じたマルクス・エンゲルスの『ドイツ・イデオロギー』であろう。[39]だから、この「自然」は柳田の別の言葉「共同の事実」とも同置され、それが次のようにもパラフレーズされていくのである。

ひとが意識化しうる世界、あるいは対象として措定しうる世界ではなく、逆にひとがそのなかに投げこまれている世界、そして明確に言い表されず言い表されればたんなる世界観になってしまうような存在構造について、柳田は語っているのである。[40]

ここで問題にされているのは、言語化され、イデオロギー化される以前にありながら、われわれの存在を深く規定している歴史的事実である。それは柳田においては「固有信仰」とも呼ばれるもので、既成の理論や概念装置ではとらえきることはできない。それはさしずめあのベンヤミンの歴史概念のように、もっぱらそれに寄り添うようにして「思い出させる」以外にないものである。だからフロイトとのアナロジーに関しても、次のような印象的な解釈がなされる。

フロイトは、「精神分析療法の使命は、すべての病原的な無意識を意識に転化するという公式に要約できる」といったが、柳田の民俗学もまたそうだといってもよい。フロイトが疾病の原因を、隠され忘れられた生活史のなかにみようとしたように、柳田は現代の問題を、隠された歴史、すなわち「常民の歴史」においてみようとした。彼にとって、病原はあまりに深いところ、それでいて手近なところにあったのである。しかし、「思い出す」ことを、たんなる内省一般と同一視してはならない。なぜなら、民俗学的な方法によってしか、それは思い出しえないということにこそ、柳田の期するところがあったからである。[41]

この引用は、人間の「自然史」を担いながらも忘却され隠蔽されていってしまう「常民の歴史」としての「固有信仰」を、たんなる科学的に調査研究するというのではなく、むしろ精神分析療法のように、そのなかに分け入って「思い出」させることにこそ柳田民俗学の真髄があると言っているわけだが、しかし、このようにフロイトとマルクスを駆使して柳田を解釈することそれ自体は、当時としてはけっして突飛な発想ではなく、必ずしも柄谷の独創とはいえない。なぜなら、この論文以前の一九六八年に、すでにあの吉本隆明の『共同幻想論』が出版されて衆目を集めているからである。

周知のように、吉本はマルクスから着想を得た「共同幻想としての国家」という考えをフロイトの精神分析、とりわけそのタブー理論などと照合させながら綿密に検証しようと試みたのだが、その具体的検証の場として取り上げたのが、ほかならぬ『遠野物語』をはじめとする柳田の文献記録類であった。そのことを考えると、同じマルクスを柳田のなかに見出そうとする柄谷の論文は多分に吉本を意識したものであったと推測されるのだが、文中においては吉本が柳田を論じた「無方法の方法」には言及があるものの、肝心の『共同幻想論』については一言も触れられておらず、かえってここに意識的に「抑圧」された吉本に対する対抗意識ないし気後れが感じ取れるほどである。同様の「抑圧」を感じ取ることができるのが、小林秀雄である。論文のなかで何度も柳田と本居宣長の類似が指摘されるにもかかわらず、一九六五年から『新潮』に長期連載されて、連載中からすでに話題にされていた小林秀雄の『本居宣長』が終盤にさしかかっている時点で、この著作についてもまったく言及されていない。こうした不自然さはいずれもこの時期に柄谷の内部で起こりかけていた何事かを示唆しているように思われる。いうならば、桎梏となりはじめた「パラダイム」への反抗である。

前にも述べたように、吉本も小林も、「評論家」柄谷が出発するに当たっての大きな先達であり、模範であった。その彼らの当時話題になっていた大仕事を柄谷が知らなかったことはありえない。つまりここには柄谷の側にそれを意図的に排除しようとするような何かが生じたのである。月並みにいってしまえば、それは柄谷の「自立」である。そしてその「自立」はたんに「評論家」としての自立以上に、そもそも文学という分野からの脱出をも射程に入れた思想家としての自立の瞬間を意味している。その結果が第二章に述べた哲学的格闘への移行にほかならない。精神分析的に解釈してみるなら、柄谷がこの一冊の著作になりうるほどの長編論文を四〇年ほどの長きにわたって公刊しなかったことの理由として、内容に対する不満とは別に、「父殺し」に対する柄谷自身による「隠蔽」作業がはたらいていたのではないかとさえ思えてくる。はたして数年先には、さきにも触れた「小林秀雄というプロブレマティク、あるいは近代の「文学」とか、「人間」とかいうものの制度性を、根こそぎ問題にしよう」という発言(42)を生み出した中上健次との対談『小林秀雄をこえて』が出版されたのであった。

だが、ここで柳田問題を取り上げるのは、今述べたようなことをわざわざ再確認するためではない。問題はそのさきにある。戦後柳田に対する評価は大きく変転しており、柄谷の柳田論もその変遷の波を被らなければならなかったという事実である。

具体的に述べよう。すでに戦前からいわゆる「転向」問題をきっかけにして、左翼知識人の一部が農民から離反した運動を反省し、柳田の「常民」にその範をとろうとしていたことが知られているが、そうした柳田の積極的評価は戦後もつづいた。よく知られた例は中野重治であろう。この柳田に対する好意的な評価はその後も六〇年代まで引き継がれ、柳田民俗学は「大衆の原像」(吉本)をとらえる意味でも貴重な資料とみなされた。さらに吉本が柳田の『遠野物語』を読みこんで「共同幻想論」をうちたてたのは、さきにも見たとおりである。そして柄谷の「柳田国男試論」もこの一連のポジティヴな柳田解釈の延長上にあったといえる。

だが、一九七〇年代後半あたりからそれまでの流れを覆すような柳田批判が登場してくる。その思想的背景をなしたのが、「差異」や「ノマド」に価値を置くポスト構造主義、網野善彦の歴史学、そしてポスト・コロニアリズムなどによる批判的言説の流行、一言でいえば、マイノリティへの注目である。たとえば日本中世史を専門とする網野は、それまで支配的であった講座派以来の農民中心史観を批判して、[43]社会における周縁的な非農民（漂泊民）の果たした役割に目を向け、それが天皇制にまでつながっていることを証明しようとしたのであった。同じころ文化人類学者山口昌男の「中心と周縁」というテーゼが出回り、やはり「トリックスター」などという概念とともに「周縁」の概念がもてはやされた。また八〇年代には戦前から柳田の常民を批判して「非常民の民俗学」を展開してきた赤松啓介の一連の著作が公刊されている。[44]こうした、もはや無視しがたいトレンドのなかで、柳田の「常民」は稲作農民という「中心」に偏っており、むしろ周縁を排除しているのではないかという批判が出てくるようになったのである。その流れをくんだ比較的新しい例をあげておけば、小熊英二の『単一民族神話の起源』などがそれにあたる。小熊は柳田を「混合民族論から単一民族論に転向した珍しい論者」だとして、沖縄旅行とそれにつづくスイス滞在が、山人論から稲作を特徴とする常民（「日本人」）論への転向の転機になったという批判をしているが、こうした解釈は今日では批判派のなかに広く流布している。[45]

さらにこの頃から盛んになるポスト・コロニアリズムの言説は、かつての植民地政策との関係から、もう一度これまでの政治家や知識人たちの言説を検討しなおしてみようという動きだが、自ら官僚として日韓併合に携わり、かつ台湾統治にかかわった親戚縁者をもつ柳田がその再検討の対象になったのは、ある意味では必然の成り行きであった。そしてその結果柳田民俗学は結局のところ植民地政策を補助するためのものだったのではないかという批判が広がり、またその「一国民俗学」が当時のナショナリズムと深く結びついていたという批判も生まれた。この方面での著作としては、柳田が常民の起源を南島・沖縄に求めるようになったのは、官僚として自らもかかわった植民地政策の失敗を隠蔽するためのものだったとする村井紀《おさむ》の『南島イデオロギーの発生』などをあげることができよう。

まずこうした批判的機運が起こりはじめたころ（まだ小熊や村井の著作が出る前だが）、態度決定を迫られた柄谷が書いた論文が『言論は日本を動かす』（一九八六年）に寄稿した「柳田國男論」[46]である。このなかで柄谷はそのころの柳田批判の内容をひととおり承知したうえで、こう答えている。

たとえば、柳田は「怪異なもの」を排除したのではない。そもそも彼の仕事はそこからはじまっているのだから。また、彼が「常民」と呼ぶものは、本来、農民だけではなく漂泊民や芸能民や被差別民をふくむものである。いうまでもなく、柳田の仕事のなかで、重心の移動がある。しかし、それは明瞭に分割されるようなものではない。[47]

つまり、柳田の「常民」を農民中心主義だとして批判するのは不当だということである。そして前論文を踏襲するようにして、柳田民俗学の方法は、西洋の受け売りを避けて、むしろ江戸の古学をモデルとしながら、あくまで宗教以前の「事実」としての「固有信仰」を明らかにしようとするところにあったとし、しかもそれは実際の政治政策に関与しえた明治初期・中期の知的エリートの存在と切り離せないと述べている。だから、後に『ヒューモアとしての唯物論』に収録される時点で付け加えられた追記のなかでも、柳田の植民地行政へのコミットメントを鋭く批判した村井の「南島イデオロギー」論を半ば受け入れながらも、政治的実践を避けようとしなかった知がいやおうなく状況にコミットせざるをえないのは、むしろ当然であって、そもそも純粋無垢な人類学などというものは存在しないという反論を返している[48]。このあたり、柄谷には珍しいリアル・ポリティカルな論法である。

私見を加えておけば、自分の郷里が取り上げられている『山の人生』などに愛着を感じて柳田を読んできた私にも、この間の柳田批判がポスト・コロニアルな結論を導くのを急ぐあまり、ときとして批判のための批判に陥りがちになってはいないかという印象を抱いていたので[49]、どちらかというと擁護論のほうにやや傾く。それに柳田の求めた「常民」ひいては「日本人」に関する吉本の次のような指摘も依然として捨て去りがたい。

またもうひとついえば、三世紀から五世紀ごろにかけて畿内に最初の統一王朝の基礎を築き、したがって中国文化をもとに統一文化を開花させた初期王朝の勢力、その消長、その影響下にかたちをもっていった「日本人」という概念とは、まったくちがった位相で、柳田はここで「日本人」という概念をつかっている。時間概念の消去からくる柳田のあいまいさと混乱を避けていえば、柳田がここでいう「日本人」というのは、稲籾と稲作栽培の方法をたずさえて、ヤポネシアの南西辺の島に漂着したようにやってきて、ただより適切な稲作の耕作地をもとめる衝動にかられて、つぎつぎ未知の島に渡り、また東北上して、ヤポネシアのすべての島嶼に分布するようになった、いわば〈稲の人〉をさしているだけだといえる。〈中略〉統一した制度をつくり、王権として統一した支配の版図をもったかどうかということは、〈稲の人〉としての「日本人」という概念とはちがう次元ででてくる問題だった。(50)

吉本はこういう〈稲の人〉をそのまま「日本人」と同定してしまうことには無理があるとして、柳田の逸脱を批判しているのだが、いずれにせよ柳田の曖昧な「常民」という概念が小熊や村井の言うほどストレートに国家ナショナリズムに結びつくかは疑問だということだ。かつて興奮気味に、われわれのなかには「山人《ヤマビト》の血」が流れているかもしれないと叫んだ柳田(「山人考」)がアイヌや山人を直ちに「非日本人」として排除したとは考えにくいのである。初期の山人研究を丹念に追い、それが常民概念の登場に平行して消失していく様を示してみせた好著『山の精神史』で赤坂憲雄も、柳田が山人に自己同一視していたとするのは「危うい」解釈だとしながらも、柳田を「みずからの体内を流れる〝山人の血〟に自覚的であらざるをえなかった、近代の、稀有なる思想家であった」と述べている(51)。

とはいえ、時をへだてた後の眼から見ると、総じて批判的論調が強いなかで受けに回ったときの柄谷の言説がいまひとつ歯切れが悪いというのもまた正直な印象である。つまり、あまり柄谷らしくないのである。そうしたもどかしさは当人がもっともよく感じ取っていたことだろう。当時の事情に即して柳田を擁護しても、それはそれだけの問題にしかならないからである。そして批判する側もまたその擁護論をすんなりと認めたがらないだろう。

吉本がかつて『遠野物語』を自らの共同幻想論を打ち立てるために積極的に利用したように、柳田の（再）発見した資料やその解釈に新たな理論的ポテンシャルを見つけてこそ、「擁護」は文字通り積極的になる。柄谷にそういう積極的擁護の転機が訪れたのはごく最近のことで、彼自身が構想した「世界史の構造」論を打ち立てた後のことである。「世界史の構造」論については次々章で詳しく扱うので、ここでは柄谷が柳田のどこに新たな理論的ポテンシャルを見出したのかだけに触れておこう。それは「柳田国男と山人」という副題をもった『遊動論』に見られる。

柄谷の著作としては珍しくポレミカルに書かれたこの小著で、柄谷はあらためてこれまでの柳田批判に答えるかたちで、その批判の対象となる「一国民俗学」なるものが、たんなるナショナリズムの喧伝というより、むしろ当時の植民地政策の謳い文句「五族協和」や「東亜新秩序」に逆行して立てられたものであることに注意を促しながら、そのころ柳田が抱いて挫折を余儀なくされた農業政策の考えを明らかにし、さらに山人論についてこう述べる。

柳田国男にとって、農政学は協同組合に集約される。とすれば、彼が〝山人〟に注目したのは、農政学を離れることではなかった。民俗学と見える彼の著作は、平地人、つまり、稲作農民に、かつてありえたものを想起させ、それが不可能ではないと悟らせるために書かれた。彼が〝山人〟に見出したのは、「協同自助」をもたらす基礎的条件としての遊動性であった。(52)

そして、ここで「協同自助」とともに浮上してきたキーワードとしての「遊動性」については、著作の付論のなかでこう述べている。

日本で遊動民に注目した思想家として、柳田国男がいる。彼は初期から、さまざまな遊動民を考察した。重要なのは、その場合、彼が二種類の遊動性を弁別したことである。先ず、彼は「山人」の存在を主張した。山人は、日本列島に先住した狩猟採集民であるが、農耕民によって滅ぼされ、山に逃れた者だという。ただ、山人は山民（山地人）とは違って、その実在を確かめることができない。彼らは多くの場合、天狗のような妖怪として表象されている。さらに、柳田は、移動農業・狩猟を行う山民、および、工芸・武芸をふくむ芸能的漂泊

民に注目した。しかし、柳田はそのような遊動民と山人とを区別していた。つまり、遊動性の二種類を区別したのである。(53)

なぜこのような区別が重要なのだろうか。それは柄谷の後期の仕事に直結している。後に詳しく見るように、柄谷には初期から一貫して「交通」とか「交換」を基礎概念にして現象をとらえかえすという姿勢があり、それが最大限に発揮されるのが、後期に一挙に開花する「世界史の構造」論である。やや先取りして言っておけば、彼にとっては、商品交換はもちろんのこと、国家やナショナリズムもまた交換様式の一種なのである。その意味で「遊動」は人類学や歴史学のたんなる一現象ではない。それは交換という後期柄谷理論の基本原理の具体的な発現形態だからである。だが、同じ遊動でも、ポスト・モダンの論議も含めて、これまでの周縁論が扱ってきた遊動民は定住農民共同体の間にあって、その共同体ないし国家を支える存在であった。だから、網野史学が明らかにしたように、天皇制を脱却するために再発見されたはずの芸能的漂泊民が結局天皇制に結びつくという皮肉な帰結をも生み出してしまった。もっとも、最近の柄谷の解釈によれば、網野にも「原無縁」というオールターナティヴな遊動概念があったとされるのだが(54)。

これに対して柄谷が柳田の山人に読みとろうとするのは、こうした共同体を支える側の遊動民ではなくて、根本的に共同体や国家に抗する可能性をもった遊動民としての山人（採集狩猟民）、そう言ってよければ、柄谷が一貫して追究してきた「外部」ないし「他者」を体現する存在としての山人である。これは後期柄谷の唱える交換様式論の図式では「アソシエーション」という第四の交換様式に対応するものだが、むろんアソシエーションもこの山人も、まさに柳田の「協同自助」論がそうであったように、柄谷にとってはあくまで「実在を確かめることができない」ある意味では希求される理念のようなものである。具体的にこの山人論から今日に見合うどのようなアソシエーションのあり方が導き出されるのかについては、柄谷はまだ展開していない[55]。こうしたアプローチが農民か非農民か、定住かノマドかといった単純なディコトミーを超えて、新旧の既成日本像の脱構築を目指すものであることは想像に難くないが、いずれにせよ、この柳田論を含め、柄谷の仕事が従来の「国文学」や「国史」の枠にとらわれてきた日本像を大きく変えたことは事実である。そして、それとともに「日本」という殻を破った柄谷の思考は、以後大胆に「世界」に向かって舵をきっていくのである。

第三章註

（1）廣松渉『世界の共同主観的存在構造』（『著作集』一）一四頁

（2）それどころか、一時期の柄谷にはこうした廣松的言辞に対する反撥も強かった。たとえば『隠喩としての建築』にもこんな記述がある。「たとえば、主観―客観、精神―身体という近代的な認識論の地平が

〝超克〟されるといった流行的な言辞は、ほとんど空疎《くうそ》というほかはない。〝超克〟したと思いこむとき、われわれはメビウスの輪に閉じこめられているだけだ。」（六五頁）

（3）『日本近代文学の起源』二〇頁。なお、この引用箇所を含め、この後のいくつかの引用箇所も定本版では削除されている。

（4）高澤秀次「「風景の発見」再考」一九一頁。高澤はここで柄谷以前にこうした風景のパースペクティヴ依存性を指摘していた国文学者の風巻景次郎を再発掘している。

（5）『日本近代文学の起源』二四—二五頁

（6）『日本近代文学の起源』二八—二九頁

（7）『日本近代文学の起源』四二頁

（8）『日本近代文学の起源』四九頁

（9）『日本近代文学の起源』七五頁

（10）『日本近代文学の起源』八七頁

（11）デリダ『声と現象』三三頁

（12）ちなみに、私自身もこの考えを借りて西田幾多郎における「哲学的言文一致」の問題を論じたことがある。『西田幾多郎——他性の文体』および『西田幾多郎の憂鬱』参照。

（13）『日本近代文学の起源』九八頁

（14）ニーチェ『道徳の系譜』九九頁

（15）フロイト「悲哀とメランコリー」参照。

（16）ニーチェ『道徳の系譜』一六三頁

（17）フーコー『監獄の誕生』二〇二頁

（18）フーコー『監獄の誕生』二〇四—二〇五頁

（19）『日本近代文学の起源』一〇二—一〇三頁参照。

(20)『日本近代文学の起源』一一一頁
(21)山路愛山『現代日本教会史論』二三〇頁
(22)拙著『〈主体〉のゆくえ』および『父と子の思想』第二章参照。
(23)私はこの訳語の成立に関して西周、井上哲次郎らの働きを指摘しておいた。詳しくは『〈主体〉のゆくえ』第二章参照。
(24)『日本近代文学の起源』一一六—一一七頁
(25)フーコー『性の歴史I 知への意志』七八—七九頁
(26)これは一九九二年の一二月に法政大学でおこなわれた講演がもとになっており、そのため文章も講演口調で書かれている。
(27)『〈戦前〉の思考』一四三頁
(28)『〈戦前〉の思考』一四二頁
(29)『〈戦前〉の思考』一六四頁
(30)『日本精神分析』八三—八四頁
(31)『日本精神分析』八五—八六頁
(32)『日本精神分析』九〇頁
(33)ちなみに、アンダーソンの「想像の共同体」としてのネーションというテーゼが与えた影響は小さくなく、ここで問題にしている言語研究の分野に限っても、たとえば言文一致を含む明治の言語改革から第二次世界大戦中の言語政策にいたる「国語」の成立史を東アジアにおける日本の植民地政策と絡めて丹念に追ったイ・ヨンスクの好著『「国語」という思想』が一九九六年に出て評判を呼んでいるが、柄谷の転換はこのような当時の動向と連動しあっているように見える。
(34)この第二章は『文學界』一九九七年一一月号と二〇〇二年の『批評空間』Ⅲ—3にそれぞれ発表された論文をつないで編集しなおしたもので、前半と後半の間には四年五カ月の時間差がある。前の引用はそのつなぎ目に出てくる。

（35）周知のように、丸山は『歴史意識の「古層」』という有名な論文において、記紀などの古代文献の解釈をとおして日本人の歴史意識の「古層」は「つぎつぎになりゆくいきほひ」にあるとしたが、こうした問題の立て方を鋭く批判したものに葛西弘隆の好論文「丸山真男の「日本」」がある。

（36）『日本精神分析』一〇三―一〇四頁

（37）この論文は雑誌掲載後長らくどの著作にも収録されることがなかったが、ようやく二〇一三年になって柳田に関する古い論稿を集めた『柳田国男論』（インスクリプト）に加筆修正の加えられないかたちで収録された。本書での引用はこれに拠る。

（38）『柳田国男論』八六―八八頁

（39）参考のために、考えられる箇所を挙げておくと、「イデオロギー一般、特にドイツ哲学」を論じた章（『新編輯版ドイツ・イデオロギー』二四頁以下）。ちなみに、ずっと後の回想では、柄谷はこの論文がほぼ同じ時期に取り組んだマルクスとのバランスをとるために書かれたものであることを証言している。『柄谷行人インタヴューズ1977–2001』二四二―二四三頁

（40）『柳田国男論』二〇二―二〇三頁

（41）『柳田国男論』一三三頁

（42）『柄谷行人中上健次全対話』五八頁

（43）戦前マルクス主義陣営は講座派と労農派に別れ、日本資本主義の性格をめぐって激しい論争をした。野呂栄太郎や山田盛太郎などに代表される講座派は、日本資本主義はいまだ絶対主義的な性格を残しているから、社会主義革命の前に民主主義革命を先行させるべきだとし（二段階革命）、そのためにはまず農民の解放が必要だとした。この考えは戦後の日本共産党にも受け継がれていったのだが、網野は五〇年代に党を離れた後この路線を批判するために、それまでの講座派的な農民中心主義の歴史観を脱構築しようとしたのである。

(44) たとえば赤松啓介『非常民の民俗文化』参照。
(45) 小熊英二『単一民族神話の起源』二〇五―二三四頁
(46) この論文はその後『ヒューモアとしての唯物論』(一九九三年)と『柳田国男論』(二〇一三年)の両方に収められているが、以下の引用は前者による。
(47) 『ヒューモアとしての唯物論』二九八頁
(48) 『ヒューモアとしての唯物論』三一七頁
(49) この傾向は小熊のなかにも見られる。著作の主張内容には賛同できるところが少なくないが、柳田が単一民族を希求するようになったという結論を強化するために、スイス滞在中の柳田が「日本語」を話したがったり、関東大震災のニュースを耳にして下町の貧しい人々に同情したといったエピソードを引き合いに出してきたりするのは、あまりフェアな論議とはいえない。不如意な外国語ばかりのなかで「思ひきり日本語で喋つてみたい」と思うのは当然だろうし、かつて「山人」を征服した「平地民」であろうが、震災の犠牲となった一般庶民に同情するのはあたりまえのことだからである。
(50) 吉本隆明『柳田国男論・丸山真男論』五一―五三頁
(51) 赤坂憲雄『山の精神史』二二九頁
(52) 『遊動論』八〇頁
(53) 『遊動論』一九三―一九四頁
(54) 「網野善彦のコミュニズム」『現代思想』二〇一五年二月臨時増刊号、一〇頁
(55) その意味で『ａｔプラス』(二〇一五年二月号)で連載が始まった「Ｄの研究」が今後どのような展開をみせるのかを見守ることにしたい。

第四章

マルクス再考

マルクスとマルクス主義

本章では、後期の柄谷において次第に大きな姿をとって現われてくるマルクスの理解がテーマとなるが、その特色を明らかにするためにも、まず前提として、柄谷を取巻く戦後日本のマルクス研究の流れについて少しだけ触れておくことにしよう。残念ながら海外にあまり紹介されていないので、よく知られていないが、日本のマルクス研究は世界的にも非常にレベルの高いものをもっている。戦前すでに『マルクス・エンゲルス全集』の翻訳が出たり、「日本資本主義論争」、さらには京都学派によるマルクス解釈などがあったりして、研究面においても一定の深化があったのだが、戦後しばらくの間はそれらを基盤にしてさらに発展し、政治学はもちろんのこと、哲学、経済学、歴史学さらには文学の分野でもマルクス抜きには論議できないほどの隆盛期を迎えたのであった。忘れてならないのは、柄谷の大学入学（一九六〇年）はそういう風潮のなかでのことであり、しかもその入学先は東京大学経済学部だったということである。

東大にかぎらず、このころの大学の経済学部では今とちがって、マルクス経済学が当然のことのように講義されていたが、なかでも当時の東大経済学部で威光を放っていたのが宇野弘蔵である。もっとも柄谷が入学したときには宇野はすでに定年退官して法政大学のほうに移っており、柄谷が直接の学生とはなることはなかったが、宇野の権威とその影響力は依然として強く、柄谷の経済学の勉強もそうした環境のなかで始まったのである。(1) そこでまず最初に、「宇野経」とまで言われた宇野のマルクス解釈とその考え方に簡単に触れておくことにしよう。

宇野理論の基本は、マルクスの主著『資本論』を中心にすえて、資本主義経済の構造を明らかにすることにあるのだが、そのアプローチの独創性は、次のような解釈方法論にあった。

一方に体系的に完結される原理論と、他方に無限に複雑なる具体的な過程を解明しようとする、したがってまた決して完結することのない現状分析と、この両者の間に入って原理を現状分析にその一般的基準として使用する場合の媒介をなすものとしての段階論の規定を要するのである。それは歴史的過程を理論的に解明する特殊の方法をなすものである。かくて段階論的規定は、原理論と現状分析との中間にあって、原理論のように体系的完結性を有するものではないが、しかしまた現状分析のように無限に複雑なる個別的具体性を有するものでもないということになる。私のいわゆるタイプをなすわけである。(2)

この引用に出てくる三つのパースペクティヴないし研究分野、すなわち原理論・段階論・現状分析の三つが、いわゆる宇野の三段階論と呼ばれるものである。(3)

宇野は、マルクスの『資本論』がイギリスの産業資本主義をモデルに書かれたものであり、そのかぎりで歴史的制約をおびたものでありながら、しかし同時にここにはどの時代のどのような資本主義にもあてはまるような本質的原理が言及されていると考え、そうであれば、たとえマルクスの言葉であっても、間違っているところには修正を施しながら、その作業をとおしてあらゆる資本主義に普遍的に妥当する基礎理論を再構成する必要があるとした。この研究作業が原理論と呼ばれるものである。

ところがマルクスの死後、資本主義はマルクスも知らなかったような発展を見せることになる。いわゆる金融資本が主役となる資本主義、さらにはその帰結としての帝国主義の政策である。前者に関してはヒルファーディングの『金融資本論』が、また後者に関してはレーニンの『帝国主義論』がよく知られていよう。宇野はこの金融資本を基礎にした帝国主義政策を歴史的必然性を伴った資本主義のひとつの発展段階ととらえ、原理論とは区別して、それに固有なシステムの解明が必要だと考えた。この研究分野が段階論であり、ここにはマルクスが言及しながらもまだ本格的には論究できなかった株式会社などのテーマも入ってくる。

とはいえ、原理論も段階論もいまだ現実の資本主義そのものを説明したものではない。現実の資本主義は国や発展上の事情によってそれぞれ異なっており、そのことを踏まえて具体的にとらえられなければならない。それが現状分析と呼ばれ、アクチュアルな実践にも利用できるものなのだが、とはいえその錯綜した具体的現実の解釈は任意になされるべきではなく、あくまで原理論と段階論の知見に照らし合わしてなされなければならない。これがさきの引用の大意である。

こうした三段階の基本構想の上に立って、宇野自身がもっとも精力をつぎこんだのは原理論の純化という仕事であり、この仕事は宇野の主著ともいうべき『経済原論』という著作となって結実した[4]。もとより本書は宇野の仕事を解説することを目的としてはいないので、ここでは柄谷を含む後のマルクス研究に影響を与えたいくつかの重要な論点だけを紹介しておくことにする。

第一に挙げておくべきは、宇野が『資本論』の冒頭に出てくる商品の分析に特別の関心を寄せ、そこに展開された価値形態論の意味を再解釈したことである。マルクスはここで商品のもってい る価値に使用価値と交換価値の二種類があることを指摘したうえで、その商品が交換されていくプロセスを緻密な論理によって解析し、それをとおして商品の価値表現としての「相対的価値形態」と「等価形態」の関係から、さらに「一般的価値形態」を経て「貨幣」が生じてくるプロセスを明らかにしているのだが、宇野はこの一見論理的にクリアで何の疑問もないように見える価値形態論にこそ『資本論』の重要な鍵が潜んでいるとする。

たとえば、一定量の商品Aと一定量の商品Bが交換されてその両者の間に価値の等式が成り立つ場合、相対的価値形態としてのAはそれの等価形態であるBの使用価値によって表現されているといわれる。しかし、AはBだけではなく、他のさまざまな商品によっても表現されうる。その意味でAは一般的価値形態となるのだが、逆にいえば、それは他のさまざまな商品に対して一般的等価形態でもあることになる。言い換えれば、他の商品によって自分の価値が表現されるのではなくて、逆に自分が他の商品の価値を表現する共通の尺度となるような立場に立つということである。この一般的等価形態が金銀を経て貨幣へと発展していくという論理は、ある意味では容易に理解できる事柄である。

だが、そもそもこの展開の前提となるAとBの「価値」の等式はどのようにして可能なのか。それはむろん両者の商品取引の経験の結果である。しかし、その場合でもAとBとの量的割合が問題となるのだが、その交換比率はどのようにして決まるのか。そして何よりも、商品が交換可能な商品として取引の対象として扱われるためには、その流通システムのなかへの「飛躍」がなければならない。

スミスやリカードのようなマルクス以前の理論では、二つの商品が等価交換されるのは、それらの商品が生産されるにあたって投下された労働量が等しいからだとされた。つまり労働そのものが価値を生み出すという考え、いわゆる労働価値説である。『資本論』冒頭のマルクスもそのような説を前提にしているように見える。だが、宇野は、マルクスが明らかにした資本制システムにおける「価値」はそのような単純な等価労働量の比較によって決まるものではなく、当該商品が飛躍を介して参入した生産流通のシステム全体から決まってくるととらえたところに『資本論』の最大のポイントがあるとした。なぜなら、資本制システムにおいては労働（力）もまたひとつの商品として資本家によって購入され、それを組みこむかたちで生産と流通がおこなわれるのだが、その労働力を利用して価値が生み出され、個々の労働もあくまでそのシステム全体の変動に依存している以上、労働は単純にそれ自体で価値を生み出す源泉にはなっていないからである。言い換えれば、それは労働力をも商品化するような商品・貨幣・資本の流通構造が明らかになってはじめて労働の価値も決まってくるということにほかならない。

『資本論』は、商品論で価値形態論を経済学ではじめて説き、貨幣の必然性を論証しながら、すでにそれに先きだって説かれた労働価値説のために、極めて重要な商品経済に特有な面が軽視され勝ちになっているのです。（中略）マルクスは商品形態でも、また貨幣の機能を説く場合でも、すでにその価値が一定の生産条件のもとに決定されて、それによって互に交換されるのが正常の過程であるかのように考えて説いているのですが、実は、何人もそういう価値量の決定を確める方法をもってはいないのです。[5]

マルクスの解明した理論でマルクス自身の言説をも批判する宇野「原理論」の本領がここに見られる。宇野が『資本論』の記述順序を変えて、『経済原論』の第一篇を「流通論」から始めるのも、そういう意図からきている。[6] この流通論の最初に出てくる価値形態論を厳密に『資本論』というテクスト全体から読みなおし、マルクスとそれ以前のスミスらの国民経済学との理論的差異を際立たせるという宇野の解釈学的態度は、後に廣松渉の「物象化論」や今村仁司の「第三項排除論」といった、それぞれに独創的な理論を喚起する重要な契機にもなった。[7]

宇野理論の特徴として、もうひとつ強調しておいてもよいと思われるのは、「原理論」をたてるということからもわかるように、あくまで「厳密な学」としてのマルクス経済学を追究するという基本態度である。この態度は宇野の著作を一貫していると言ってよいが、その一例が恐慌論の扱いである。恐慌という問題はマルクス主義者の間では、そのまま革命への重要な転機としてとらえられてきた。だが、宇野は、『資本論』では恐慌論が充分に説明されておらず、それをあらためて「原理論」のレベルから厳密に位置づけなおす必要があるとし、さらに次のようにいう。

いかにも恐慌現象の周期的出現は、もはや資本主義的生産方法を最善のものとはいえないものにするといってよいのですが、しかしそれでは「巨大な上部構造全体が、徐々にせよ急激にせよ、くつがえる」ということにはならない。私は、マルクスのいうような「人間がこの衝突を意識し、それと決戦する場となる法律、政治……つづめていえばイデオロギーの諸形態」と「区別」された「経済的な諸条件におこった物質的な、自然科学的な正確さで確認できる変革」というものを確実には知らないといってよいのであって、むしろそういう生産力と生産関係との矛盾は、経済学的には恐慌現象としてあらわれ、「生産諸力の発展諸形態からその桎梏へと一変する」生産関係は、恐慌後の不況期に行われる生産方法の変化を通して、また新たなる生産力の発展形態になるもののように思うのであります。その点では、まさに経済学は唯物史観の最も重要な点をそのままは明らかにしえないでいるといってよいのです(8)。

マルクス経済学と唯物史観とを峻別する、当時としては意表をつく発言には、宇野の次のような基本的信念がはたらいている。

マルクスの経済学は、単に社会主義的観点から資本主義を批判したというものではない。それは何人にも、その人の階級的立場の如何にかかわらず、論理的に承認せざるを得ないものとして科学なのである。(9)

「経済学は唯物史観の最も重要な点をそのままは明らかにしえない」ということの「科学」重視の態度は、むろん多くのマルクス主義者たちから批判を受けた。いうまでもなく彼らにとって両者は不可分のものだからである。しかし、宇野は「唯物史観」の名のもとにイデオロギーが介入して資本主義の理論的解明に曇りが生じてしまうことを恐れ、理論家としてのマルクスとイデオローグとしてのマルクスを厳密に区別しようとしたのである。それはまたマルクスとマルクス主義者との峻別でもある。周知のように、同じマルクス主義者の間にもそれぞれの立場によって、それぞれに異なったマルクス解釈がある。ましてそこから実践の方法を導き出そうとする場合は、その解釈の相違がそのまま「政治闘争」にまで発展してしまうことは、歴史の教えるとおりである。戦前共産党と労農党をそれぞれ代表した講座派と労農派による日本資本主義論争を経験したことのある宇野が戦後になってリゴリスティックな姿勢を貫いたことは、ある意味では、『資本論』という貴重な知的遺産をそうした「党派闘争」から守ろうとするところに起因していると言っていい。

私がここでそのような宇野の態度を引き合いに出すのは、戦後日本の論壇において、宇野とは異なったかたちで、やはりマルクスをいわゆる「マルクス主義」から区別しようとした人たちが少なからずあったことを指摘しておきたかったからである。そのもっともよく知られている例が、これまでにもたびたび引き合いに出してきた吉本隆明である。一九六六年にマルクスに関するエッセイを集めた『カール・マルクス』が最初に出版されたとき、吉本はそのあとがきにこう書いている。

いま、わたしにとってマルクスとはなにか？　という自問を発してみるとさまざまな反応が蘇ってくる。敗戦間もない頃には、はじめて接した未知の世界という驚きがつよかった。ここ数年前には、マルクスの救出という当為がつよかった。マルクスの救出とは、戦後二十年にして崩壊しつつある古典左翼の抱き合い心中から、マルクスを救出しようとするという意味である。かれらは死ぬが、ただマルクスの虚像を抱いて死ぬのであり、マルクスは、かれらと心中させるにはあまりに実像を拓かれていないというのがわたしの感懐であった。(10)

吉本は「戦後二十年にして崩壊しつつある古典左翼」という言い方をしているが、これには共産党、（当時の）社会党のみならず、それらに反旗を翻した新左翼も含まれる。「新左翼」とは名ばかりで、その綱領や理論は旧態依然としたものだったからである。だからそうした「古典左翼」によってマルクスが歪められたという認識は、そのまま戦後日本におけるマルクス主義運動の失敗を裏面から照射しており、とりわけ硬直した理論に拘泥し、宇野や吉本のような知識人を引きつけえなかったのみか、むしろそのような批判的知識人たちを次々に排除していった共産党の責任は重い[11]。いずれにせよ、こうした知識人の側からの「マルクス主義者」に対する不信には、吉本の場合、自らも参加した一九六〇年の安保闘争の敗北も与っただろう。しかも吉本には、それはたんなる政治闘争の敗北というより、思想そのものの敗北と映った。だから、彼はこうも言うことになる。

以後、無数の唯物（タダモノ）主義者と経済主義者が、〈マルクス〉主義者と称して亡霊のように列をなし、かれの思想的棺をかつぎあるいているとしても、マルクスになんの関係があろう。なんの責任があろう。ひとりの人間が公民として、また人間的存在として、どのような思想をいだくか、どのように移転するかはこの意味では時代と個との不可避の邂逅によっている[12]。

「唯物（タダモノ）主義者」と並べられた「経済主義者」のなかに宇野も入れられているのかは定かではないが、いずれにせよ、吉本が彼自身のマルクスを守ろうとして、こう述べた四半世紀後に東西の壁が崩れて冷戦体制が終焉し、世界的な規模での「マルクス主義」運動が凋落していくに際して廣松渉が、それこそ「実像」としての「マルクス」の「救出」を訴えて、「今こそマルクスを読み返す」と叫んだりすることになるのだが、[13] 吉本はそれを早々と一九六〇年代に戦後日本という舞台の上で見切っていたのである。柄谷が引き継いでいるのは、このマルクスとマルクス主義の峻別である。一介の学生として六〇年安保闘争に加わったとはいえ、その後の彼は最終章で見られるように、一貫して既成左翼の運動に対しては距離をとりつづけてきた。第一章に述べた一種ニヒリスティックなまでの文学観の背景にもそうした歴史体験がはたらいている。だからその柄谷があえてマルクスを口にするとき、それもまた主義によって汚染されたマルクスを「救出」するためのものであったといえるのだが、むろんその「救出」方法は吉本とも廣松ともちがっていた。この柄谷による「救出」の最初の試みが一九七八年の『マルクスその可能性の中心』にほかならない。

『資本論』その可能性の中心

マルクス関係の著書としてはやや風変わりな『マルクスその可能性の中心』というタイトルにこめられた意味から始めよう。この著作の背景にも、やはりさきに宇野や吉本に関して述べた戦後から一貫して続いている既成マルクス主義への不信という問題が流れている。具体的にはそれは「ロシア・マルクス主義」とか「スターリニズム」、ひいては根本的な発想においてそれと変わらない（とみなされた）日本共産党中央に対する批判として現われた。

さらに、この著作が出る一九七〇年代の終わりごろには、そういう批判の急先鋒をつとめてきた自称新左翼もまた、前に述べた連合赤軍事件や度重なる内ゲバの果てに急速に凋落していき、マルクス主義そのものへの一般的な懐疑や不信に拍車がかかった。このトレンドを象徴する一例を挙げておけば、一九八〇年代初頭の戸田徹、笠井潔、小阪修平、長崎浩などを中心とする、いわゆる「マルクス葬送派」と呼ばれる人たちの登場である。彼らはいずれも一九七〇年前後の全共闘運動を自ら経験してきた人たちである。

柄谷の著作は、こうしたマルクス主義ひいてはマルクスへの不信が拡がっていくなかで書かれた。だから表題のなかの「可能性」という言葉は、そうした風潮にあって、なおかつマルクスを守ろうとする意図の表明にほかならないと言えるのだが、それはまた同じマルクスを守ろうとして「真のマルクス」像をうちたてようと試みた宇野弘蔵や廣松渉などとも異なっていた。その姿勢はやや吉本に似ている。

ひとりの思想家について論じるということは、その作品について論じることである。これは自明の事柄のようにみえるが、必ずしもそうではない。たとえばマルクスを知るには『資本論』を熟読すればよい。しかし、ひとは、史的唯物論とか弁証法的唯物論といった外在的なイデオロギーを通して、ただそれを確認するために『資本論』を読む。それでは読んだことにはならない。〝作品〟の外にどんな哲学も作者の意図も前提しないで読むこと、それが

私が作品を読むということの意味である。(14)

この言葉にも表われているように、柄谷にとって「マルクスの可能性」はひとえに『資本論』の読解にかかっている。そしてそれが、姿勢が似ていながら、どちらかというと初期マルクスのほうを評価した吉本と分かれるところでもある。まず柄谷が注目したのは、宇野によってその意義を高められた価値形態論である。この論議は、さきにも見たように、商品Aの価値が他の商品Bの使用価値によって表現されることに始まり、前者が相対的価値形態、後者が等価形態と呼ばれたのであったが、柄谷はこの関係を記号論の「シニフィエ（意味されるもの／表現されるもの）」と「シニフィアン（意味するもの／表現するもの）」の関係に対応させ、そこにソシュール言語学とのアナロジーを見出した。つまり商品の織り成す世界をひとつの「差異にもとづく同一性のシステム」とみなす視点をもったのである。これは第二章に見たような哲学的観点との重ね合わせであるが、問題はこの同一性のシステムがどのように成立したかである。その点で関心はもっぱら貨幣という特別な「商品」に注がれる。

彼［マルクス］は等価の秘密を諸商品の「同一性」に還元する。しかし、そのような同一性は貨幣によって出現するのだ。貨幣形態こそ、価値形態をおおいかくす。したがって、貨幣形態の起源を問うとき、マルクスは、もはや「等価」や「共通の本質」という考えを切りすている。それらこそ、価値形態の隠蔽《いんぺい》においてあらわれるのだからである。[15]

貨幣の役割は同一性のシステムを出現させることだけにとどまらない。それは資本制システムの生産と流通のただなかにおいて自ら主役を演じる。どういうことか。マルクスの商品分析は、ある商品と他の商品とが貨幣という一般的等価形態によって媒介される関係を指摘していた。それを表わすのがW―G―W´という式である。[16] これは一見貨幣によって二つの異なる商品どうしが等価に交換される関係を言い表わしているようにみえる。だが、事態はそれほど簡単ではない。このW―G―W´は商品世界においては、W―G―W´―G´―W″―G″…というように、商品の差異性に基づいて多様な連鎖をなすが、その連鎖のなかからG―W―G´の部分をとってみれば容易にわかるように、前後するGとG´は等価ではありえない。G´のなかには「剰余価値」が入っているからである。この利得がなかったら、だれもこの経済ゲームに参加することがないはずである。だから、このGから剰余価値を伴うG´への貨幣の増殖こそが資本制システムのポイントだということになる。

さきに見たように、宇野弘蔵はこの剰余価値の秘密を、労働力という商品を組みこんだ生産流通過程に見出したのであった。その点は柄谷も踏襲する。

マルクスがいうように、同一のシステムを想定するとすれば、流通過程G―W―G´による剰余価値はありえない。産業資本が得る剰余価値は、それとはちがった交換過程、すなわちG―W……W―G′によってである。これは、資本家が生産手段・原料・労働力を買いこみ、それによる生産物を売るという過程である。ここで、生産手段および原料はたんにふつうの商品であるから、同一のシステム内ではもはや剰余価値を生まないと想定しうる。だから、鍵は労働力という商品にある。簡単にいえば、剰余価値はここでは、資本家が買う労働力の価値と、労働者が実際に生産した生産物の価値（生産手段・原料の部分をさしひいた）との差額にある。[17]

マルクスによれば、労働力に操作を加えて生み出される剰余価値には、大きく言って二通りある。ひとつは、資本家が単純に労働者の労働時間を延長することによって生み出される剰余価値で、「絶対的剰余価値」と呼ばれる。これは今日の状況でいえば、正規／非正規の被雇用者たちが否応なく負わされている手当のつかない残業労働に象徴的に見られる。いわゆる労働の「搾取」である。もうひとつは、労働者が自分の能力を維持再生産していくために必要な労働の分を短縮し、それによって剰余価値を生み出す労働の方を相対的に増やす方法で、これはおもに技術革新、協働作業、機械化などの導入をとおしておこなわれるが、この方法で生み出される剰余価値は「相対的剰余価値」と呼ばれる。こちらでは商品としての労働力は相対的な価値の低下をこうむる。わかりやすい例としては、ベルトコンベアの前に立つ単純作業を思い浮かべるとよいだろう。

柄谷のオリジナルな解釈はこうした論議のさきに出てくる。問題の核心はいずれにしても産業資本主義における生産流通過程をとおしての剰余価値の発生ということにあるのだが、柄谷はこの論議のなかに、産業資本主義によって克服されたとされる商業資本主義の論理をあえて導入するのである。マルクスは商品交換の発生に関してこう言っていた。

商品交換は、共同体の終わるところに、すなわち、共同体が他の共同体または他の共同体の成員と接触する点に始まる。(18)

「外部」を志向する柄谷がさまざまなコンテクストで好んで引用する言葉だが、いうまでもなく、これは商業資本の剰余価値が発生する根拠を言い表わしている。(19)遠隔地から物品を運び、買値以上の値段で売るときの利鞘が商人にとっての剰余価値だからである。このテーゼをさらに抽象化して表現すれば、商業資本の剰余価値は互いに異なるシステムの「間」ないし「差異」に発生するということである。では、これが産業資本主義の生み出す剰余価値とどう関係するのか。柄谷はこういう。

資本家は、すでにより安くつくられているにもかかわらず、生産物を既存の価値体系のなかにおくりこむ。つまり、潜在的には労働力の価値も、生産物の価値も相対的に下げられているのだが、このことはただちには顕在化しないのである。だから、現存する体系とポテンシャルな体系が、ここに存在する。したがって、われわれは産業資本もまた、二つの相異なるシステムの中間から剰余価値を得ることを見出すのである。

われわれは、商人資本がいわば空間的な二つの価値体系の――しかもそこに属する人間にとっては不可視な――差額によって生じることを明らかにしたが、産業資本はその意味で、労働の生産性をあげることで、時間的に相異なる価値体系をつくり出すことにもとづいているといってもよい[20]。

少し説明を加えておこう。問題の要点は、産業資本主義の核をなすG—W……W′—G′というプロセスのなかの「W……W′」の部分にかかわっている。ここには仕入れられた原料、機械、労働力といった生産手段が入っている。このなかの労働力の値段（賃金）を安くしたり、あるいは労働時間を長くすることによっても剰余価値は得られるが（絶対的剰余価値）、この過程には剰余価値を生み出すもうひとつ別の重要なファクターが潜んでいた。すなわちそれは、相対的剰余価値の背景となっていて、後にシュンペーターが『経済発展の理論』で大きく取り上げて有名になる、不断の技術革新（イノヴェーション）による生産性の向上というファクターである。柄谷が目をつけるのは、この生産性の向上によって生じる時間的な落差（差異）である。商業資本がすでにある場所的地理的な差異を利用して、そこに剰余価値を求めるとするなら、産業資本主義のシステムでは自らが生み出した前のシステムと新しく技術開発をして生み出したシステムとの時間的落差のなかに剰余価値が求められるのである。そのことは、今日つぎつぎにモデルチェンジをおこなって新製品を売りこもうとする自動車やコンピューター機器などを見れば、すぐわかるだろう。シュンペーターはこの「特別剰余価値」（マルクス）を産業資本主義における剰余価値発生の中心に置いたのだった。柄谷はこうした観点を取り入れてマルクスの理論を再構成しようとしていると言っていいだろう。この柄谷の解釈に呼応するかのように、経済学プロパーの岩井克人も次のように言っている。

シュムペーターの企業家たちは、お互いどうしの技術革新競争を通じて絶えず一時的な「遠隔地」を創り続けている――いわば「未来」という遠隔地を。この「未来という遠隔地」で成立している価値体系と直接接触できるのは、未来の技術的条件を先取りできた、すなわちいち早く技術革新に成功した企業家だけである。そして、この未来の価値体系と現存の価値体系との間の差異が、企業家の利潤あるいはマルクスの言う特別剰余価値にほかならない。(21)

この関連で、やはり宇野を受けるかのようにして、柄谷がもうひとつ『資本論』に関して力説しているのが恐慌の問題である。恐慌とは、いうまでもなく信用制度の崩壊、失業、倒産、インフレ、株価の暴落といった現象が急激に連鎖反応を起こすようにして生じる事態のことだが、マルクスにおいてこの現象は資本制システムが必然的に引き起こすものとみなされている。自己言及のパラドックスに見られるシステムの自壊というテーゼを立てていた当時の柄谷も、当然のようにこれに関心を向けた。だが、宇野も指摘していたように、『資本論』の記述は必ずしもその資本に内在する必然的論理を充分には説明していない。だから宇野は自らその筋道を明らかにしようとしたのであった。その要点はほぼ次のようになる。

出発点は、資本の生産規模が拡大するにつれて増大してくる遊休資本である。この遊休資本はおもに銀行を介して貸付資本として資本の再生産過程に投入されることになる。この場合銀行資本と生産資本の間に債権・債務の信用関係が成立し、債務側は生産を通して得た利潤のなかから一定の利子を払わなければならなくなる。問題はこの利子と利潤の関係である。利子は利潤の一部をなすとはいえ、それぞれは別の論理で回転する。とりわけ重要なのは、産業資本は互いに競うようにして生産力の拡大を図るのだが、それが拡大すればするほど利潤率が低下するという法則である（利潤率の傾向的低下の法則）。ここに利潤率と利子率の原理的な乖離ないし矛盾があり、その結果次のような事態が生じることになる。宇野の言葉を借りよう。

貸付資本の利用によって資本の生産過程が極度に拡張せられて来ると、一定の資本家的発展の段階においては、必ず一方では急激なる利潤率の低下を生じながら、他方では利子率の極端なる騰貴を伴うことになる。資本にとっては、もはや再生産過程の拡張は勿論のこと、その継続自身も無意味のものとなりながら、利子は支払わなければならないし、借入資金の返済はしなければならない。商業信用の基礎が失われて、産業資本はますます銀行信用にたよらざるを得ないのであるが、銀行にとっても産業資本における資金の要求が資本の再生産過程の拡張にも、継続にもあるのでなく、専ら資金の返済と利子の支払いとを目的とすることになれば、これに資金の貸付をなすことは出来なくなる。(22)

こういう事態を迎えると、債務者の側に立つ産業資本は自分の生産した商品を投売りしてでも、これを資金化しなければならなくなる。だが、すでに生産が消費に対して過剰になっている、いわゆる供給超過の状態になっているところでは、いくら価格を下げても商品の買い手が見つからず、それが深刻であれば、倒産という事態にも発展する。そして生産された商品ではなく、貨幣という商品こそがすべてになってしまうのである。マルクスはこの倒錯した事態を次のように印象的に表現したのであった。

貨幣は、卑俗な商品によっては、代えられえなくなる。商品の使用価値は、無価値となり、その価値は、それ自身の価値形態の前に消失する。ほんのいま先までブルジョアは、好景気に酔いしれて得々として、貨幣などは空虚な幻想だと称《とな》えていた。商品こそ貨幣だ。ところが貨幣こそ商品となった！　いまや全世界市場に、そうひびきわたる。鹿が新鮮な水辺をしたい鳴くように、世界市場の心は、唯一の富である貨幣をもとめ叫ぶ。恐慌においては、商品とその価値態容である貨幣との間の対立が、絶対的矛盾にまで高められる。(23)

マルクス主義者たちの多くはこの点に革命運動を誘発することになる破局を見出してきたのだが、前にも述べたように、宇野はこれは必ずしも革命の必然性を述べたものではないとした。なぜなら、この事態はむしろ新たな生産手段の開発を促し、ひいてはその過程で資本の再編成や集中を可能にし、結果的に資本制システムの自己発展や肥大化を促すことになるからである。一九七〇年代の度重なるオイル・ショックや近年のリーマン・ショックによって引き起こされた「経済危機」のその後の展開を見ると、この宇野の指摘は正しいように思える。

明確な論理展開がなされていないので推測の域を出ないが、若き柄谷が見ていたのも、おそらくこの事態であると考えられる。さきに見たように、柄谷は商業資本とちがって、産業資本では「時間的に相異なる価値体系をつくり出すこと」によって剰余価値が生まれてくると述べていたが、見方を変えれば、これは資本家がシステム上の必然から繰り返し生じてくる「恐慌」をむしろ積極的、戦略的に利用することである。言い換えれば、生産システムのスクラップ・アンド・ビルドを繰り返しながら、そこに生じる落差を利用して新たな剰余価値を創出するということである。まさに「資本を可能にしている条件が、恐慌の条件なのである」[24]。さらに重要なのは、柄谷がこうした恐慌をとおして表面化してくる貨幣の存在こそ資本主義の本質的契機であることを見ていることである。彼が価値形態論の重要性を主張するのも、そのことによっている。

資本制社会にいたる「発展」には、なんの理由も目的もない。逆に、資本制経済がそれらを与えるにすぎない。「発展」とみえるのは、貨幣形態という転倒の上に累積された転倒であるが、貨幣形態そのものがそれをおおいかくしている。だから、貨幣の〝起源〟をめぐる価値形態の考察が、『資本論』の決定的な新しさであるだけでなく、史的唯物論をふくめた一切の歴史哲学にある遠近法的倒錯をもさし示すのである[25]。

そして恐慌についてはこう述べている。

恐慌とはなにか。それは、価値の関係の体系が一瞬解体されることだ。物の内在的価値がそのとき消えてしまう。いいかえれば、恐慌は、貨幣形態がおおいかくしていた価値形態——象形文字——を露呈させる[26]。

後の円熟期に書かれる『トランスクリティーク』などに比べると、このころの柄谷には直観が先走って、充分な論理的説明に欠けるところがあるが、その直観が狙っているターゲットは、すでにこのころから定まっていると見ていい。その狙い定められた対象を当時の柄谷の哲学的関心に合わせて言い換えておくなら、貨幣という特殊なシニフィアンによってもたらされた同一性のシステムが、自己差異化の運動を介して解体と再生を繰り返す倒錯的世界とでも表現しておくことができるだろう。同じころに新古典派の経済学理論から出発した岩井克人が、学派の基本信念たる「一般的均衡」（ワルラス）の原理的不可能性を証明して「不均衡動学」の経済理論を打ちたて、一時期柄谷の考えに急接近したのも偶然ではない[27]。

『ブリュメール一八日』とrepresentationの問題

『マルクスその可能性の中心』において、『資本論』と並んで柄谷のアナロジカル・シンキングを刺激したマルクスのテクストが『ルイ・ボナパルトのブリュメール一八日』である。マルクスは同時代の歴史的出来事としてフランスの一八四八年革命に強い関心を示し、『フランスにおける階級闘争』（一八五〇年）、『ルイ・ボナパルトのブリュメール一八日』（一八五二年）、『フランスの内乱』（一八七一年）というテクストを書き残している。いわゆるフランス三部作である。『階級闘争』は一八四八年の革命勃発からの二年間を、『ブリュメール一八日』はルイ・ボナパルトの権力奪取までの過程を、そして最後の『内乱』は普仏戦争敗北によるボナパルト失脚後のパリ・コンミューンを、それぞれ扱ったものである。

問題の『ブリュメール一八日』は、四八年の革命後、臨時政府による共和制宣言、憲法制定国民議会、六月反乱、ボナパルトの大統領就任、立法国民議会、ボナパルトのクーデターと皇帝即位と、めまぐるしく動く政治情勢のなかで、多様な勢力（党）が交錯して台頭、衰滅を繰り返し、最後はボナパルトが皇帝に即位して全権を掌握するまでのプロセスを、マルクス自身のコメントを挟みながらジャーナリスティックな文体で事細かに綴ったテクストである。冒頭の「一度は偉大な悲劇として、もう一度はみじめな笑劇として」という有名な文句に見られるようなレトリックやマルクス独特の辛辣なイロニーも多用され、けっして読みやすいテクストではない。『マルクスその可能性の中心』で柄谷が注目するのは、さまざまな勢力がさまざまな党派を名乗って拮抗しあう混乱のなかから、やがて伯父ナポレオンの権威を笠にきた凡庸な人物ルイ・ボナパルトがそれらを糾合して、全権を備えた皇帝の地位に駆け上っていくプロセスである。

一八四八年二月四日、すなわち憲法制定国民議会から、事件は叙述される。つまり、二月革命が議会に移行したときからはじまるのだが、この代議制において、はじめて「代表するもの」と「代表されるもの」の関係が明確になる。「代表するもの」、すなわち諸言説の場は、王党派、オルレアン派、共和主義者、山岳党（社会民主党）、ボナパルト派などに分節化され、「代表されるもの」は、生産諸関係として、金融ブルジョアジー、産業ブルジョアジー、プロレタリアート、都市小ブルジョア、分割地農民、官僚、ルンペン・プロレタリアートなどに分節化されている。

ところで、マルクスが強調するのは、「代表するもの」は、「代表されるもの」の利害と直接結びついていないということである。(28)

すでにここには柄谷自身による巧みな視点の導入が図られている。「分節化」というそもそもマルクスとは疎遠な言葉がそれを暗示している。導入された視点とは、価値形態論の解釈においても使われたソシュールの言語学である。柄谷は等価形態と相対的価値形態の間にシニフィアン（意味／表現するもの）とシニフィエ（意味／表現されるもの）の関係を見ていたが、それとまったく同じことがここでもおこなわれている。いうまでもなく、ここで言われる「代表するもの」と「代表されるもの」の関係がそれである。よく知られているように、ソシュール言語学はシニフィアンとシニフィエの結合がまったく恣意的なものであることを指摘していた。

言語記号は恣意的である。与えられた聴覚映像と特定の概念を結ぶ絆は、そしてこれに記号の価値を付与する絆は、根柢的に恣意的な絆である。(29)

ある特定の動物種を「犬」と呼ぶか「dog」と呼ぶかはまったくの偶然であり、この概念内容（意味）と表記、すなわちシニフィエとシニフィアンの結合に必然性はない。またシニフィアン自体に関しても、それぞれの言語システムにおいて偶然で恣意的な分節化がおこなわれ、それぞれのシニフィアンの分節化に応じて恣意的に定められたシニフィエが生まれる。たとえば「Ratte」と「Maus」の明確な区別のない日本語では「ねずみ」は「ねずみ」であり、あえてそのちがいを出そうとするならば、たとえば「ハツカ・ネズミ」といったりするように、それに別の語を付加する以外にない。だから恣意的な分節化ないし差異化の体系である言語システムにおいてはシニフィアンとシニフィエの結合もまた恣意的なものでしかないのである。柄谷が『ブリュメール一八日』に見たのはこの恣意性の布置関係《コンステレーション》である。だから、柄谷はさきの引用の最後の文章を次のように言い換えることになる。

さらに重要なのは、「代表するもの」と「代表されるもの」の結合関係は、けっして固定的でも必然的でもないということだ。(30)

決定的な問題は、しかし次の事態である。

「代表するもの」と「代表されるもの」の関係が、本来的に恣意的であるから、産業ブルジョアジーもその他の階級ももともとの「代表するもの」をみすてて、ボナパルトを選ぶのである。(中略)

ボナパルトの権力は、差異の消去において出現した[31]。

ここで柄谷が何を考えているかは明らかである。彼は『資本論』の価値形態論のことを考えているのである。すなわち、さまざまに異なる使用価値をもった、さまざまな商品のなかから、貨幣という、すべての商品の価値を統一的に表現する特別な商品が出てくる事態である。貨幣と皇帝のアナロジーである。

王（貨幣）は、超越論的なものであるがゆえに王（貨幣）であるかにみえるが、逆にその超越性は諸党派（諸商品）の差異（関係）の消去によって可能なのだ。「価値形態論」における難解な論点は、ボナパルトという一党派が王位につく秘密にすでに示されている[32]。

この時点での柄谷は知る由もないが、この柄谷の貨幣とボナパルトのアナロジー論議にやや遅れて、似たような考えを社会哲学者の今村仁司が提出している。今村はレヴィ＝ストロースの構造主義人類学における王権論の発生を念頭に置きながら、やはりマルクスの価値形態論との類似に目をつける。

商品形態＝価値形態論は、経済的な商品論の形式をとりながらも、実は社会関係（コスモス）形成の理論であり、特殊的には、資本制生産様式の秩序形成と運動の理論それ自体なのである。商品論は、しばしば、貨幣論のための単なる前提、貨幣発生論、あるいは流通形態論、等々とみなされてきたが、かくのごとき経済主義的発想はしりぞけられねばならない。[33]

こういう立場に立って、今村は価値形態論の第三形態である一般的価値形態についてこう述べている。ひとつの商品の価値が他のさまざまな商品の使用価値によって表現される段階のことである。

> この形態は、価値形態論の中では、第Ⅰ形態と並んで、最も重要な形態である。マルクスの説明をなぞりながら、骨子のみを摘出しておく。第Ⅲ形態では、諸商品が場所を占める位置の相互排除がはっきりと出てくる。相対的価値形態の位置に立つ諸商品は一般的等価形態の位置から排除され、反対に、リンネルであれ何であれ、一つの商品が一般的等価形態の位置を占めるときには、この一つの商品は相対的価値形態から排除される、位置の相互排除、非両立性は、すでに原理的には第Ⅰ形態で出つくしているが、商品的社会関係の進展に応じて、とりわけ第Ⅲ形態で相互排除の戦いという相が全面的に現出する。[34]

今村の言わんとするのは、こういうことである。最終的に貨幣に転化する一般的等価形態の成立を可能にしているのは、互いに排除しあう（異なる）諸商品のなかからただひとつの商品が排除（選択）され、そのひとつの商品のもとに他のもろもろの商品が統合され、同一の尺度で測られるようになるということである。今村はこのひとつの商品の排除とそれによるシステムの統合の論理を「第三項排除」論と名づけ、それはあらゆる社会システムを形成する原理であると考えた。言い換えれば、ひとつのシステム、共同体が成立するためには必ず第三項を排除する「暴力」が不可欠だということである。人類学でいえば、それはスケープ・ゴートが王に君臨することに対応する。こうした考えはルネ・ジラールの暴力論などにも見られる(35)。

柄谷にもどろう。柄谷が見たボナパルトは、今村の排除された「第三項」と同様に、さまざまなシニフィアンのなかから排除的に選び出された、いわば超越論的シニフィアンである。つまり、これが君臨することによって個々のシニフィアンとシニフィエ、すなわち代表するものと代表されるもの、具体的には党派と階級階層の関係が覆い隠されてしまうような特殊なシニフィアンの成立である。

ここで、もうひとつ目を向けておいてよいことがある。それは「代表するもの」と「代表されるもの」にある「代表」という概念である。この言葉はいうまでもなく、英語なら「representation」、フランス語なら「représentation」という言葉の翻訳語である。これらの言葉が表わしているように、この概念には「代表」のみならず「代理」「表現」「表象」の意味があるのだが、ソシュールの言語論的転回を受けて、この概念の哲学的意味をラディカルに考察したのがデリダであった。デリダはフッサール現象学の根本をなす概念として représentation をあげ、記号ひいてはフッサール現象学の理念を根本において支えているこの概念についてこう述べている。

いわゆる経験的出来事によって必然的に蒙らされる諸種のひずみにもかかわらず、またそれらを通じて、所記《シニフイエ》は同じものとしてとどまらねばならず、そのものとして反復されうるのでなければならない。音素《フオネーム》や文字素《グラフエーム》は、それが〔言表〕作業や知覚において姿を現わすたびに、つねに不可避的に或る程度は異なっているが、それにしても、なんらかの形式的同一性のおかげでそれが再版され、それと認知されうるのでなければ、それは一般に記号および言語として機能することができない。このような同一性は必然的にイデア的である。したがって、それは必然的に或るルプレザンタシオンを含んでいる。すなわち、Vorstellung〔表象〕、つまりイデア性一般の場としてのルプレザンタシオン、Vergegenwärtigung〔再現前〕つまり再生的反復一般の可能性としてのルプレザンタシオン、および Repräsentation〔代理〕としてのルプレザンタシオン——それぞれの能記《シニフイアン》的出来事が身代わりである（所記の身代わりであると同時に能記のイデア的形式の身代わりである）かぎりで——を含んでいる。このようなルプレザンタシオン構造が記号作用そのものであるのだから、私は、或る際限のないルプレザンタシオン性に根源的にかかわりあわずには、《実際の》言表を開始することができないのである。(36)

これはわれわれがすでに第二章で見たような同一性の言説システムがどのような原理によって成り立っているかを述べた言葉である。簡単に言ってしまえば、反復可能な同一の意味を創出し、それによって同一のシステムを成り立たせるのが、ほかならぬルプレザンタシオンの働きなのだ。周知のように、デリダはこの同一性の意味世界に「différance」という造語を導入することによって、その解体（脱構築）をもくろんだ。「différance」とは時間的な遅れや迂回を含む差異化の運動のことで、一言でいえば「ずれ」のことである。[37]

柄谷はこうしたデリダの論議を念頭においているのであろう。マルクスが未熟な「身体的組織」をもった人間の自然に対する「受苦」的な関係に始まる「自然史的過程」を口にするとき、それをあえて次のような言葉で解釈するのである。

マルクスが「身体的組織と、この身体的組織によって与えられる自然との関係」を、歴史の第一前提とするとき、注目すべきは、この「関係」という概念である。つまり、「人間と自然との関係」は、ある欠如＝遅延化によって生じるような「関係」なのであり、実はそれだけが「関係」なのである。（中略）

ふつうのいい方では、動物も対象をもつし、対象と関係する。だが、彼らが環界と一体である以上、対象も関係もありえない。対象や関係は、遅延化（差異化）のなかではじめて存

在するようになる。つまり、対象物は、欠如—表象（意味作用）のなかで形成される。(38)

説明としてはやや舌足らずの表現で、ここで言われる「遅延化」がどこまで厳密にデリダの「différance」と一致するのかはっきりしないが、このあたりデリダの理論を駆使して何とかマルクスを新しく解釈できないかと苦吟している若き柄谷の姿が浮かんでくる。ラカンの言葉を借りていえば、さしずめイマジネールな世界にあって類似のシニフィアンが結びつきながらも、まだ充分に論理《シニフィエ》が固まっていないという感じである。表立っては書かれていないが、おそらくこの「シニフィアンの戯れ」においては、さきに見た産業資本主義の再生産過程における時間差（ずれ）から発する剰余価値の問題も連想されていたのだろうと思われるが、もとより私の推測の域を出ない。

柄谷において representation の問題はデリダの形而上学批判との連想にとどまらなかった。マルクスの『ブリュメール一八日』に示されているように、柄谷のアナロジカル・シンキングのリゾームは政治的な「代表」すなわち代議制の問題にまで伸びていっているからである。そのことは一九九六年の新訳『ブリュメール一八日』に付せられた解説論文「表象と反復」にはっきりと出ている。論文冒頭で、柄谷は『資本論』と『ブリュメール一八日』という柄谷にとってもっとも重要なテクストをあげてこう述べている。

これらの著作が扱っているのは、一種の反復強迫の問題である。『資本論』は、たえまない差異化によって自己増殖しなければならない資本の反復強迫、そしてそれが不可避的にもたらす恐慌や景気循環の反復強迫を原理的に解明しようとしている。『ブリュメール18日』は、近代の政治形態が解決できず、さらにそれを解決しようとすることが不可避的に招き寄せてしまうそういった反復強迫をヴィヴィッドにとらえている。(39)

『資本論』における恐慌の意味についてはすでに見た。問題は後者の「反復強迫」である。柄谷が『ブリュメール一八日』のなかに読みとった主題は、代表するものと代表されるものとの恣意的な結合関係と、その危機からボナパルティズムが生じてくるということだったが、柄谷はこれを「代表制」に本質的につきまとう桎梏だととらえる。『ブリュメール一八日』が示しているように、代表制には議会と大統領の二種類がある。「議会制は、討論を通じての支配という意味において自由主義的であり、大統領は一般意志(ルソー)を代表するという意味において民主主義的である」(40)(シュミット)。だが、代表するもの(党)が代表機能を果たさなかったり、どの党によっても代表されない階級がある場合、議会は失効に陥り、直接的に人民総体をひとりで代表する大統領の重みが増すことになるが、これはある意味で個々の代表(党)および階級の解消を意味する。柄谷はこの状態を古代からの「王」の反復とみなす。それは帝国という規模においては「皇帝」としても顕現する。つまり王―大統領―皇帝とは、代議制の危機においていつでも反復して出てくる歴史の構造的無意識にほかならない。じじつ、一八四八年の革命のみならず、ドイツのナチズムはワイマール共和国の民主主義的代議制の混乱とともに台頭してきたし、それは構造的には日本の天皇制ファシズムにも当てはまる、と柄谷はいう。さらに言うなら、これはあらゆる形のポピュリズムが生まれるメカニズムをも言い当てたものである。

そこから representation のもうひとつの意味がクローズアップされる。すなわち「反復」である。柄谷は『ブリュメール一八日』冒頭の「一度目は悲劇として、二度目は笑劇として」に注目して、シーザー、ナポレオン、ルイ・ボナパルトはいずれも同一の「構造的過程」が反復したものであり、この「構造的過程」は一八七〇年代、一九三〇年代と繰り返され、規模のちがいはあれ、一九九〇年代にもそれが繰り返されているという。しかもそれはたんなる政治現象としてだけでなく、世界資本主義の構造的危機を伴って出てきているというのである。一九九六年の時点で柄谷はこういう世界認識を示している。

現在の不況は三〇年代ほど深刻ではなく、また戦争の危機も切迫していない。だが、ある意味で、資本主義にとってははるかに深刻な危機がある。現在の不況、あるいは一般的利潤率の低下は、もはや国民経済の活性化、つまりケインズ主義によって超えられない。それはまた、三〇年代において生み出された技術革新のような劇的な飛躍を期待できない。実際、それは、第三世界を、大量生産・大量消費のサイクルのなかに巻き込むことによって存続しようとしている。だが、結果として、それはこれまでと桁の違う環境汚染をグローバルにもたらすだろう。マルクスがいった一般的利潤率の傾向的低下と、情報・富の階級的両極分解は、グローバルに進行している。しかも、それはもはや先進国と第三世界の分解ではなく、先進国の内部に第三世界が生じるような分解である。こうした危機において、旧来の代表制が機能しえないことはいうまでもない。われわれが予測しうるのは、こうした危機の想像的解決を唱える〝ボナパルティズム〟の出現である。(41)

周期性のことを無視するなら、この「構造的過程」説にもとづいた「予測」は今日の日本の政治状況を見ても、それほど外れてはいない。それどころか事態は津波と原発の破局によっていっそう先鋭化したと言うべきである。この破局を前にして人々の政党への不信が高まるなか、元首相の孫で稚拙なナショナリズムを唱える以外これといって特徴をもたない凡庸な人物が首相の座に就き、予想外の支持率を得ている事実は不気味というほかない。(42)

トランスクリティークとは何か

これまでに見てきた柄谷のマルクス観は、後期柄谷の再出発点ともいうべき『トランスクリティーク――カントとマルクス』において全面展開される。この著作は二〇〇一年に出版されているが、二年後にはすでに英語版『Transcritique』が出ている。翻訳に費される時間を考慮すると、この著作は初めから英語版の公刊を目的としていたのではなかったかと推測できるが、おそらくこの推測はそれほど外れていないだろう。つまり柄谷はこのあたりから本格的に海外の読者を意識するようになったということである。じじつ、その反応はすぐに現われ、この著作から刺激を受けたジジェックの大著『パララックス・ヴュー』（二〇〇六年）が出て、柄谷の名を世界に広めた(43)。

この著作の最大の特徴は、副題が示しているように、マルクスとカントを互いに交錯させながら論究するところにあるが、それにしてもなぜカントからマルクスを、またマルクスからカントを読む必要があるのだろう。しかしそれに答える前に、まず柄谷がそもそもカントをどう理解したかを知っておく必要がある。

柄谷の関心はカント哲学の本丸ともいうべき『純粋理性批判』の根本概念に向けられている。周知のように、カントは本質的に不可知な物自体に触発されて生じた感性的与件を悟性が構成することによって主観の側に対象が生まれるという認識論の構図を打ち立てた。それがコペルニクス的転回と呼ばれるものだが、柄谷はまずこの哲学史の通説に疑問を投げかける。そもそもコペルニクスにおける転回とは天動説（地球＝主観の立場）から地動説への転回である以上、カントをたんに主観性の哲学の創立者とみなすのでは「転回」の意味は逆になってしまう。まさにコペルニクスならぬコロンブスの卵のような疑問である。

くりかえしていえば、カントのいう「コペルニクス的転回」は、主観性の哲学への転回ではなく、むしろそれを通してなされた「物自体」を中心とする思考への転回である。カントが主観性と見なされる超越論的な構造を解明しようとしたのは、そのため以外ではない。では、「物自体」とは何か。それは『実践理性批判』において直接的に説かれる以前に、基本的に倫理的な問題にかかわる。いいかえれば、「他者」の問題である。もちろん、彼はそこから始めなかったし、私もそこから始めない。しかし、私が本書でいおうとするのは、カントの「転回」が「他者」を中心とする思考への転回にあること、そして、それが彼以後大言壮語されたいかなる思想的転回よりも根源的であるということである。[44]

このコンパクトにまとめられた記述の意味するところを理解するのは簡単ではない。「物自体」「倫理」「他者」がいったいどのように相互に関連しあっているのか、一読しただけではわからないからである。順を追って説明してみよう。ポイントになるのは、ここに出てくる「超越論的 **transzendental**」という概念である。これによく似た哲学ないし神学の概念に「超越的 **transzendent**」がある。こちらは人間的認識の彼岸にあるという意味で、たとえば「神」とか「永遠の生」といったものを表わす言葉である。では、カントはこれと区別して「超越論的」という言葉をどのような意味で使ったのか。カントは「純粋理性批判」という命名に関して、まず理性とは「ア・プリオリな認識の原理を与える能力」であると述べたうえでこう言っている。

> 純粋理性の機関とはいっさいのア・プリオリな純粋認識がそれにしたがって獲得され、現実に成立することになるような、諸原理の総括ということになるだろう。そうした機関を遺漏なく適用するならば、純粋理性の体系が与えられることになるはずである。だがこの体系はきわめて多くのことがらを必要とし、またそこでそもそも私たちの認識を拡張することは可能なのか、さらにはどのような場合にその拡張が可能なのかは、なお決定されていない。それだから私たちは、純粋理性とその源泉ならびに限界とをたんに評価するにすぎない学を、純粋理性の体系のための予備学とみなすことができる。そのような予備学は純粋理性の理説ではなく、たんに純粋理性の批判とだけ呼ばれなければならないだろう。(中略)私は、対象にではなく、私たちが対象を認識するしかたに、その認識のしかたがア・プリオリに可能であるべきかぎりで総じてかかわる認識を、すべて超越論的と名づける。そのような諸概念の体系は超越論的哲学と呼ばれることだろう。(45)

見られるとおり、「超越論的」とは、あくまで「ア・プリオリな認識の原理を与える能力」としての「理性」のはたらきに即していわれる言葉である。ここで考慮に入れなければならないのは、この「理性 **Vernunft**」は「悟性 **Verstand**」とはちがうということである。悟性は感性と並んで個々の人間に備わる主観的な能力で、感性がいわゆる感覚や知覚であるのに対し、悟性とは個々の人間が備えている思考能力または理解力のことである。だとすれば、この悟性から区別された理性とは何か。さしあたりそれは個々の人間の枠には収まらない普遍的な審級《インスタンツ》のようなものだとまでは言うことができるが、問題はこのような審級がどこから来るのかということである。これまで多くの論者はこれを普遍的な人間性一般または神に代わる超越的な存在として理解してきた。いわば個々の人間的主観の上に君臨するような何ものかである。キリスト教の神が死んだとしても、たしかにそのような表象は依然として残りうる。だが、カントの理性はそのような垂直的な神の代理ではありえない。そうであれば、わざわざ「超越的」に対して「超越論的」という言葉をつかう必要はないからだ。ここで柄谷の特異な解釈が出てくる。

「超越論的」という言葉の解釈に関して柄谷が手がかりにするのは、カントの比較的初期の著作『形而上学の夢によって解明された視霊者の夢』である。このなかでカントはこう述べている。

> かつては私は自分の知性の立場からのみ一般的な人間知性を考察した。今は、私は自分を、自分のものではない外部の理性の立場に置いて、私の判断を、その最も内密な諸動機も含めて他者の視点から考察する。二つの考察を比較することは、たしかに著しい視差［傍点：小林］を生み出すが、この比較は、光学的な錯視を避けて、諸概念を、それらが人間の本性に属する認識能力との関係において占める正しい位置に置くための、唯一の手段である。[46]

カントは「視差Parallaxe」という特殊な用語をつかっている。初期のカントが天体や地震を研究対象とする自然地誌学に熱中していたことからすれば、この用語の使用は驚くにあたらないが、これはもともと天体観測などで観測地点の相違によって対象の見え方（角度）が異なることを表わす言葉である。いうまでもなく、これはコペルニクスの発見に際しても重要な意味をもっていた。柄谷のアナロジカル・シンキングの直観に触れたのはこの「視差」すなわち「パララックス」である。だから、こういう。

『純粋理性批判』は、主観的な内省とは異質であるだけでなく、「客観的な」考察とも異質である。超越論的な反省は、あくまで自己吟味であるが、同時に、そこに「他人の視点」がはいっている。(47)

柄谷はこの「他人の視点」が「パララックス」によってもたらされたものであると考えた。つまり観測地点の相違こそが超越論的な理性認識を可能にしているということである。そしてそのような理性のパララックスがもたらす結果が、あの『純粋理性批判』の難題といわれる「アンチノミー（二律背反）」にほかならないと柄谷は考えるわけである。さらに本質的に不可知な「物自体」もまたこのアンチノミーに属するとされる。(48)では、もう一歩踏みこんで、カントの超越論的立場を支えるパララックスあるいは「他人の視点」はどこから来ると柄谷は考えるのか。解答はいかにも柄谷らしい。それはシステムとシステムの間、共同体と共同体の間に立つときに生まれてくる。しかも、それはさしあたり「懐疑」として出てくるという。

あえて存在論というタームで語るならば、われわれはデカルトの懐疑から次のように存在論を見出すべきである。コギト（＝我疑う）は、システムの間の「差異」の意識であり、スム［我あり：小林］とは、そうしたシステムの間に「在る」ことである。哲学において隠蔽されるのは、ハイデガーがいうような存在者と存在の差異ではなくて、そのような超越論的な「差異」あるいは「間」なのであり、ハイデガー自身がそれを隠蔽したのである。ハイデガーは、カントの超越論的（transcendental）な批判を、深みに向かう垂直的な方向において理解する。しかし、それは同時に、いわば横断的（transversal）な方向において見られねばならない。そして、私はそれを〈transcritique〉と呼ぶのである。[49]

この「横断」において出会われる「他者」、これが「超越論的」立場の隠された秘密だというわけだ。[50]しかもこの他者は地理的空間的に出会われる他者にとどまらない。いや、それ以上の意味をもって見知らぬ過去や未来の他者との出会いが問題となってくる。とりわけ比重が高いのは未来の他者である。超越論的な理性がたんなる多数や公共性を求める「一般性」と区別された「普遍性」をもつのは「それがア・プリオリな規則にもとづいているということではなくて、われわれのそれとは違った規則体系の中にある他者の審判にさらされることを前提している」からであるとして、さらにこう言われる。

これまで私はそれを空間的に考えてきたが、むしろそれは時間的に考えられねばならない。われわれが先取りすることができないような他者とは、未来の他者である。というより、未来は他者的であるかぎりにおいて未来である。(51)

世界市民的社会に向かって理性を使用するとは、個々人がいわば未来の他者に向かって、現在の公共的合意に反してでもそうすることである。(52)

この節の最初の引用で、ことは「基本的に倫理的な問題にかかわる」と言われたことの意味がここでわかる。これは雲をつかむような形而上学の話ではない。リアルな一例をあげよう。柄谷自身も積極的に批判活動を進めている原発問題である。わずか数千人の地方自治体における賛成多数で、あるいは多数を占める政党の運営する時の政府や官僚たちの判断で万年単位の核廃棄物の問題を片づけられるのだろうか。欲得に縛られた原発企業の判断なるものは言うにおよばない。ここではいやおうなく「現在の公共的合意」を超えるような「未知の他者」を相手にした「普遍的な倫理」が問われざるをえないのである。「一般性」に対する「普遍性」の優位である。これを言い換えれば、そういうところでは何万年もの射程をもったパララックスが必要とされるということにほかならない。

先に、私は、カントの認識論や美学において、「普遍性」が未来の他者を前提していることを指摘してきた。同様に、道徳法則が普遍的であるためには、たんにそれが形式的であるだけでなく、未来の他者を想定していなければならない。そして、それは同時に、過去の他者（死者）を含意する。なぜなら、未来の他者から見て、われわれは死者であるから。(53)

こうしてわれわれはコペルニクス的転回に触れた最初の引用における「物自体」「倫理」「他者」の関連についての答えを得ることができる。

しかし、理論的／実践的を簡単に分けることができないように、物自体を物と他我（主観）に分けて考えることはできない。科学的仮説（現象）を否定（反証）するのは、物ではない。物は語らない。未来の他者が語るのだ。(54)

まさに「外部の思考」そして「通説転倒家」の面目躍如たるカント解釈である。だから、この帰結に向けて、第二章で述べたような哲学的「探究」の成果たる「外部」「言語論的転回」「自己言及のパラドックス」「教える―学ぶ」「固有名」といったテーマ系がここであらためて取り上げられ、それらの考えを集約するものとしてのカント像が提出されるのだが[55]、むろん、これは柄谷の解釈／改釈したカント像である。しかし、ここに至って柄谷はかつて自分が何を言おうとしていたかを明確に自覚したように思われる。その解釈はもはや既成のカント解釈を意に介さない。なぜなら、それはカントの衣を借りた彼自身の思想、しかもたえず手探りをしながらその周りを巡り歩いてきた問題の析出された姿であるからだ。このことは充分に敬意に値する。だから、われわれはこれをたんなる制度化された「哲学的」知識で裁断してすますことはできない。ちょうど、あの『日本近代文学の起源』を（日本の）国文学という狭い制度のなかに収めようとすることが無意味であったように。

アナーキズム復権

さて、こうしたカント解釈を介してマルクスを見ると、何が見えてくるのだろう。柄谷によれば、カントのパララックスは「観測地点」のずれから生じる「視差」であり、そこからさまざまなアンチノミーが生み出されるような超越論的立場であった。その意味で、まずマルクスが現実にドイツ、フランス、イギリスと、生活と活動の場を移動したことが取り上げられる。

周知のように、若きマルクスはヘーゲル哲学の影響下にあって、ドイツのさまざまなイデオローグたちと論争した。『ドイツ・イデオロギー』はその代表的な著作である。だが、フランス三部作が示しているように、やがてマルクスは四八年革命やパリ・コンミューンに強い関心を抱き、さきに見たような代表制の危機をはじめとする政治過程の批判的観察をおこなった。そしてロンドンに移り住んでからは資本主義経済の本格的研究に専念したのであった。従来これらのファクター、すなわちドイツ哲学、フランス社会主義、イギリス経済学は、レーニン以来いわゆるマルクス主義の三源泉と言われてきたものだが、柄谷はこれらをあらためて「視差」としてとらえなおそうとする。言い換えれば、マルクスはこれらをたんなる「構成要因」としてではなく、それらの互いに異なる視座の「間」に立って、現実世界の「超越論的批判」を試みたということである。こういう立場から『トランスクリティーク』のなかでもドイツのイデオローグとの論争や『ブリュメール一八日』があらためて再論されるのだが、その内容はほぼわれわれが前に見たことの繰り返しである。

このコンテクストで注目すべきひとつは、恐慌の問題をも「視差」の問題としてとらえかえしていることだが、この点は後にあらためて取り上げることにして、ここではもうひとつの注目点に触れておきたい。それはアナーキズムの評価である。これは直接的には広義のフランス社会主義に関連して出てくるテーマだが、「ドイツ・イデオロギー」論争とも無関係ではない。

明治末から大正期にかけての隆盛（?）が過ぎ去って以来、日本においてアナーキズムはもはやほとんど忘れられてしまっていると言っていいが、柄谷はマルクスを理解するうえで、あえてこの流れを再評価する。とりわけ評価が高いのは『所有とは何か』を著したプルードンと『唯一者とその所有』を著したシュティルナーであり、ともにマルクスの論争相手となったイデオローグたちである。前者に対するマルクスの批判については『哲学の貧困』が、また後者については『ドイツ・イデオロギー』がよく知られていよう。まず柄谷のプルードンに対する見方は次のような言葉に要約される。

一方、マルクスが目指すのは政治的国家の廃棄であり、そのためにこそ、資本制経済に支配された市民社会を社会的国家として再編成することが要請されるのだ。基本的に、この考えはプルードンに由来するアナーキズムであり、マルクスは一度もこれを放棄していない(56)。

資本制経済を流通過程でしか考えなかったという理由でプルードンを批判し、生産過程から資本制経済の全体系を考えようとしたリカードを評価したマルクスは、その後、逆に流通過程に注目しはじめたのである(57)。

また、柄谷のいう「単独者」に非常に近い「唯一者 der Einzige」という概念を打ち立て、それをベースにした「エゴイストの連合 Verein von Egoisten」を考えたシュティルナーについては、こう述べられる。

シュティルナーがいうのは、家族、共同体、民族、国家、社会というような「類的存在」が押しつける道徳ではなく、それらを媒介せずに、現に目の前にいる他者を自由な人間として扱う、そのような倫理である。シュティルナーが「エゴイストたちのアソシエーション」として社会主義を構想したのは、その意味である(58)。

重要なのは、シュティルナーがあらゆる諸関係を括弧に入れて「この私」の絶対性を取り出したように、マルクスがいかなる意志、あるいは観念——とりわけ人間という観念——によっても消すことのできない関係の絶対性を取り出したということである(59)。

むろん、これらの引用にはすべて柄谷自身の考えが投影されている（ついでに付け加えておくなら、引用の最後に出てくる「関係の絶対性」という表現は吉本用語である）。そこで今度はマルクスの言葉を借りた柄谷自身の「コミュニズム」解釈をあげておく。

コミュニズムとは、資本制経済において貨幣との交換によって実現される「社会的」諸関係を、「自由で平等な生産者たちのアソシエーション」、さらに諸アソシエーションのグローバルなアソシエーションに転換しようとするものである(60)。

このマルクス＝柄谷の「アソシエーション」概念と、それに関連してわずかに言及され、後に本格的な展開を見ることになる「資本＝国家＝ネーション」の三位一体論については、章をあらためて取り上げるので、ここではこうした考えが、なぜカントのパララックスひいては「超越論的」立場と重なるのかを確認しておくことにしよう。

まず「アナーキー（無政府）」といっても、プルードンは何の制約もない自由な社会を考えたわけではない。そこには国家や政府がなくとも、何らかの「権威」がはたらかざるをえないからである。つまりそこには自ずと「権威と自由」のアンチノミーが前提にされており、プルードンはこのアンチノミーの克服を「アソシエーション」に求めたと柄谷は考える。具体的には、それは生産と消費における協同組合、オールターナティヴな貨幣や銀行につながるような運動体である。柄谷によれば、これはマルクスでいえば、『資本論』のなかに出てくる「アソシエイティドな（アソシエイトされた）悟性 **associierter Verstand**」に重なるものであるが、カントでいえば、それは「超越論的統覚X」に相当し、その哲学と政治の対応関係は次のようになるという。

たとえば、ヒュームはデカルトを批判して、同一的な自己などというものはなく、観念の連合（アソシエーション）があるだけであり、それに応じて多数の自己があると主張した。それに対してカントは、実体的な自己にはないが、多数の自己のアソシエーションを統合する「超越論的統覚X」があるという。カントはヒュームとデカルトの「間」に立って、双方を撃とうとしたのである。

この問題を政治論に置きかえていえば、国家集権主義はデカルト的な主体による支配に、アナーキズムはそのような同一的実体を否定するヒュームのいうアソシエーション（観念連合）に、なぞらえられる。その意味で、マルクスがいう「アソシエイティドな悟性」なるものは「超越論的統覚X」に対応するといってよい。（中略）そこに、マルクスのトランスクリティークを見るべきなのだ。それは自由と権威のアンチノミーを解決するものでなければならない。(61)

このあたりの立論は私にはどこか腑に落ちない。柄谷のアナロジカル・シンキングがやや上滑りしている感じである。大陸の合理論（デカルト）とイギリスの経験論（ヒューム）の対立を地理的パララックスから生じるアンチノミーと考え、それがカントによって統一されたということを言いたいのだろうが、もともとの問題はプルードンが直面した「権威と自由」のアンチノミーだったはずである。だとすると、カントでいえば、それは自由の有無を論じる理性の第三アンチノミーに対応するはずである。(62)ところが、柄谷はこの「権威と自由」を「中心がなければならない」と「中心があってはならない」の背反に置き換え、さらにそこから実体的自己（デカルト）と連合［知覚の束：小林］としての自己（ヒューム）という自己同一性の背反を持ち出してきている。だからここに「超越論的統覚」が出てきてしまうのだが、「超越論的統覚」とは、カントによれば「直観のあらゆる所与に先だって、それとの関係においてはじめて対象のすべての表象が可能となる意識の統一[63]」のことであって、さしあたりアンチノミーにはかかわりがない。アンチノミーはあくまで超越論的理性の問題である。だから、あえてここにアナロジーを立てるなら、「超越論的統覚」ではなくて、「超越論的理性」を言うべきだろうし、じじつそのほうが柄谷のこれまでの主張にもよりよく整合するように思われる。またこれに関連して述べられるアテネの民主主義やくじ引きの問題についても、私には素直には受け入れがたい問題が出てきているが、これについては後に触れることにする（第六章）。

しかし、こうした読解上の疑問を別にすれば、このアンチノミーのアナロジーのなかに柄谷が想い描いた「カントから見るマルクス」の基本的イメージが出ていると言っていい。個々人の感性や悟性を超えたパララックスとしての超越論的理性が実現されるような「世界共和国」を構想したカントと同じように、マルクスにおいても、あくまで個々人の自由を前提としながら、それを超える「アソシエーション」が構想されていたということであり、それはまた自壊に向かって疾駆する資本制システムに対するオールターナティヴな運動を形成する必要があるということである。言い換えれば、柄谷が「アソシエーション」の名のもとに思い浮かべているのは、「単独者＝唯一者」の差異とその自由を前提にしながらも、そこに集権的な権力とはちがった、モラリッシュな制御機能をもった運動体のようなものである。

価値を生ずる差異と資本の世界性

『トランスクリティーク』の柄谷はマルクスの初期から後期にいたるさまざまな著作を取り上げて論じている。しかし、その関心の中心にあるのは、『マルクスその可能性の中心』でもそうであったように、あくまで『資本論』である。そのなかに展開された価値形態論の意味、資本の運動を原理的に可能にする貨幣という特殊な存在、労働力商品を利用した再生産過程、流通における時間的落差から生じる剰余価値、剰余価値と恐慌の必然的連関といった内容についてはすでに見たとおりである。『トランスクリティーク』においても、当然ながら、これらの重要なテーマが繰り返されるのだが、マルクスの『グルントリッセ（経済学批判要綱）』『経済学批判』『剰余価値学説史』などの類書はもとより、リカードやベイリー、さらにはベーム＝バヴェルク、シュンペーターなどをも引き合いに出して新たになされる論議は『マルクスその可能性の中心』の記述よりはるかに重層的かつ説得的である。まさに、ここにはかつての若き経済学徒柄谷が復活している。そこで、この節では前に述べた内容との重複をできるだけ避けながら、『マルクスその可能性の中心』には見られなかった、あるいはそこではわずかにしか触れられなかった論点のいくつかをクローズアップしてみたい。

『トランスクリティーク』における『資本論』解釈で目立つのは、何といってもその「トランス」の観点である。この著作でもたびたび「商品交換は、共同体の終わるところに、すなわち共同体が他の共同体または他の共同体の成員と接触する点に始まる」という例の柄谷お気に入りのマルクスの言葉が繰り返されているが、本書のこれまでの記述からもわかるように、これは『資本論』解釈のみならず、柄谷思想全体にとっても決定的な意味をもつ言葉である。商業資本の意味が強調されるのも、またカントにおけるパララックスやアンチノミーへの関心が出てくるのも、もとはといえば、この言葉に表わされた基本認識からであった。この「共同体の間」を論じるなかで、「資本は流通のなかで生まれざるをえないと同時に、そこから生まれてはならない」というマルクスの言葉（アンチノミー）(64)を取りあげ、柄谷はこういう。

マルクスがいったように、一つの価値体系のなかで、流通部門で剰余価値を得ることは不等価交換であり、詐欺である。しかし、異なる価値体系の間で交換がなされるとき、それぞれの価値体系のなかでは等価交換が行われているにもかかわらず、剰余価値が得られるのである。すなわち、マルクスが提示したアンチノミーは、複数体系をもちだすことによって解消されるし、それ以外には不可能である。(65)

商品の価格は、それにかけられた労働量で決まるわけではない。その商品が流通している価値体系内の関係によって決まってくる。ということは、別の価値体系ではその関係も異なり、個々の商品の価格も異なる。ちょうど差異の体系としての言語のなかの個々の意味がそれぞれの言語システムごとに異なっているように。商業資本が目をつけるのは、この価格差であり、この価格差を利用した取引を詐欺とはいえない。

では、産業資本システムにおいて、この剰余価値の源泉となる価値体系の差異はどこに見出せるのか。それは前に述べたように、生産性の向上によって生じる時間的な落差にある。この点をもう少し詳しく追っておこう。問題がG―W……W′―G′のなかのW……W′の部分にあったことはすでに見た。この過程で技術革新による生産性の向上が図られ、それが結果として新しい価値体系を生み出し、さらに価格差ひいては剰余価値を生み出すのであった。だが、同時にこの段階は売り（G―W）と買い（W′―G′）という別々の取引の結節点でもある。ということは、この二つの取引の間には時間差があるということである。これは貨幣という特殊な存在が介在することによって可能になる。なぜなら、岩井克人の言葉を借りていえば、「貨幣とは、商品の購入に関する意思決定に猶予を与える経済的工夫であり、不確かな未来に備えるための時間の買収という役割を果たしてくれるもの」[66]だからである。しかも、資本主義社会では、ここに信用にもとづいた融資（利子を生む資本）というファクターが入りこんでくる。そうすると、どういうことが起こりうるか。もしこの売りと買いとの時間的間隔があまりに長くなりすぎるようなことがあると、売りと買いをつないでいた「信用」が破綻し、それが連鎖反応を起こしたり、多発した場合には、最後には恐慌が発生する。言い換えれば、剰余価値を生み出す源泉としての落差が、同時に恐慌を生み出す原因にもなっているということだが、これを裏返せば、恐慌をうまく利用すれば剰余価値を生み出すこともできるということにほかならない。不況期に技術革新が図られるのもそのことに関連している。ここまでの論議はさきに述べたことと変わらない。

だが、この問題は再生産過程の領域だけにとどまっていることはできない。売りと買いが動向を決定するというのであれば、資本家による売買だけでなく、広く労働者をも巻きこんだ消費流通過程一般が問題にならざるをえないからである。次の柄谷の指摘はかなり重要なことを言い当てている。

しかし、このマルクスの考察から見るべきなのは、剰余価値を個別資本の運動の過程だけで考えることはできないということである。資本は最終的に生産物を売らなければ、つまり、生産物が商品として価値を獲得しないならば、剰余価値そのものを実現できない。ところが、それを買う者は、他の資本か、他の資本のもとにある労働者である。各資本は利潤を追求するとき、なるべく賃金をカットしようとする、あるいはできるだけ長時間働かせようとする。だが、すべての資本がそうすれば、剰余価値を実現できない。なぜなら、生産物を買う消費者は労働者自身だからである。[67]

これが重要だというのは、ここで指摘される消費者としての労働者という観点が、後に取り上げる柄谷の対抗運動としての「アソシエーション」に重要な理論的根拠を与えることになるからだが、しかし、ここに出てくる「他の資本か、他の資本のもとにある労働者」という観点には、さらに次のような深刻な問題がかかわって出てくる。

われわれは前に生産性の向上にともなって利潤率が低下するという法則があることを見た。ということは、各部門や個々の資本に利潤率の高低差が生じるということでもある。ところが現実にはどの資本にも、同額の資本には同額の利潤がもたらされるという、いわゆる平均的利潤率が確保される。結果的には、これはより高い利潤率を求めて部門から部門へと移動する資本の運動によるのだが、マルクスは、これを総資本の総剰余価値が各部門の生産価格に配分されているからだと考えた[68]。簡単にいえば、機械の導入や技術革新をとおして不変資本を充実させた（大）資本は、それに伴って生じる利潤率の低下を利潤率の高い他の（小）資本によって構造的に補われるということである。だとすれば、ここから引き出される柄谷の次のような見解が重要な意味をもってくることになる。

一定の個別資本が得る利潤には、他部門の資本の労働者、独立小生産者から得られた剰余価値が、また、一国の総資本が得る利潤には、海外（植民地）の労働者から得られた剰余価値が配分されている。しかし、そのことがつねに不透過になっているのである[69]。

これまで述べてきたことからも明らかなように、柄谷にとって商業資本の論理は産業資本においても重要な意味をもっていた。それはシステム間の差異からこそ剰余価値が生まれるという認識の原点を明らかにしてくれるからである。だとすれば、技術革新による新しい価値体系の創出と並んで、外国貿易や植民地政策、資本の海外進出といった問題も、やはり産業資本主義にとって本質的な問題をなしていると言わねばならない。言い換えれば、グローバル化による世界市場の形成は資本主義の欲動がもたらす必然的な帰結だということだ。だが、この世界市場にはあくまで差異すなわち格差が残っていなければならない。そうでなければ、剰余価値が生まれてこないからである。そしてじじつ、この格差はいわゆる「不均等発展」（アミン）や「中心・半周辺・周辺」（ウォーラーステイン）のヒエラルヒー構造として現われており、貿易であれ、企業の海外進出であれ、それらはこの格差から剰余価値を得ている。つまりそれは、一種の「不等価交換」にもとづいているのだ。

すでに述べたように、有機的構成の高度な部門（不変資本分が占める割合の高い部門）では、利潤率が低下するはずであるのに、なぜ平均的利潤率が確保されるのか、という問いに対して、マルクスは、有機的構成の高い資本に総剰余価値が移転されるからだと考えた。同様に、リカードの提唱する自由貿易――比較優位による特化と国際分業――の下では、生産価格による「公正な」売買を通して、周辺から中核（先進国）に剰余価値が移転されるということができるのだ。いかにして異なった生産部門で等しく一般的利潤率が成立するのかを考えたとき、マルクスはそれを世界資本主義において考えていたと見るべきである。[70]

資本主義下における労働に「搾取」があることは、よく知られた事実である。だが、引用が示すような「配分」を通した「構造的搾取」とも言うべきものは、いまやグローバル化のなかでいっそうリアリティを増している。それは共同体と共同体の間に生じる他者の簒奪であると言ってもいい。この構造は、いわゆる「窮乏化」の問題にもあてはまる。

イギリスの労働者がマルクスのいう「窮乏化法則」に反してある豊かさをもちえたのは、資本が海外貿易から剰余価値を得ており、それがイギリスの労働者にも或る程度再配分されていたからである。窮乏化は国内よりもむしろ海外の人々に生じたのだ。それは現在も生じている。地球の人口の過半数が飢餓状態にあるのだから。先に私は、剰余価値は個別資本においてでなく社会的総資本において考えられねばならないと述べたが、さらに、後者は「一国」ではなく、世界的な総資本として見られなければならない。[71]

このごまかしようのない構造的搾取の事実が『資本論』においてもはっきりと確認できると柄谷は言っているのだ。そしてそれは、いうまでもなく、この至極明白な事実に対して眼を覆い隠して――あるときは疚しく、またあるときは図々しく――やり過ごそうとする世界に向けた「倫理」的なプロテストでもある。

第四章註

（1） 実際に柄谷が宇野学派の『資本論』解釈を勉強するのは、宇野の後継者といわれた鈴木鴻一郎のもとである。『柄谷行人　政治を語る』四一頁参照。

（2） 宇野弘蔵『経済学方法論』六二―六三頁

（3） ついでに触れておくと、この時期ヘーゲルやマルクスの弁証法からヒントを得て、研究方法の三段階をたてるという発想が流行しており、物理学では武谷三男の量子力学研究における三段階説などが知られている。

（4） 同じように、当時少なからぬ影響力をもった経済学者として、フランス語版『資本論』などを参照しながら『経済原論』を立て、それに基づいて独自の市民社会論を展開した平田清明がいる。

（5） 宇野弘蔵『資本論の経済学』四六―四七頁

（6） これに関して宇野は『経済原論』序論で次のようなコメントを加えている。「第一篇を流通論にすることは、或いは経済学的常識に反し、事によるといわゆる流通主義の批評をさえ受けることになるかも知れない。しかし資本主義は元来そういう流通主義的性格を有するものであって、これを生産過程から説明することは、むしろ資本主義を永久化する傾向をまぬがれないことになる。」（『経済原論』二四頁）

（7） ここでは参考文献として廣松渉『資本論の哲学』『資本論を―物象化論を視軸にして―読む』および今村仁司『暴力のオントロギー』『排除の構造』を挙げておく。

(8) 宇野弘蔵『資本論の経済学』九一―九二頁
(9) 宇野弘蔵『経済原論』一三頁
(10) 吉本隆明『カール・マルクス』一八二頁
(11) このことは初めから共産党とは一線を画していた宇野や吉本とちがって、共産党から脱党するというかたちで独自の道を開こうとした網野善彦や廣松渉の場合にもっとあてはまるだろう。この事情を詳しく証言しているものとして『哲学者廣松渉の告白的回想録』参照。
(12) 吉本隆明『カール・マルクス』一二六頁
(13) 廣松渉『今こそマルクスを読み返す』参照。
(14)『マルクスその可能性の中心』九頁
(15)『マルクスその可能性の中心』三二―三三頁
(16) 言わずもがなの注釈を付けておけば、WはWare（商品）、GはGeld（貨幣）の省略である。
(17)『マルクスその可能性の中心』六九頁
(18) マルクス『資本論』㈠一五八頁
(19) ちなみに、この文章は宇野においてもたびたび引用されており、それが柄谷の記憶のなかに強く刻印された可能性はある。たとえば、宇野『経済学方法論』七頁、一〇頁、『資本論の経済学』八頁等参照。
(20)『マルクスその可能性の中心』七八頁
(21) 岩井克人『ヴェニスの商人の資本論』一〇八頁。もっとも、この著作での岩井は、マルクスは基本的には労働価値説に与していると理解しているようである。
(22) 宇野弘蔵『経済原論』四八八頁
(23) マルクス『資本論』㈠二四〇頁
(24)『マルクスその可能性の中心』八四頁
(25)『マルクスその可能性の中心』八〇頁

(26)『マルクスその可能性の中心』八五頁
(27) 岩井の不均衡動学については『不均衡動学の理論』を参照。また柄谷と岩井の間には一九九〇年に対談『終りなき世界』が出ている。
(28)『マルクスその可能性の中心』一〇九頁
(29) ソシュール「第三回講義」断章番号一一二三（丸山圭三郎『ソシュールの思想』一四四頁、一八九頁）
(30)『マルクスその可能性の中心』一一〇頁
(31)『マルクスその可能性の中心』一一一―一一二頁
(32)『マルクスその可能性の中心』一一二頁
(33) 今村仁司『暴力のオントロギー』七〇頁
(34) 今村仁司『暴力のオントロギー』六三頁
(35) ジラール『暴力と聖なるもの』参照。
(36) デリダ『声と現象』九七―九八頁
(37) これまでこの「différance」という特異な概念は「差延」と訳されてきたが、私には相変わらずこの訳語はなじまない。そのため、かつてこれに「ことなり」という平仮名書きの表現を提案したこともある。拙著『〈ことなり〉の現象学』参照。
(38)『マルクスその可能性の中心』一二五頁
(39)『ルイ・ボナパルトのブリュメール一八日』付論二六六頁
(40)『ルイ・ボナパルトのブリュメール一八日』付論二八四頁
(41)『ルイ・ボナパルトのブリュメール一八日』付論三〇二―三〇三頁
(42) なお、この代議制の危機に関しては『〈戦前〉の思考』に収められた講演「議会制の問題」のなかにも言及がある。ここで柄谷はカール・シュミットとハイエクを両極に据えて、代表制が本質的に危うい存在であることを論じ、そのコンテクストにおいても『ブリュメール一八日』を引き合いに出している。

(43) ジジェックは『ニューレフト・レヴュー』にも『トランスクリティーク』の書評「視差的視点」(邦訳『思想』二〇〇四年八月号／『現代思想』二〇一五年一月臨時増刊号再録)を書いている。

(44) 『トランスクリティーク』五六頁

(45) カント『純粋理性批判』六〇頁

(46) カント『視霊者の夢』二七六―二七七頁

(47) 『トランスクリティーク』七五頁

(48) 『トランスクリティーク』七六頁。私には「物自体」の抱える問題は、その出自である認識論の場においては、このようにあっさりと片づくと思えないが、ここでは触れない。

(49) 『トランスクリティーク』一四四頁

(50) このような垂直的なイメージをもつ「超越」を水平的な「横断」に読み替えようとする試みは、日本においては木村敏の「間」の概念などに見出すことができるが(たとえば『あいだ』)、この読み替えを自覚的に試みているのが市川浩『〈中間者〉の哲学』や上村忠男『超越と横断』である。

(51) 『トランスクリティーク』一四七―一四八頁

(52) 『トランスクリティーク』一四九―一五〇頁

(53) 『トランスクリティーク』一八七―一八八頁

(54) 『トランスクリティーク』七八頁

(55) もっとも一九八九年の『探究Ⅱ』の段階でのカント像はここまで徹底されていない。そこではすでに「超越論的」という概念の脱構築がもくろまれているが、「他者」や「パララックス」という移動(トランス)の視点はまだない。

(56) 『トランスクリティーク』二五〇頁

(57) 『トランスクリティーク』二六三頁

(58)『トランスクリティーク』二五四頁
(59)『トランスクリティーク』二五七頁
(60)『トランスクリティーク』二四五頁
(61)『トランスクリティーク』二七二―二七三頁
(62)じじつ柄谷自身『倫理21』という一般読者向けの著作では、この第三アンチノミーを使って自由の問題を論じているのだが。『倫理21』第三章以下参照。
(63)カント『純粋理性批判』一五九頁
(64)マルクス『資本論』㈠一八九頁参照
(65)『トランスクリティーク』三四四―三四五頁
(66)岩井克人『ヴェニスの商人の資本論』一二一四頁
(67)『トランスクリティーク』三六二頁
(68)マルクス『資本論』㈥第三巻第二篇「利潤の平均利潤への転化」とくにその第九章「一般的利潤率(平均利潤率)の形成と商品価値の生産価格への転化」参照。
(69)『トランスクリティーク』三七六―三七七頁
(70)『トランスクリティーク』三九五―三九六頁
(71)『トランスクリティーク』三九七頁

第五章

交換システムの歴史構造

交換様式と社会構成体

『トランスクリティーク』を発表したあと、柄谷の思想にさらに大きな転換が来る。『世界共和国へ』（二〇〇六年）、『世界史の構造』（二〇一〇年）、『帝国の構造』（二〇一四年）とつづく一連の著作群である。ややテーマを異にした『哲学の起源』（二〇一二年）も、やはりその副産物と考えてよいが、何といっても、この著作群の中心に位置するのは『世界史の構造』という大著である。この著作は前章で見たような資本制システムを「交換」原理によって再解釈し、それをさらに世界システムのなかに歴史的に位置づけようという壮大な意図をもって書かれたものであり、対象とする分野は文化人類学、歴史学、経済学、政治学等々にまで拡がっている。また、同様のテーマを扱いながらも、『トランスクリティーク』や『世界共和国へ』には見られない新たな観点も入っている。(1) 以下、おもにこの著作に依拠しながら、最近の柄谷理論を追ってみることにしよう。

われわれはこれまで柄谷の基本的な関心が「他者」や「外部」に向けられていることを見てきたが、さらにその関心がそれらとの出会いや交流の問題へとシフトして、ついには「共同体と共同体の間」の「交換」という問題に行きついたのを見てきたのであった。そしていまや、この「交換」が世界認識ないし社会認識の基本原理にまで高められるのである。

柄谷は「交換」という概念を最大限に拡張し、互酬、再分配、商品交換のすべてを包括する概念としてつかう。最初の互酬とは、互いに贈与をしあう関係で、従来文化人類学者のモースやレヴィ＝ストロースなどによって指摘されてきた事柄である（柄谷はこれを交換様式Aと記号化しても呼ぶ）。北アメリカの北西岸に広がるポトラッチのように、贈与を建前とするこの交換様式においては、原則として利得は考慮に入れられないが、贈与された側は競うようにしてそのお返しの贈与をしなければならないので、そこに「交換」が生じることになる。第二の再分配とは、征服者が略取によって得た富を、あらためて自分に従う側に再分配するというあり方で、王と臣民との関係がそれに当たる。その場合王は内外の富を武力によって略取する代わりに、その武力をもって臣民を庇護することにもなり、力関係に偏りがありながらも、やはり両者の間に「交換」が生じる（交換様式B）。三つ目は前章でテーマになった貨幣を媒介とする商品交換で、近代市民社会に広く流布している交換様式である（交換様式C）。

この三つの概念は、セットとしてはすでに経済人類学者のカール・ポランニーによって社会統合の基礎概念として提出されたものである。ポランニーはこれを次のように抽象化して定義したのであった。

互酬とは対称的な集団間の相対する点のあいだの移動をさす。再分配は、中央に向かい、そしてまたそこから出る占有の移動を表す。交換は、ここでは、市場システムのもとでの「手」のあいだに発生する可逆的な移動のことをいう。そこで、互酬は対称的に配置された集団構成が背後にあることを前提とする。再分配は何らかの程度の中心性が集団のなかに存在することに依存する。交換が統合を生み出すためには、価格決定市場というシステムを必要とする。(2)

柄谷はこうした基礎概念を利用しながら、ポランニーとは異なった自らの構想を発展させていく。彼によれば、これらの交換様式にはそれぞれに固有な権力が発生するという。互酬には掟、再分配には暴力（武力）、そして商品交換には貨幣という権力がそれぞれ生まれ、それらがそれぞれの社会を規定することになる。こう見てくると、この三種類の権力は未開、封建、近代における社会形態の歴史的発展段階を言い換えているようにも見えるが、柄谷の本領は、商品交換（資本）を主軸とする近代社会においても、これら三つのファクターが相補的な構造体をなしていると考えるところにある。だから『世界史の構造』の序説はこう始まる。

現在の先進資本主義国では、資本＝ネーション＝ステートという三位一体のシステムがある。それはつぎのような仕組みになっている。先ず資本主義的市場経済が存在する。だが、それは放置すれば、必ず経済的格差と階級対立に帰結してしまう。それに対して、ネーションは共同性と平等性を志向する観点から、資本制経済がもたらす諸矛盾の解決を要求する。そして、国家は課税と再分配や諸規制によって、その課題を果たす。資本もネーションも国家も異なるものであり、それぞれ異なる原理に根ざしているのだが、ここでは、それらが互いに補うように接合されている。それらは、どの一つを欠いても成立しないボロメオの環である。(3)

あらためて確認しておけば、資本は商品交換、ネーションは互酬、国家は再分配にそれぞれ対応し、いずれも原理的には広義の「交換」にその根をもっていて、しかも近代社会においてはそれらが三位一体をなして、ひとつの複合体をなしているということである。ここで興味深いのは、ネーションが互酬すなわち交換様式Aを受け継いだものとして解釈され、この三位一体の一ファクターとして組みこまれていることである。国家(ステート)が武力を背景にして徴税し、それを再分配する存在として交換様式Bを受け継ぎ、貨幣を媒介とする商品経済が交換様式Cを体現しているという内容は、比較的容易に理解できるとしても、ネーションが交換様式Aの互酬を受け継いでいるという考えは、ただちに受け入れられるようには思えない。柄谷はこれをどう説明しているのか。贈与の交換を内容とする互酬は未開社会に特徴的な原理であった。それがどのようにして近代社会のシステムに組みこまれうるのか。そう問いなおしてもいい。

ネーション=国家は、ネーションと国家という異質なものの結合である。が、それが成立する前に、実は資本=国家、つまり、資本と国家の結合が先行している。それが絶対王権である。先に私は、絶対王権は社会構成体の中で、それまで支配的であった交換様式Bが交換様式Cの優勢の中で変形されてあらわれた形態であると述べた。ネーションがあらわれるのは、その後、つまり、絶対王権が市民革命によって倒された後である。簡単にいえば、ネーションとは、社会構成体の中で、資本＝国家の支配の下で解体されつつあった共同体あるいは交換様式Aを、想像的に回復するかたちであらわれたものである。ネーションは資本＝国家によって形成されたものであるが、同時に、資本＝国家がもたらす事態に抗議し対抗するものとして、また、資本＝国家の欠落を埋め補うものとして出現したのである(4)。

われわれは第三章で柄谷がアンダーソンの「想像の共同体」としてのネーション概念に触発されて、「日本精神分析」を試みたことを見た。そのときと同じように、ここでもネーションは「想像される」ものとしてとらえられるのだが、それはあくまで資本＝国家のシステムを補完するものとしての「想像力」である。資本＝国家がそのまま進行（暴走）すれば、そこから必然的に生じる格差や不平等は究極的にはシステムの自己解体に行きついてしまう。だから近代社会においては、その不平等に修正を加え、少しでも互酬的で平等な交換を可能にするためにネーションが出てくるというのである。ネーションが想像力によって失われた（互酬的）共同体を回復すると、そこに生じる感情（ロマンティク、ノスタルジー）が宗教に代わって強権的な交換様式Bと打算的な交換様式Cに対抗しながら、システム全体のバランスをとるという構想である。アンダーソンが指摘したように、ナショナリズムが人々の「死」を管轄するのも、それが宗教の代理だからだということになる。さらに柄谷はこうした補完構造をカント認識論とのアナロジーに依拠してこう表現する。

ネーションにおいては、現実の資本主義経済がもたらす格差、自由と平等の欠如が、想像的に補塡され解消されている。また、ネーションにおいては、支配の装置である国家とは異なる、互酬的な共同体が想像されている。その意味で、ネーションは、平等主義的な要求であり、国家や資本への批判とプロテストをはらんでいる。だが、同時に、ネーションは、資本＝国家がもたらす矛盾を想像的に解決することによって、それが破綻することを防いでいる。ネーションにはそのような両義性がある。私は最初に、いわゆるネーション＝ステートは、資本＝ネーション＝国家として見るべきであると述べた。それは、資本主義経済（感性）と国家（悟性）がネーション（想像力）によって結ばれているということである。これらはいわばボロメオの環をなす。つまり、どれか一つをとると、壊れてしまうような環である。(5)

周知のように、アンダーソンは近代におけるナショナリズムの成立に関して重要な観点を提供した。しかし、そのナショナリズム論では、近代を主軸となって支える資本主義経済との連関が充分に解明されているとは言いがたい。その意味で、資本主義経済を担う新たな労働力の創出との関係でナショナリズムを論じたアーネスト・ゲルナー（『民族とナショナリズム』参照）の仕事は貴重だが、これとならんで、この柄谷のシステム論的アプローチも、ネーションやナショナリズムを理解するうえで、ひとつの興味深い視点を提出しているといえる。ネーションの近代的性格を強調する柄谷は「ネーションの感性的な基盤は、血縁的・地縁的・言語的共同体である。しかし、それはネーションの秘密を明らかにするものではない(6)」と述べて、通説の不備を指摘しているが、同じようなことをゲルナーも述べている。

（しかし、）ナショナリズムは、古い、隠れた、休眠状態の力を目覚めさせることではない。実際に、そのように現れることがあるとしてもである。ナショナリズムは実際には社会組織の新しい形態の結果であり、それは、深く内在化され、教育に依存し、国家の保護を受ける高文化に基礎を置いている(7)。

こう述べられるのは、両者にとっては、あくまで資本と密接な関係をなすナショナリズムこそが問題だからである。だが、柄谷のいうボロメオの環に関してひとつの疑義を呈しておけば、国家と資本に拮抗するというネーションの平等化の役割は国家政策によっておこなわれるそれとどこでどのように区別されうるのかという疑問である。イデオロギーと国家政策、あるいは一般市民の行動と国家官僚の行動とを区別せよということなのか。この段階では、こういう基本的な概念整理上の疑問を払拭することはできないのだが、これについては柄谷の政治的アンガジュマンに触れる最終章であらためて触れることにしたい。

もうひとつ提起しておきたい問題は、これも後で柄谷のテクストに即してあらためて論議されることだが、ネーションとその外部の問題である。ネーションが宗教に代わって「平等」の理念を担うといっても、それはあくまでひとつのネーション内部での話である。資本が「共同体と共同体の間」の差異（格差）から利潤を得るという本質的性格を放棄しない以上、あるネーションと他のネーションとの間に「平等」は原理的に成立しえない。裏を返せば、この一国内の「平等」は、ことの本質からして排外主義的であらざるをえないということである。いうまでもなく、そこにナショナリズムがかかえる根本的な矛盾がある。

世界史のシステム論的展開

さきに述べたのは、近代におけるネーション・国家・資本すなわち互酬・再分配・商品交換の共時論的《サンクロニック》な相補的共存だったが、柄谷は同じ原理をつかって、それに至るまでの社会構成体**Gesellschaftsformation**の通時論的《ディアクロニック》な展開過程をも説明する。知られているように、この社会構成体の歴史的発展については、すでにマルクスの先鞭がある。マルクスは『経済学批判』の序言その他で、発展順に、初期氏族社会の無階級原始社会（柄谷のつかう表現では「氏族的社会構成体」）、農業と専制を特徴とするアジア的生産様式（「アジア的社会構成体」）、古代の奴隷制社会（古典古代的社会構成体）、中世の封建制（封建的社会構成体）、ブルジョア的資本主義的生産様式（資本主義的社会構成体）の五つの形態をあげているが、[8]柄谷は基本的にこれを踏襲しながらも、自らの立てた交換様式論に照合して、これらを次のように分類しなおす。

互酬制（交換様式A）：氏族的社会構成体
略取－再分配（交換様式B）：アジア的社会構成体、古典古代的社会構成体、封建的社会構成体
商品交換（交換様式C）：資本主義的社会構成体

さきの近代のシステム（ボロメオの環）でも見たように、現実の個々の社会構成体は多かれ少なかれ交換様式A・B・Cのどれをも含んでおり、右の分類はあくまでどのファクターが支配的であるかを示したものであることは言うまでもない。数々の文献に依拠して述べられる本文を逐一紹介することは本書の目的ではないので、以下、柄谷に特徴的な観点にしぼって、いくつかの問題点を拾っておくことにする。

最初に目をひくのは、柄谷が贈与の互酬を特徴とする氏族的社会構成体の成立に関して、ことさら「定住」を強調していることである。それは定住によって収穫物を蓄積できるようになってはじめて贈与とそのお返しということも可能になるからだが、この記述はすんなりと読み過ごすわけにはいかない。こうした観点は類似の社会構成体論を展開した『トランスクリティーク』に

も『世界共和国へ』にも出てきていなかったからである。定住するようになった、という事態は、いうまでもなく、論理的には、それ以前に定住しなかった事態があったということを前提にしている。つまり、定住しなかった、すなわち遊動的な段階があったということである。遊動の段階は互酬原理を知らない（はずである）。それは定住によってできた氏族社会においてはじめて出てきたのである。こうして交換様式Aの彼岸に「遊動民」という特別の観念が立ち上がる。だが、これは歴史的実証が非常に困難な事柄である。それにはいわゆる「歴史」を成り立たせるような「史料」が残されていないからだ。だから、こう述べざるをえない。

ここで氏族社会がいかにして形成されたかを、国家の形成と比較しながら考えてみよう。われわれはすでに思考実験として、遊動的な狩猟採集民が何らかのかたちで定住し、他の多くのバンドや家族と共存する事態を考えた。(9)

柄谷は「思考実験」といっている。それは実証の網を零れ落ちてしまう推測でしかないからだ。ここで、第三章の最後に取り上げた柳田國男問題を思い出してほしい。柄谷には、前期柳田が執拗に追いつづけた「山人」論が、まさにこの定住以前の、ある意味では幻の「遊動的な狩猟採集民」の史料的空白を埋める研究と映ったのである。小著『遊動論』、三〇年の間を置いた『柳田国男論』の出版、そして柳田の著作のエッセンスを抜粋した『「小さきもの」の思想』の編集出版とつづく最近の柳田熱も、たんなる過去への関心や業績の復権などではなくて、あくまで柄谷自身の新たな構想を背景にして出てきたものである。しかも、この新たに立ち上がってきた「遊動民」は、あとで述べる柄谷のオールターナティヴな運動概念「アソシエーション」とも密接に関係している。

つぎに取り上げておきたいのは、定住を経て成立する略取と再分配の体現としての国家にかかわる問題である。これについても柄谷はさまざまな文献を参照しているが、なかでもわれわれの目を引くのは、国家の起源に関して柄谷がジェーン・ジェイコブズの「原都市 proto-city」という概念に注目している点である。柄谷にとっては国家といえども「交換」の一種であった。その意味で、彼には共同体間の交易を可能にするトポスとしての原都市こそ国家発生の有力な起源と思われたのである。国家は共同体のなかから発生するものではなく、ある共同体が他の共同体を継続的に支配する形態だと述べるとき[10]、柄谷は商品交換のみならず、国家の起源をも、あの「共同体と共同体の間」というマルクスのテーゼに還元しようと試みているのだ。もっとも、異質な共同体どうしにおけるこの当初の「交易」は平和裏に進行するとはかぎらない。むしろそこでは戦争が常態であっただろう。そしてその結果として征服者と被征服者の関係が生じる。だが、この関係は一方的ではない。そこには次のような相互関係が出来する。

征服者(支配者)は、被征服者から収奪する。しかし、それがたんなる略奪であれば、国家を形成しない。国家が成立するのは、被征服者が略奪される分を税（貢納）として納めるときである。そのとき、「交換」が成立する。なぜなら、被征服者はそれによって、自らの所有権を確保することができるからだ。[11]

かくして「征服した側が被征服者の服従に対して保護を与え、貢納に対して再分配するという」[12]交換様式Bを基本原理とする国家が成立する。そして、こうして成立した国家が自己維持をしていくために、軍隊、官僚制、大規模な灌漑工事、農業の振興、世界貨幣および世界宗教の流布等々といったことが進められていくことになるのだが、これらの詳細については柄谷自身の著作にゆだねることにする。

この国家の歴史的発展を論ずるなかで柄谷が特別の関心を寄せているのが、世界貨幣や世界宗教と密接にかかわる「世界帝国」というテーマである。これは後で説明するように、もともとは世界システム論を展開したウォーラーステイン等に発する概念だが、歴史的にはかつてのエジプト、メソポタミア、中国、ギリシャ、ローマなどの広域国家をさす言葉である。さきにも触れたように、柄谷は国家をひとつの共同体の内的発展とは見ない。むしろ共同体どうしの葛藤の結果として出てくるものと考える。征服した強力な共同体が圧倒的な武力と管理統制システムを背景にして、他のさまざまな共同体を支配下に治めるときに国家が出てくるのだ。『世界史の構造』がそれまでとちがっているのは、国家を一国内部の問題としてではなく、それを超えた共同体間に成り立つ存在としてとらえたことである。

この関連で見なおされるのが「アジア的専制国家」である。ここでは征服者は自らの共同体を消失させ、その代わり自ら専制的な王／皇帝となって、強力な官僚機構と常備軍を備え、支配下にある多様な共同体を管理しながら存続させるという役目に徹する。つまり、中央集権制である。そしてそれぞれに異なる共同体の間の交易や交流を可能にするために世界貨幣や世界言語を、またそれらの共同体を精神的にまとめるために、キリスト教、イスラム教、仏教のような世界宗教を広めることになる。だから、柄谷はこのアジア的専制国家にこそ略取と再分配を旨とする交換様式Bを体現する国家の本質がもっともよく現われていると考える。そしてその後の世界史の展開は、こうして盛衰をくりかえす世界帝国の「亜周辺」に新たな形態を順々に生み出すかたちで進んだという。ギリシャやローマはエジプトやメソポタミアの亜周辺に、またそのローマという世界帝国の亜周辺にゲルマンの封建制が生まれ、さらにはその西ヨーロッパの亜周辺であったイギリスにブルジョア社会が生まれたというように、である。だから、このような世界史の展開のなかにおけるアジア的専制国家の意味は大きい。『世界共和国へ』の言葉を借りよう。

中央集権的な帝国がまず西アジアと東アジアに成立し、その外（亜周辺）では、中核の文明や制度を受け入れつつも、中心部の集権的原理を受け入れなかった。そこに、古典古代的な都市国家と帝国、さらに、その亜周辺に封建制と呼ばれるものが発達した。そして、そこにやがて中央集権的な国家が形成された。それが常備軍と官僚機構を備えた絶対主義国家なのですが、それはある意味で、アジア的国家の水準に追いつくことにすぎなかった。だから、われわれは、国家について考えるとき、東洋的専制国家に注目しなければならない。それが国家一般の考察に不可欠なのです。[13]

これは、ある意味で「アジア的生産様式」を低次の段階とみなしたマルクスのヨーロッパ中心主義的発想に対する間接的な批判である。[14] 柄谷の眼からすれば、一国を超えて略取と再分配の原理を完成させたアジア的専制国家こそ、ある意味では国家論、すなわち交換様式Bの基本モデルを提供しているからだ。

中核・周辺・亜周辺

いまわれわれは世界帝国の「亜周辺」に言及した。この概念は特異な中国学者ウィットフォーゲルの「中核 **core**・周辺 **margin**・亜周辺 **sub-margin**」を借用したものだが、この三つの概念セットは、ウォーラーステインが世界システム論を展開するにあたって立てた「中核 **core**・半周辺 **semi-periphery**・周辺 **periphery**」とも近似の関係にあるので、それらの異同を整理しながら、あわせて彼らのイメージする世界システムの構造とメカニズムを見ておくことにする。

まずウォーラーステインの世界システム論から始める。ウォーラーステインによれば、世界の歴史においては、大きく「世界＝帝国」と「世界＝経済」の二つの世界システムが存在した。両者はそれぞれ近代以前と近代以後を代表する世界システムである。「世界＝帝国」とは、さきにも述べたように、かつてのエジプトやメソポタミアをはじめ、ローマ帝国や中国の王朝などの広域国家のことで、大規模な官僚制を備え、垂直的な支配構造をもった体制だが、それらはいずれも歴史上に登場してきては衰退していった。これに対して「世界＝経済」というのは、近代以降に資本主義を機軸にして広がり、政治的文化的多元性をかかえたまま垂直的な分業構造にもとづいて成立するシステムのことで、これは前者の「世界＝帝国」とちがって、今日に至るまで長期にわたって存在しつづけているシステムであるとされる。歴史的にみると、オランダからイギリスを経てアメリカ合衆国へというように、これを主導した国家（「ヘゲモニー国家」）の交代はあったが、それはシステム自体を別のものに変えたわけではないからである。問題の「中核 **core**・半周辺 **semi-periphery**・周辺 **periphery**」という概念セットは、世界＝帝国であれ世界＝経済であれ、いずれの世界システムをも貫く基本的な構造原理であるが、「世界＝経済」の構造に即しては、次のようにいわれる。

資本主義的な世界＝経済の垂直的分業は、生産を中核的な産品と周辺的な産品とに分割する。中核／周辺というのは、関係的な概念である。「中核／周辺」という概念が意味しているのは、生産過程における利潤率の度合いである。利潤率は独占の度合いに直接に関係しているわけであるから、「中核的生産過程」という表現の本質的内容は、独占に準ずる状況に支配されているような生産過程ということであり、「周辺的生産過程」は、真に競争的な生産過程ということである。交換が行われる際、競争的に生産される産品は弱い立場に置かれ、独占に準ずる状況で生産される産品は強い立場を占める。結果として、周辺的な産品の生産者から中核的な産品の生産者への絶え間ない剰余価値の移動が起こる。これは、不等価交換と呼ばれてきた。[15]

ウォーラーステインはさらに、この「中核的生産過程」つまり資本主義的世界システムを主導する産業が拡大していくと、相対的な好況が生まれるが、やがて過剰生産となって、今度は収縮（不況）期を迎えるというように、このシステムはほぼ五〇年から六〇年のサイクルで好不況をくりかえすとして、いわゆる「コンドラチェフ循環」の仮説を受け入れている。この背景にあるイメージは、われわれが以前に宇野や柄谷に即してみた、利潤率の低下に起因する恐慌の必然性と技術革新によるその克服が繰り返されていくなかで大資本への集中再統合がなされていくプロセスと同じである。こうした問題がいわゆる「南北問題」とも関連していることは、言うまでもないことだろう。

いずれにせよ、こうした動態をはらむ中核と周辺の垂直的な分業体制に対応して、中核国家と周辺国家の垂直的な権力関係が成り立つことになるのだが、その両者の中間にできるのが「半周辺国家」である。生産過程から見れば、これは中核的生産過程と周辺的生産過程の両方が混在している国家で、ウォーラーステインは、二一世紀初頭の時点では、韓国、ブラジル、インドがこれにあたるという。かつての世界帝国であれば、征服者(たとえば王や皇帝)と被征服者(弱小共同体や小国)の中間に位置する存在(共同体/国家)ということになろう。以上の説明からもわかるように、ウォーラーステインの「半周辺」という概念は、基本的に中核・周辺の両極を前提にして成り立つ、いわば副次的な概念である。これに対して、ウィットフォーゲルのいう「亜周辺」という概念はこれとはいささか趣を異にしている。

世界史における「オリエンタル・デスポティズム」のマクロな展開を念頭に、大規模灌漑農業(水力社会)を可能にした黄河流域、エジプト、メソポタミアなどの「中核」と、それに隣接して「中核」を服従的に受け入れた朝鮮、ギリシャ、ロシアなどの「周辺」というディコトミーを立てる点ではウィットフォーゲルの図式はウォーラーステインのそれと似ているといえるのだが、「亜周辺」という概念は、ウォーラーステインの「半周辺」のように、両者の中間に出てくるものではない。むしろ、それは中核・周辺のシステムの外部に成り立つものである。具体的には、中核から遠距離にあること、また気候条件から大規模な灌漑を必要としなかったことなどの地理的条件下にあって、中核からの直接的支配を受けず、中核の文化や制度を選択的に受容しながら一定の自立性を保ちえた地域のことで、ミノア期のクレタ、初期ローマ、キエフ(ロシア)、それに中国皇帝時代の日本などがそれにあたるという。たとえば、その日本についてはこう言われている。

支配的な政治的中心の支配者はかなり早い時期にルーズな政治的統一を実現したが、それは大賦役労働者集団の統一的作業を要求する水力的課題と直面しなかった。彼らはまた東洋的専制国家の諸勢力に征服されたこともなかった。それ故、彼らは中国本土の機構の人がやったように社会の非政府的勢力を統御することができる広範な管理上、収取上の官僚制を確立することができなかった。[16]

では、なぜ日本では官僚制が確立しなかったのか。その理由は、こうである。

この国の水供給の特徴性は重要な政府主導の工事をいささかも必要としなかったし、そのための条件もなかったのである。無数の山脈がこの大きな極東の島国を区画しており、この分割された起伏は灌漑農耕と洪水制御の総合的(水力的)パターンより分散的(水利農業的)パターンを促進した。[17]

アナロジカル・シンキングを得意とする柄谷からの言及はないが、この発想は図らずも、戦後梅棹忠夫が唱えて一躍有名になった「文明の生態史観」を連想させる。梅棹は、ユーラシア大陸の西と東の両端、すなわち日本と西欧に高度な文明が発達したのは、両者の間に「生態学的」な「平行現象」があったからだとし、この地域を「第一地域」と名づけた。これに対し、その間に広がる乾燥地帯の「第二地域」は、かつて「帝国」が栄えたところで、そこではたえず建設と破壊が繰り返されてきた。

問題は、なぜ、よりによって帝国の辺境であった第一地域にそのような高度な文明が発達したのかということである。梅棹によれば、この地域は、辺境にあったがために、第二地域からの攻撃と破壊をまぬがれ、中緯度温帯、適度の雨量、高い土地の生産力を背景にして、帝国の「ささやかなイミテーション」（隋・唐に倣う日本律令国家とローマ帝国に倣うフランク王国）を形成することができ、さらに互いによく似た封建制を築きあげると、それがブルジョアを育成し、ついには後の資本主義の飛躍的発展を可能にしたのだという。梅棹は、こうした考えを生態学の概念をつかって、こう説明する。

サクセッション〔遷移〕の理論をあてはめるならば、第一地域というのは、ちゃんとサクセッションが順序よく進行した地域である。そういうところでは、歴史は、主として、共同体の内部からの力による展開として理解することができる。いわゆるオートジェニック（自成的）なサクセッションである。それに対して、第二地域では、歴史はむしろ共同体の外部からの力によってうごかされることがおおい。サクセッションといえば、それはアロジェニック（他成的）なサクセッションである。[18]

文明を生態に還元してしまうこの種の歴史解釈は、今日ではあまり受けも良くなく、ほとんど忘れ去られてしまっているが、気候的特殊性と外部の直接的侵入の回避を原因と見て、そこに高度な文化と封建制を生み出した西ヨーロッパと日本の共通性をいう点では、ウィットフォーゲルの立論とよく似ている。言い換えれば、ウィットフォーゲルの「亜周辺」は、梅棹がいう「第一地域」と重なるのである。じじつ、この両者の類似には、すでに生態史観を唯物史観の側から批判した廣松渉も気づいていた[19]。

いずれにせよ、柄谷はウォーラーステインの中間概念としての「半周辺」よりも、むしろこのようなやや危うい「亜周辺」概念のほうをあえて導入しているのだが、柄谷がこうした発想に関心を抱いたきっかけを考えると、さらに興味深い事実が出てくる。梅棹によると、こういう着想を得たのは、彼がヒンズークシ地方の探検調査の際にアフガニスタンからパキスタン、インドを通って帰ってきたときだったと述懐しているが[20]、柄谷が「世界史の構造」を着想するに至ったのも、同じ地域に起こった湾岸戦争とその後につづく九・一一テロをきっかけにしてであった。つまり、いずれの場合も、西欧とも東アジアとも異質なイスラム圏が明確に意識されたときだということである。これはそれまでの東洋と西洋という二元論の枠を出なかった狭い世界観に対する批判にもなる。サイードの「オリエンタリズム」批判を先取りするかのように、梅棹はこういっている。

あんまりヨーロッパ人の悪口はいえない。われわれ日本人だって、けっこう「東洋」という観念を頭のなかにもっていて、それをむやみに、無限定につかう。これもまた、無知からくるあやまりであろう。もともとは、われわれには、イスラーム圏から日本までをひとつの同質的なものとみる見かたはなかったはずだ。(中略)こういう意味での東洋という観念は、やはりヨーロッパ製のを輸入したのだろうとおもう。そうだとすれば、東洋という観念はたいへんヨーロッパ的なものであり、われわれは、東洋を論ずるときは、ヨーロッパ人の頭をかりてかんがえているのだという、皮肉なことになるのである。(21)

ごくまっとうな指摘と言うべきだが、ここでもう一度前節の最後に引用した柄谷の言葉にもどってみよう。

中央集権的な帝国がまず西アジアと東アジアに成立し、その外(亜周辺)では、中核の文明や制度を受け入れつつも、中心部の集権的原理を受け入れなかった。そこに、古典古代的な都市国家と帝国、さらに、その亜周辺に封建制と呼ばれるものが発達した。そして、そこにやがて中央集権的な国家が形成された。それが常備軍と官僚機構を備えた絶対主義国家なのですが、それはある意味で、アジア的国家の水準に追いつくことにすぎなかった。

見られるように、ウィットフォーゲルや梅棹との類似は一目瞭然だが、むろん柄谷は、ナイーヴに西欧や日本を賛美したりはしない。特殊性を認めながらも、それらを略取と再分配をもっとも明瞭に体現した「アジア的国家の水準に追いつく」ことでしかないとして、むしろ相対化しているからである。そこで、「亜周辺」という特殊概念を利用した最近の柄谷の日本論を、『帝国の構造』に即して、少し見ておくことにしよう。それは第三章でみた「転倒する日本像」の再改釈にもなっている。

周知のように、一九世紀後半に西欧列強が世界支配を進めていくなかで、日本が植民地化をまぬがれ、しかも列強のなかに加わることまでできたという世界史上の謎は、日本が亜周辺に位置したことからしか説明できないと述べたあと、柄谷は日本の歴史を通覧しながら、そこに数々の亜周辺的現象を指摘していくのだが、その中心に置かれているのが、やはり日本論でおなじみの中心的テーマ、天皇制という特異な政治システムである。

東アジアが長らく中国の帝国システムのなかにあったことは言うまでもないことだが、この中国の歴代王朝が「中核」だったとすれば、それの直接的影響下にあった朝鮮半島とヴェトナムが「周辺」を代表する。日本という「亜周辺」は、まず地政学的に見ると、まさにこの周辺としての朝鮮半島という障壁の存在によって可能となった、と柄谷はいう。

周辺が中核の制度や文化を受け入れて、中核に対して直接的な従属関係に置かれていたのに対して、中核からの直接的脅威をまぬがれた亜周辺では、その受容はかなり選択的で任意なものであった。それを証明しているのが、古代日本の律令制の受容である。中核の中国においても、周辺の朝鮮半島においても、律令制は官僚制を伴った。だが、日本においては官僚制国家は発達せず、代わりに中世期に律令制とは質を異にした封建制の台頭を可能にした。

「天皇」という王の名称は中国起源だが、実際に政治的権限を発揮する中国の皇帝とちがって、天皇制が成立したごく初期をのぞけば、天皇は自ら政治活動をおこなうことなく、むしろその時々の権力者を法的に正当化する「権威」としてのみ機能してきた。だから、民意という天命のもとに、つねに交替の可能性（易姓革命）があった中国の皇帝に対して、日本の天皇にはその血統以外に正当性を主張する必要がなかった。このような王権概念のズレこそ、日本が中国の帝国システムの亜周辺であったことを物語るというわけである。

これに関連して再び新しい解釈を加えられているのが、文字の問題である。われわれはさきの第三章で、漢字、平仮名、片仮名の併用が「大和言葉」や「日本的なるもの」の立ち上げを可能にしたという柄谷の推論を見たが、この漢字と仮名の併用はまた別の推論を可能にする。柄谷の言葉を引用しよう。

　なぜ万葉仮名が定着したのか。それは何より官僚制が弱かったからだ、ということができます。万葉仮名を使えば、わずかな漢字を覚えるだけで、日本語の音声を表現することができる。これは、漢文の読み書きができる能力を特権としている官僚にとっては困ることです。だから、コリアにおいてそうであったように、官僚制が強ければ、万葉仮名が普及することはなかったでしょう。また、逆に、万葉仮名や仮名が普及したために、官僚制の強化が妨げられたといえます。[22]

律令制を軸にした官僚国家は、漢字という難解な文字を修得した特権階級としての官僚の存在を前提としたが、それは中核（中国）と周辺（コリア）が形成するシステムの内部でのことであった。これに対して日本では、漢字を換骨奪胎して作りあげた仮名があったために、そのような漢字の独占、ひいては官僚制の強化が妨げられたのであるが、これこそ亜周辺ならではの現象だというわけである。

また日本で西欧の封建制とよく似た武家社会が成立したのも、両者がそれぞれ西ローマ帝国と中国の歴代帝国の亜周辺にあったからだとし、その結果として、実質権力を担う武家と、権威だけを象徴する天皇という、特異な二重権力構造が可能になったとされる。こうした日本の亜周辺性を指摘したあと、柄谷はこう締めくくっている。

一般に、旧帝国およびその周辺は、世界＝経済の中で適合することができなかった。それに比べて、日本は近代世界システムの中に容易に適合しえた。国民国家の形成もスムーズになしえたし、産業資本主義的な発展も迅速であった。それは日本が亜周辺にあったからです。であれば、天皇制が存続したことと、産業資本主義が発展したこととは、別に矛盾しないのです。

しかし、逆に、ここにこそ日本の問題があります。それは、亜周辺の者には「帝国」ないしその周辺のあり方が理解できないということです。一六世紀に明を征服して帝国を築こうとした豊臣秀吉も、また、明治以後の「日本帝国」も、帝国のあり方を理解できなかった。ゆえに、帝国主義にしかならなかったのです。(23)

この歴史認識には現在の中韓と日本の間にある軋轢が念頭に置かれている。その根深い歴史的対立を中核・周辺・亜周辺というグローバルな視点を導入することによって、相対化しようという意図がうかがわれるが、ひとつだけ疑問を呈しておけば、かつての帝国中国の現在の経済的発展はこの中核・周辺・亜周辺の理論仮説において、どのように説明されうるのだろうか。いささか冗談めいた新仮説を提起しておけば、資本主義を基準にして見るかぎり、戦後中国が西側陣営（中核）と東側陣営（周辺）の亜周辺に位置したからとでも言うことができるのかもしれない。

もうひとつ、今度はまじめな疑問を呈しておくなら、前に剰余価値を論じたところでも見られたように、柄谷は生産過程に起因する絶対的剰余価値よりも、内外の交換過程を前提とする相対的剰余価値のほうに比重をかけて論じていたのであった。そしてこの文脈においても、「交換」や「共同体と共同体の間」に重きを置く自らの根本テーゼを強調して、日本的性格を「亜周辺」という国家間の布置や地政学的な関係性からとらえようとするのだが、そうすることによって、そのような性格を形成した内発面が無視されてしまうのではないか、という疑問（批判）が出てきうるということである。むろん、この場合「内発」とは何かがあらためて問われることになるのだが。

帝国と帝国主義

『世界史の構造』に関連する問題群を理解するために、もうひとつ大事な概念の整理をしておかなければならない。それは「帝国」と「帝国主義」という互いに類似した言葉である。さきほど引き合いに出したウォーラーステインはこう述べていた。

　世界システム分析が第一に意味するところは、既存の標準的な分析の単位であった国民国家という分析単位から「世界システム」という分析単位への転換である。（中略）そして世界システム分析は、国民国家に代替して設定されるべき研究対象として「史的システム」を提起した。そこでは、史的システムは、史上これまでに三つの種類しか存在しなかったと論じられた。すなわちミニシステム、および世界＝経済と世界＝帝国という二種類の世界システムである。[24]

『世界史の構造』の「第一部　ミニ世界システム」「第二部　世界＝帝国」「第三部　近代世界システム」という構想が、このウォーラーステインの三分類に依拠していることは明白である。そして、ここに出てくる「世界＝経済」と区別された「世界＝帝国」とは、前にも述べたように、近代以前にあった強大な広域国家のことで、具体的には、かつてのエジプト、メソポタミア、ローマ、中国、オスマントルコなどをさす。梅棹の生態史観でいえば、中国、インド、ロシア、地中海・イスラームの四大世界「中洋」としての「第二地域」にあたる。このような意味での「帝国」という歴史用語は、ブローデルあたりから頻繁につかわれるようになっているが、いずれにせよ「帝国」は近代以前にしか成立しない概念である。だから、ウォーラーステインによれば、近代になって時代錯誤的に「帝国」をうちたてようとした試み（カール五世、ナポレオン、ヒットラー）は、いずれも失敗したのだとされる。[25]柄谷の「帝国」概念も基本的にこの流れを踏襲している。だから「帝国」と「帝国主義」を次のように区別する。

要約すると、第一に、帝国は多数の民族・国家を統合する原理をもっているが、国民国家にはそれがない。第二に、そのような国民国家が拡大して他民族・他国家を支配するようになる場合、帝国ではなく「帝国主義」となる、ということです。[26]

このように、柄谷にとっての「帝国」はウォーラーステインの「世界＝帝国」とほぼ同じものをさしているのだが、これに対して「帝国主義」のほうは、やはり引用が示しているように、近代に入って国民国家が成立し、その一部の強大化した国民国家が世界経済の場に侵略していくことを意味している。ウォーラーステインの概念にしたがえば、「ヘゲモニー国家」およびそれと競合する強国の、植民地政策を含む世界進出ということになる。いずれにせよ、ウォーラーステインや柄谷において、この近代以前（帝国）と近代以降（帝国主義）の時代区分は動かない。それは支配原理——柄谷なら交換様式——が根本的にちがうからである。

「帝国主義」といえば、しかし、有名なレーニンの「帝国主義」概念についても一言触れておかなければならない。レーニンは「資本主義の最高段階としての帝国主義」について、次のような五つの特徴をあげたのであった。

（一）生産と資本の集中化が非常に高度な発展段階に到達し、その結果として、独占が成立していること。そして、そのような独占が経済活動において決定的な役割を果たしていること。（二）銀行資本と産業資本が融合し、その「金融資本」を基盤として金融寡占制が成立していること。（三）商品輸出ではなくて資本輸出が格段に重要な意義を帯びていること。（四）資本家の国際独占団体が形成され、世界を分割していること。（五）資本主義列強が領

土の分割を完了していること。(27)

レーニンはこうした認識を前提に、市場ないし植民地をめぐって列強どうしによる帝国主義戦争が起こると予言し、第一次大戦をまさにその証左と見たのであった。よく知られたボルシェヴィキの「帝国主義戦争を内乱に」というスローガンは、このような状況認識と結びついている。つまり、自国の帝国主義戦争に加担することなく、むしろその敗北を革命へのチャンスとみなすべきだとする戦略的認識である。そして、じじつロシアはそのようになったのであった。柄谷はこのようにとらえられた帝国主義の性格に関しては、これをほぼ受け入れているようだが、その発生メカニズムに関しては、レーニンとかなり認識を異にしている。レーニンにとって、帝国主義とは金融と独占を軸に、資本主義がより高次の段階に移ったときに発生するものであるのに対して、柄谷にとっては世界＝経済が成立したときからヘゲモニーをめぐって周期的に生じる事態とされるからである。(28)

いずれにせよ、レーニン以降近代の資本制システムが生み出す必然性としての帝国主義の概念が広く流布してきたのだが、そのポピュラーな概念に大きな動揺が起こったのが、東西の壁が崩壊し、世界経済がグローバル化の波に飲みこまれた前世紀末から今世紀初頭にかけてのことである。というのも、柄谷の引用も述べているように、帝国主義はあくまで覇権を狙う強力な国民国家《ネーション＝ステート》の自己拡張として理解されていたわけだが、今日資本のグローバル化によって、帝国主義の基本要素としての国民国家のフレームが無意味化する現象が目立ちはじめているからである。世界市場に広がる巨大企業の成長発展や金融資本の世界的展開はそれを如実に語っている。こうした状況のなかから、二〇〇〇年にネグリとハートの共著『帝国』が出る。彼らは現代のグローバル資本主義をこうとらえる。

〈帝国〉が、私たちのまさに目の前に、姿を現わしている。この数十年のあいだに、植民地体制が打倒され、資本主義的な世界市場に対するソヴィエト連邦の障壁がついに崩壊を迎えたすぐのちに、私たちが目の当たりにしてきたのは、経済的・文化的な交換の、抗しがたく不可逆的なグローバル化の動きだった。市場と生産回路のグローバル化に伴い、グローバルな秩序、支配の新たな論理と構造、ひと言でいえば新たな主権の形態が出現しているのだ。〈帝国〉とは、これらグローバルな交換を有効に調整する政治的主体のことであり、この世界を統治している主権的権力のことである。[29]

かつての帝国主義を支えていた植民地は消失し、市場は文字通りグローバルに一元化され、それに見合った新たな世界統治の構造が発生したという認識である。そしてさらに、国民国家と帝国主義については、次のような明確な断定が下される。

じっさい、いかなる国民国家も、今日、帝国主義的プロジェクトの中心を形成することはできないのであって、合衆国もまた中心とはなりえないのだ。帝国主義は終わった。今後いかなる国家も、近代のヨーロッパ諸国がかつてそうであったようなあり方で世界の指導者になることはないだろう[30]。

彼らの立場ははっきりしている。帝国主義が国民国家を前提にしているとするなら、現在における資本主義の世界支配は国民国家のフレームを無効にするような、より普遍的な広がりをもったシステムであり、それは帝国主義というより、かつての世界帝国に似ているというのである。むろん、かつてのそれとは質をまったく異にしての話であるが。これに対して柄谷はどう言っているか。

ネグリ&ハートがいうのと違って、一九九〇年以後に進行した事態は、アメリカによる「帝国」の確立ではなく、多数の「帝国」の出現である。そして、それら多数の帝国のせめぎ合いが続く時代こそ、「帝国主義的」な時代である[31]。

たとえば、ネグリ&ハートは、一九九〇年以後のアメリカは、もはやネーション=国家に根ざした帝国主義ではない、帝国となったと言っています。しかし、「帝国」は、近代以後に

は存在しえない。せいぜい「資本の帝国」というような比喩でしかありえません。(32)

柄谷がにべもなくこう述べる理由は二つある。ひとつには、彼にとって厳密な意味での帝国とは、アジア的専制国家のように、略取と再分配を特徴とする交換様式Bを体現するものであって、交換様式Cを体現する資本制システムは、それとは根本的にちがうということがある。もうひとつは、柄谷にとってネーションは資本、国家と並んで、現代世界システムのボロメオの環を形成する不可欠の要因であり、どれだけグローバル化が進もうが、けっして消滅するものではないということである。前者の相違は、ある意味で表現の仕方の相違として片づけることもできるかもしれないが、後者の相違は世界の現状認識とその予測にかかわっており、われわれに重要な現実問題を提起している。簡単にいえば、それはネーションおよびナショナリズムはグローバル化のなかで消滅していくのか、それとも不可欠の要因として残るのか、という問題である。

ネグリ&ハートは資本のグローバル化が進んでいくにしたがって消滅すると考え、柄谷は資本制システムが続くかぎり消滅しないと考えるのだが、現時点においてこの判定はけっして容易ではない。国境を越えた世界企業の進出やそれに伴う人間の移動、それにインターネットによる情報の同時的共有などを考えると、前者に傾くだろうし、先進国における流入移民に対するブロック化、各地に生じている地域主義や保護主義政策など、また近年の日本における新たなナショナリスティクな風潮の台頭と蔓延などを目にすると、後者に傾くからである。われわれは結論を急ぐ必要はない。ただ、この「帝国」と「帝国主義」概念をめぐる齟齬のなかに、われわれにとって重要なアクチュアルな課題が表われていることだけは知っておいていい。

アソシエーショニズムの理論的課題

さて、私はこれまで『世界共和国へ』『トランスクリティーク』『世界史の構造』『帝国の構造』とつづく一連の著作を問題にしながら、これらの著作に共通する、ある重要なテーマを意識的にはずして記述してきたが、いまや、それをまとめて俎上にのせるときがきた。その重要なテーマとは、柄谷の提唱する「アソシエーション」というコンセプトである。以下、順を追ってこれを見てみることにしよう。

まず、柄谷理論の原理論に置かれる交換様式論の再確認から始める。これまでの記述でたびたび言及されたように、柄谷は交換様式の基本形として、互酬を特徴とする交換様式A、略取と再分配を特徴とする交換様式B、商品交換を特徴とする交換様式Cの三つをあげ、それらの歴史的変転と、近代におけるその三様式の共存を指摘していたが、じつは彼の原理論をなす交換様式はこの三様式だけにとどまってはいない。つまり、これらのほかに、第四の交換様式D（柄谷はときにこれをXとも表現する）なるものが考えられているのである。それを『世界共和国へ』から引用しよう。近代における資本＝ネーション＝国家の相補的なリンク（ボロメオの環）を論じたあとの言葉である。

しかし、そのような資本主義的な社会構成体には、逆に、そこから出ようとする運動が生じます。それは、商品交換（C）という位相において開かれた自由な個人の上に、互酬的交換（A）を回復しようとするものだといってよいでしょう。私はそれをアソシエーションと呼ぶことにします。（中略）

ところで、アソシエーションが交換様式A・B・Cと異なるのは、後者が実在するのに対して、想像的なものだという点です。実際、それは歴史的には普遍宗教が説く「倫理」としてあらわれたのです。とはいえ、それはたんに観念ではなく、現実に大きな役割を果たしてきました。たとえば、歴史上にあらわれた社会運動は、おおむね、宗教運動という形態をとっています。近代の社会主義運動もまたこのDという位相においてあらわれたといえます。これらは、A・B・Cの結合にもとづく資本主義的な社会構成体に対して、外部から対抗するばかりでなく、その社会構成体に内属しています。ゆえに、交換様式の諸相を考えるとき、Dの次元を省くことはできません。(33)

図式的にはクリアなこの記述は、しかし論理的に考えただけでも、多くの内容と問題点をはらんでいる。まず、交換様式A・B・Cには、それぞれ互酬、略取と再分配、商品交換が対応していたわけだが、新たにたてられた交換様式Dには、Aと同じ互酬性があてられているということである。そして近代世界システムに即して、A・B・Cに対応する社会構成体は、それぞれネーション、国家、資本であり、Dに対応するのが「アソシエーション」という一種の社会構成体ないし運動体だと、柄谷は言っている。

そこで第一の疑問が出てくる。DがAと同じ互酬性を特徴としているということは、アソシエーションはネーションないしナショナリズムと類似していながら、なおかつそれとは質または次元を異にしていなければならないわけだが、それはいかにして可能かという問題である。たしかに『世界史の構造』などで、過去の回復としてのナショナリズムと未来志向的なアソシエーショニズムとの対極性が指摘されたりはしている。[34] しかし、これではまだ理論的説明としては充分とはいえない。そもそも「回復／回帰」と「未来」とは概念的に反対の関係にある。そこで、このナショナリズムとの相違をいうために、さきの引用でもネーションの枠を超えて流布している「普遍宗教」が持ち出されてくることになるのだが、ここでわれわれは第二の疑問に遭遇する。

いうまでもなく、普遍宗教とはユダヤ教、キリスト教、イスラム教、仏教などの歴史的に存在し、かつ多民族を超えて拡がった宗教である。ということは、柄谷はアソシエーションのために、これらの世界宗教のいずれかを取ることを勧めているのか。むろん、それはありえない。彼は歴史的事実として、これらの宗教が個々に交換様式BやCを体現する国家や資本への、あるいはまたA・B・Cをセットとする資本＝ネーション＝国家への対抗運動として現われたところまでは認める。しかし、彼は現に存在する既成の宗教ないし教会に幻想を抱いているわけではない。

しかし、ここで注意したいのは、それが宗教というかたちをとるかぎり、教会＝国家的なシステムに回収されてしまうということです。過去においても、現在においても、宗教はそのように存在しています。それゆえ、宗教を否定しなければ、アソシエーショニズムは実現されない。けれども、宗教を否定することによって、そもそも宗教としてしか開示されなかった「倫理」を失うことになってはならないのです[35]。

柄谷のいう「普遍宗教」とは、「宗教を否定する宗教」すなわち「倫理」のことである。そしてこの言葉とともに、われわれは第三の疑問に遭遇する。倫理、これを道徳とかモラルと言い換えても、この手垢にまみれた概念のどこに新たな互酬性を目指しての可能性があるというのだろうか。この文脈で再びカントが浮上してくるのである。

その点で、カントの宗教論は今もって重要です。それは宗教の批判と、宗教がはらむ実践的意義を救出することとを同時的になそうとするものでした。第一に、カントは教会＝国家的な形態をとった宗教を否定しました。彼の考えでは、それは呪物崇拝にもとづくものです。

（中略）

他方で、カントは宗教を承認します。しかし、それは、宗教が道徳的法則（自由の相互

性)を開示する限りにおいてです。(36)

柄谷のいう「宗教を否定する宗教」ないし「倫理」とは、具体的には、カントの道徳法則をイメージしてのことである。周知のように、カントは「汝の意志の格率がつねに同時に普遍的立法の原理として妥当するように行為せよ」という定言命法を立てた(『実践理性批判』)。そしてそこからまた「他者を手段としてのみならず、同時に目的として扱う」ことの必要性が導き出された(『道徳形而上学原論』)。「他性の思想家」とでも形容すべき柄谷が目を向けるのは、この手段としてのみならず目的として扱うべき他者とは何かということである。さきに「回復/回帰」と「未来」の概念的矛盾を指摘しておいたが、こうした普遍的「倫理」を念頭においている柄谷にとって、「他者」はたんに過去のそれだけではない。このさきに生まれてくる未来の他者をも先取りするものでなければならない。「普遍的立法」とは、そういうことである。

われわれはさきに「カントとマルクス」という副題のついた『トランスクリティーク』において、柄谷がカントの「パララックス」を問題にしたのを見たが、その背景的意図もここで明らかになる。それは彼の希求するアソシエーショニズムの根幹をなす交換様式Dの具体的な手がかりをつかもうとする試みだったのである。一般読者に向けた、その名も『倫理21』と題する著作の公刊はもとより、プルードン型アナーキズムの再評価や柳田の遊動民としての山人への注目もまた同じ意図から出てきていることは、もはや言うまでもないだろう。この理念的なアソシエーシヨンを少しでも具体化しようとする柄谷の試みは、さらにさまざまな思考実験や実践アイデアというかたちでなされていくのだが、それについては最終章でまとめて紹介、検討することにして、ここでは、こうした理念としてのアソシエーションないし交換様式Ｄがはらむ理論的な問題点をもう少し追ってみたい。

われわれはいま、柄谷のアソシエーショニズムの理念がカントの「倫理」に行きついたのを見たのだが、おそらく多くの柄谷の読者には、これでは物足りないはずである。なぜなら、さきにも述べたように、カントの「倫理」にせよ「道徳」にせよ、あまりに手垢にまみれており、そもそも柄谷はこれらの概念をどう理解しているのか、またそこに柄谷ならではの独自な解釈があるのか、いまだ明確とはいえないからである。こうした不満に柄谷はどのように答えているのだろうか。その手がかりは『世界史の構造』のなかの次のような文章にある。

交換様式Ｃが支配的となるのは、資本制社会においてである。この過程で、交換様式Ａは抑圧されるが、消滅することはない。むしろ、それは、フロイトの言葉でいえば「抑圧されたものの回帰」として回復される。それが交換様式Ｄである。

交換様式Ｄは、交換様式Ａへの回帰ではなく、それを否定しつつ、高次元において回復するものである。(37)

交換様式Dのことを言っている以上、ここで言われている「抑圧されたものの回帰」がさきの「倫理」と重なるのは明らかである。いったい、フロイトのいう「抑圧されたものの回帰」としての「倫理」ないし「道徳」とは、どういうことをさして言っているのだろう。これのやや立ち入った説明が『帝国の構造』のなかに見られる。フロイトの「無意識」概念をたんなるロマン主義的な回帰だと批判したブロッホに反論して、柄谷はこういう。

> しかし、フロイトが「抑圧されたものの回帰」をいうとき、それは過去のノスタルジックな想起とは程遠いものです。抑圧されたものが回帰する場合、人の意思に反して強迫的なかたちであらわれる、とフロイトはいう。[38]

フロイトにおいて「無意識的なもの」は「意識」による抑圧の結果として生じる。だが、その抑圧されて「隠蔽されたもの《エス》」は、そのまま意識の深層にとどまっているわけではない。強迫神経症の例が示しているように、それはときどき自我《エゴ》の閾を打ち破って出てきてしまい、意識の世界を混乱に陥れる。トラウマはいつでも表面に出たがっているのだ。夢もまた抑圧されていた無意識的なものが、意識を統《す》べる自我が弱まったときに、加工変形をこうむって出てくる事態である。倫理や宗教を語るとき、柄谷はたびたび、こうした無意識的なものと抑圧の関係をフロイトの『モーゼという男と一神教』に即して理解している。

そこで柄谷の論議を見る前に、この著作の内容をかいつまんで述べておくと、フロイトは、さまざまな傍証を使いながら、まずモーゼがユダヤ人ではなく、高貴の出のエジプト人だったという仮説的推理を立てる。しかも、モーゼはユダヤ人たちによって殺害された。だが、「父」にも匹敵するモーゼを殺害したユダヤ人たちは、やがてその「父」がもっていたアートン神を自分たちのなかに取り入れ、それをヤーヴェ神として崇めるようになった。だから、ユダヤ人のあいだに広まった割礼の起源もエジプトにあるというわけだ。フロイトの言葉を引用しておこう。

この処理法が反映しているのは、長い年月の経つうちに——エジプト脱出からエズラとネヘミアのもとでの聖書原典の確定にいたるまでに約八百年が経過した——ヤーヴェ教が過去を取り込んで形成され、モーセの本来の宗教と一致を見せるにいたったばかりか、場合によると同一化するまでにいたったといえるかもしれない事実である。

そしてこれがユダヤ宗教史の本質的な結果であり、運命的に重大な内容である。(39)

これは、フロイトが自分の精神分析理論を応用して、フルに想像力を働かせた、ある意味では奇想天外ともいうべき解釈だが、フロイトは同様の大胆な推理を『トーテムとタブー』においてもおこなっている。トーテム動物を生贄にする供犠は、かつて力を合わせて父を殺害した兄弟たちが、その殺した父の肉を食べることによって、父との同一化をはかり、そこに「男たちの絆《メナーフエアバント》」

を築いたことを起源にもっているという。つまり、さきの例ではユダヤ教が、あとの例では（男性）共同体の絆が問題とされているのだが、その成立の原点に共同で父を殺し、最後にはその殺した父を自らのなかに取り入れて、それと同一化するという、まさに精神分析的メカニズムが働いているというのである。

柄谷がフロイトのなかに見出した「抑圧されたものの回帰」とは、この事態をさす。むろん、柄谷においてはユダヤ教もトーテミズムも、具体的なものとしては問題にならない。しかし、彼はこれらの例を、「倫理」一般が発生するメカニズムの表現とみなすのである。つまり、柄谷にとって「倫理」とは、既成の道徳的な教義のことではなく、あくまでも「殺されたもの」のなかば神経症的な「回帰」として現われてくる何ものかである。では、柄谷の場合、その「殺されたもの」とはなにか。「父」に当たるものとはなにか。

柄谷はここで特定の人間をあげない。その代わり、そうした特定の人間たちの背景にある交換様式のほうを持ち出してくる。それは交換様式がA—B—Cへと比重を移していくにしたがって「殺され」ていった交換様式Aである。たしかに、この様式は近代システムのなかにネーションとしても残っている。だが、それはあくまでも資本を補完し支えるものとしてしか機能していない。そのため、希求されるのは、この交換様式Aを「高次元で」回復することだとされる。(40) いや、柄谷の最近の論議を忖度するなら、回復されるべきは交換様式Aというより、さらにそれ以前に想定される不特定な「遊動民」だということにもなるはずだが、現在まで、柄谷はこの点の理論的な詰めを充分におこなってはいない[41]。さらに付け加えておくなら、フロイトにおいて回帰するのは、「父」ないし「原父」という権威を備えた愛憎の対象なのだが、柄谷の遊動民についての立論においては、そのような権威的なアンビヴァレンツは想定されていない。そのかぎりで、この「抑圧されたものの回帰」というテーゼはフロイトの理論と完全には一致しない。つまり、まだ漠然としたアナロジーの域を出ていないのである[42]。

同じような冒険的な解釈の試みが、やはり『哲学の起源』でなされている。ハンナ・アレントに触発されて、「イソノミア」という概念[43]をもとにイオニアの自然哲学、ひいてはギリシア哲学を再解釈しようとした柄谷はこう書いている。

私の考えでは、ソクラテスにダイモンの合図として到来したのは、「抑圧されたものの回帰」（フロイト）である。では、「抑圧されたもの」とは何か。いうまでもなく、イオニアにあったイソノミアあるいは交換様式Dである。したがって、それが「意識的自覚的」なものでありえないのは当然である。それはソクラテスにとって強迫的であった。このような人物において、イオニア哲学の根源にあったものが「回帰」したのである[44]。

柄谷によれば、ソクラテスのなかに回帰したこのようなイソノミアの理念が、プラトンの哲人政治によって放棄されてしまったというのだが、ここでも気になるのは、イオニアに「交換様式

D」があったとされることである。Dとは、柄谷にとって資本＝ネーション＝国家の世界システムのそのさきに希求される、いわば理念的倫理であって、このように実際に過去に実在したものではなかったのではないか。だから、彼はそれまでも慎重に、「遊動民」にDがあるとは言わなかった。そうでないとすれば、この「イソノミア」は実際のギリシア哲学の起源ではなく、柄谷自身の理想を読みこんだ想像の産物になり、考証の枠を超えてしまう。そして、これらの例が示すように、互酬を原理とする交換様式AとDおよび遊動民のコンセプトに関しては、柄谷の考えはまだ遊動中だという印象を与える。

いずれにせよ、近年のこのような「遊動民」への着眼には、ポスト構造主義が流行したころに柄谷が共感を示したドゥルーズ＆ガタリの「ノマド」概念などとの親近性が見て取れるが、しかし、これも類似点はそこまでで、「アンチ・エディプス」を唱える彼らと柄谷のあいだにはフロイト評価をめぐって大きな懸隔がある。柄谷のポスト構造主義に対するアンビヴァレントな態度には、そんなことも与っているのだろう。

第五章註

（1） この変化について、後の高澤秀次と絓秀実を相手にした鼎談で柄谷は、二〇〇一年の九・一一の出来事にインパクトを与えられたことが原因だと述べている。『「世界史の構造」を読む』一八〇頁以下参照。
（2） ポランニー『経済の文明史』三七四頁
（3） 『世界史の構造』一頁
（4） 『世界史の構造』三三二頁
（5） 『世界史の構造』三五一―三五二頁
（6） 『世界史の構造』三三三頁
（7） ゲルナー『民族とナショナリズム』八一頁
（8） マルクス『経済学批判』一四頁および『資本制生産に先行する諸形態』を参照。なお、柄谷の表現については『世界史の構造』四一頁の表2を参照。
（9） 『世界史の構造』七二頁
（10） 『世界共和国へ』四八頁
（11） 『世界史の構造』一〇七頁
（12） 『世界史の構造』一一一頁
（13） 『世界共和国へ』六四頁
（14） これがマルクスおよびマルクス主義者に対する批判だということは、『現代思想』柄谷特集号（二〇一五年一月臨時増刊号）の国家論をめぐっての佐藤優との対談のなかで明言されている。一四頁
（15） ウォーラーステイン『入門・世界システム分析』七八頁
（16） ウィットフォーゲル『オリエンタル・デスポティズム』二五四頁。
（17） ウィットフォーゲル『オリエンタル・デスポティズム』二五三頁

(18) 梅棹忠夫『文明の生態史観』一二六―一二七頁

(19) 廣松渉『生態史観と唯物史観』五七頁。ちなみに廣松の梅棹批判の要点は、以下のようなところにある。「翻《ひるがえ》って惟《おも》うに〈人間的社会‐環境的自然〉の生態系的統一が最も直截に対象化されるのが「経済」わけても「生産」(中略)の場面にほかならない。社会的生産活動の場は、人間の〈対自然的‐間主体的〉生態の機軸であり土台である。社会的な生産・流通・消費、この場面における〈人間‐自然〉生態系の基底的な編制が「生産関係」にほかならず、この生態系の構造として、「社会的構成体」が存立する」。しかるに、梅棹の史観にはこうした「生産関係」への視点が欠落しているということである。(同書六五頁参照)生産と流通のアクセントのちがいがあるとはいえ、マルクスに発する交換様式論を基礎におく柄谷も、おそらくこの批判には基本的に賛成するだろう。

(20) 梅棹忠夫『文明の生態史観』一三二―一三三頁

(21) 梅棹忠夫『文明の生態史観』二〇〇頁

(22) 『帝国の構造』二三二頁

(23) 『帝国の構造』二五四頁

(24) ウォーラーステイン『入門世界システム分析』五三頁

(25) ウォーラーステイン『入門世界システム分析』一四三頁

(26) 『帝国の構造』八五―八六頁

(27) レーニン『帝国主義論』一七五頁

(28) たとえば、小嵐九八郎によるインタヴュー本『柄谷行人 政治を語る』のなかで、柄谷は一八世紀後半から一九世紀初頭にかけての時期、一九世紀末から一九二〇年代までの時期、一九九〇年以降の時代を「帝国主義的」な時期だと述べている。同書一一四頁以下参照。

(29) ネグリ&ハート『帝国』三頁

(30) ネグリ&ハート『帝国』六頁

(31) 『世界史の構造』四五三頁
(32) 『帝国の構造』八四頁
(33) 『世界共和国へ』三八―三九頁
(34) 『世界史の構造』四一八―四一九頁
(35) 『世界共和国へ』一八〇頁
(36) 『世界共和国へ』一八〇頁
(37) 『世界史の構造』一三―一四頁
(38) 『帝国の構造』三八頁
(39) フロイト「人間モーゼと一神教」三〇五―三〇六頁。引用には、いちおう人文書院版『フロイト著作集11』を採用したが、タイトルの「人間モーゼと一神教」を含め、訳文にやや疑問が残る。これはちくま学芸文庫版に関しても同じである。
(40) 『帝国の構造』三八頁以下
(41) ごく最近になって柄谷自身もこの理論的欠如に気づいたようで、前掲の『現代思想』柄谷特集号の対談で、交換様式Aの前の段階を、ドイツ語の「ur-（原－）」から取って「U」と呼ぶことにした、と発言しているが、その内容はまだ展開していない。二〇頁。この点も新連載「Dの研究」の課題となろう。
(42) 奥泉光、島田雅彦を相手にした鼎談で、柄谷は遊動民の段階で「『原父』のような存在、つまり、国家の出現を殺すこと」がありえたのではないか、という推理を述べているが、これを「抑圧されたものの回帰」とみなすには無理がある。フロイトの抑圧は起こったことの抑圧であって、これから起こることの抑圧ではないからである。『「世界史の構造」を読む』二三九頁参照。
(43) ちなみに、この言葉はもともと「等しく分け合う」という意味の言葉で、後の「デモクラチア」のもとになったとされているが、柄谷はこれを「無支配」の意味でつかっている。
(44) 『哲学の起源』一九六―一九七頁

第六章

連帯する単独者

消費者運動とNAM

これまでの記述からもわかるように、柄谷思想の背景には、マルクスや世界歴史はもちろんのこと、文学や哲学を論ずるときにも、つねに広い意味での政治的関心がはたらいている。そこで、この最終章では、柄谷の政治的アンガジュマンをまとめて紹介しておくことにしよう。

柄谷のアクチュアルな政治的関心は、前章の最後に触れたアソシエーションという考えに直結して出てくる。それは資本=ネーション=国家が三位一体となって展開する近代世界システムに対するオールターナティヴな対抗運動として考えられており、基本的にはウォーラーステインのいう「反システム運動」やネグリ&ハートのいう「マルチチュード」の運動とも重なる。たとえば、『トランスクリティーク』では、こう言われている。

対抗運動が出発するのは諸個人からである。しかし、抽象的な諸個人ではなくて、社会的な諸関係のなかに置かれた諸個人である。諸個人は、ジェンダーやセクシュアリティ、エスニック、階級、地域、その他の様々な関心の次元に生きている。それゆえ、対抗運動は、それぞれの次元の自立性を認めつつ、したがってまた、諸個人のそれらへの多重的所属を認めつつ、それら多数次元を綜合するようなセミラティス型システムとして組織されなければならない。(1)

「セミラティス」とは、かつて建築家のアレグザンダーが自然都市の構造について言い出した言葉である。これは、ドゥルーズ&ガタリの「リゾーム」概念にも似ていて、個々の集合どうしの重なり合いを包括するような反ヒエラルヒーの組織体を意味するが、そのことはいまは問題としない[2]。問題は一九六八年の運動をきっかけにして、一九八九年の東西の壁の崩壊以降本格的に拡がった多様性を受け入れる対抗運動(「ムルティ・クルティ」)のなかで、柄谷がどのようなオールターナティヴを提起し、実践しているかである。

その筆頭にあげられるのは、新しく意味づけされた消費者運動である。これは基本的には柄谷のマルクス解釈から演繹されて出てきたものである。さきにも見たように、柄谷はマルクスの『資本論』ひいては資本制システムを、生産より流通交換の側面から見なおすことを力説していたが、これはそのまま対抗運動の考え方にも反映している。すなわち、従来の資本主義への対抗運動の主流は、工場労働者のストライキに典型的に示されるように、生産現場での抵抗やプロテストであった。だが、この運動はプロテストする側に多大なプレッシャーと犠牲がかかる。ある労働者が自分の職場を放棄すれば、賃金カットはもちろんのこと、場合によっては職を失うかもしれないというリスクを覚悟しなければならない。このジレンマは、今日原発産業で働く人々や派遣労働者の置かれている状況などにもっとも象徴的に出ていると言えるだろう。これに対し、柄谷は資本主義の生命線となっている剰余価値が流通に依拠しているのであれば、そのプロセスで抵抗をおこなえばよいと考えるのである。近代資本制システムにおいては、生産労働者はただたんに商品を生産するだけでの存在ではない。彼らは同時に商品を買う消費者でもあるからだ。言い換えれば、この生産と消費のサイクルが円滑に機能しなければ、資本制システムそのものが成り立たない。だから対抗運動はこの消費者の立場に立ったときにおこなえばよいと考えるわけである。しかも、そのほうが戦いもはるかに容易になるという。

労働者は個々の生産過程では隷属するとしても、消費者としてはそうではない。流通過程では、逆に、資本は消費者としての労働者に対して「隷属関係」におかれる。とすれば、労働者が資本に対抗するとき、それが困難であるような場ではなく、資本に対して労働者が優位にあるような場でおこなえばよい[3]。

柄谷に言わせれば、これはけっして労働運動の放棄などではない。「プロレタリアが流通の場においてあらわれる姿」としての消費者の運動だと考えれば、充分に労働運動でもあるというわけだ。

こうして、具体的には、まず商品の不買運動すなわちボイコットという戦術の意味が大きくクローズアップされるのだが、流通過程への着眼は、さらに消費者＝生産者協同組合や地域通貨・信用システムの形成というレベルにまで広げられる。このオールターナティヴ運動のアイデアを具体化したのが、二〇〇〇年に柄谷を中心にして立ち上げられたＮＡＭという運動体である。ＮＡＭとは「New Associationist Movement」の省略で、宣言文によれば、その基本方針は次の五点に要約される。

（一）ＮＡＭは、倫理的かつ経済的な運動である。
（二）ＮＡＭは、資本と国家への対抗運動を組織するトランスナショナルな「消費者としての労働者」の運動である。
（三）ＮＡＭは「非暴力的」である。
（四）ＮＡＭは、その組織形態において、選挙とくじ引きを導入し、参加的民主主義を保証する。
（五）ＮＡＭは、現実の矛盾を止揚する現実的な運動である。[4]

（一）の「倫理」が柄谷のカント解釈から出てきているのは明らかであろう。（二）についてはすでに述べた。（三）は、あとで取り上げる日本国憲法第九条問題とも関係するが、ここではもう少し抽象的に、国家権力を奪取するというかたちで問題の解決を図らないという意味で言われている。言い換えれば、国家やそれと結びついたナショナリズム、さらには社会民主主義政策への根本的疑義である。これには柄谷的に理解されたアナーキズムの考えが反映している。柄谷の古代ギリシア研究からヒントを得た（四）の「くじ引き」は、組織の官僚化やヒエラルヒーを回避するために導入されるものであるが、私はこの方法はいろいろな意味で困難だと思う。ドイツでの一例をあげておけば、一九八〇年ごろから各地に拡がった「Die Grünen（緑の人々）」[5]の運動は、やはり組織の硬直化やヒエラルヒー化を回避するために、意図的にローテーション・システムを試みたのだが、組織が全国大に広がり、実務の比重が高まっていくにしたがって、このシステムを放棄せざるをえなくなってしまったということがある。くじ引きに関しては、「実務上の不都合」「専門知識の必要性」といった圧力はもっと強くなり、このアイデアは一定の小集団においてしか機能しないだろうと予想される。

（五）は、もっとも抽象的に表現された「原理」だが、後の「解説」から忖度すると、一九九〇年以降の「情報資本主義」への移行に際して、「国家的なコーポラティズムに依存した巨大企業の解体」を目指して「中小企業の興隆」を図り、その「中小企業を協同組合やLETSを用いて、非資本制的なアソシエーションとして組織すること」を意味しているようである。[6]

ここに出てくるLETSとは、一九八〇年代にカナダのマイケル・リントンによって提唱されたもので、「Local Exchange Trading System」すなわち「地域通貨」のことである。NAM結成時に中心となってこの考えを導入しようとした西部忠《まこと》によれば、既成の通貨システムからはずれたこの自前の通貨システムは、「地域経済の活性化、循環型経済の確立、信用創造と資本蓄積の阻止」という経済的目的と「互酬的な交換を通じ、相互扶助的で共同的な関係や倫理を再建する」という倫理的目的を追求するもので、これがうまく機能すれば、既成の経済システムや国家に対する「対抗ガン」になりうるとされる。[7] この地域通貨というアイデアは、かつて不況期の一九三〇年代にドイツやオーストリアでも多く試みられ、一定の成果を収めているし、類似の試みは今日でも世界のあちこちに見られる。剰余価値の創出や利子の発生を避けて互酬的な交換を追求し、それによって資本制市場経済に対抗しようとする地域通貨の考えは、むろん柄谷の考えとも矛盾せず、これが消費者運動と並んでNAMの二大方針のひとつをなしたのも首肯できる。ただ、残念ながら、このNAMの運動は結成後まもなく、この地域通貨のあり方をめぐっての内紛や中心人物の急逝などが絡んで、あっけなく挫折してしまったようだが、[8] そのことによって、ここに表わされた理念までもが失効してしまったわけではないだろう。むしろ今後の再生が望まれる課題である。

国連と憲法第九条

今となっては、やや古い話になってしまったが、柄谷の政治的アンガジュマンとして次に触れておきたいのは、一九九一年の湾岸戦争に対する反対運動である。周知のように、これはアメリカを中心とする「多国籍軍」が、その圧倒的な軍事力でサダム・フセイン統治下のイラクを制圧した戦争であるが、柄谷は当時盟友の中上健次をはじめ、立松和平、いとうせいこう、川村湊、島田雅彦、高橋源一郎、田中康夫、津島佑子、吉田司、青野聡等々といった（当時）若手の文学者たちといっしょになって、この多国籍軍に追随する日本政府に対して抗議のアピール文を発表している。それには、こう謳われている。

声明1

私は、日本国家が戦争に加担することに反対します。

声明2

戦後日本の憲法には、『戦争の放棄』という項目がある。それは、他国からの強制ではなく、日本人の自発的な選択として保持されてきた。それは、第二次世界大戦を『最終戦争』として闘った日本人の反省、とりわけアジア諸国に対する加害への反省に基づいている。のみならず、この項目には、二つの世界大戦を経た西洋人自身の祈念が書きこまれているとわれわれは信じる。世界史の大きな転換期を迎えた今、われわれは現行憲法の理念こそが最も普遍的、かつラディカルであると信じる。われわれは、直接的であれ間接的であれ、日本が戦争に加担することを望まない。われわれは、『戦争の放棄』の上で日本があらゆる国際的貢献をなすべきであると考える。

われわれは、日本が湾岸戦争および今後ありうべき一切の戦争に加担することに反対する。

一九九一年二月九日

このアピールは柄谷にとって一過性の問題ではなかった。憲法問題については後で触れるが、何よりも問題だったのは、まず「多国籍軍」による戦争が、国連の決議をえられないまま、アメリカのイニシアティヴで強行されたという事態である。言い換えれば、国連の機能不全である。私の推測では、柄谷はこれを機会に国連の本質をめぐってさまざまな考察を開始し、その結果としてあのカントの「永遠平和」論に行きついた。のちに「世界共和国」論として語られるものが、それである。その場合柄谷がとくに関心を寄せたのが、カントの次のような考えである。

> たがいに関係しあう諸国家にとって、ただ戦争しかない無法な状態から脱出するには、理性によるかぎり次の方策しかない。すなわち、国家も個々の人間と同じように、その未開な（無法な）自由を捨てて公的な強制法に順応し、そうして一つの（もっともたえず増大しつつある）諸民族合一国家（**civitas gentium**）を形成して、この国家がついには地上のあらゆる民族を包括するようにさせる、という方策しかない。だがかれらは、かれらがもっている国際法の考えにしたがって、この方策をとることをまったく欲しないし、そこで一般命題として **in thesi** 正しいことを、具体的な適用面では **in hypothesi** 斥《しりぞ》けるから、一つの世界共和国という積極的理念の代わりに（もしすべてが失われてはならないとすれば）、戦争を防止し、持続しながらたえず拡大する連合という消極的な代替物のみが、法をきらう好戦的な傾向の流れを阻止できるのである[9]。

柄谷は、この引用文において、世界共和国という理念に近づく道が「諸国家連邦」にこそあることが述べられていると解釈し、そのかぎりで今日の国連の存在意義を認める。ただし、次のような意味においてである。

カントが予想したように、二度の世界戦争から国連が生まれてきた。現在の国連は、新たな世界システムからはほど遠い。それは、諸国家が覇権を握るための争いの場となっている。しかし、国連は人類の大変な犠牲の上に成立したシステムである。たとえ不十分なものであろうと、これを活用することなしに、人類の未来はありえない。(10)

では、「世界共和国」という理念に向けた「新たなシステム」としての国連はどのような方向において考えられるのだろうか。柄谷は現在の国連の機能を、大きく「軍事」「経済」「医療・文化・環境」の三領域から成っているとみなし、国家組織(ネーション)と非国家組織の区別がない第三領域のあり方が、国家と資本に直結する第一と第二の領域にも出てくることに希望的可能性を見る。

もし第一と第二の領域で、第三領域で生じているのと同じようなことが実現されるとしたら、新たな世界システムだといってもよいだろう[11]。

だが、当然のことながら、これは国家や資本からの強力な抵抗に出会うことになる。そこであらためて前節で問題になったような対抗運動の意味が増す。

国連を新たな世界システムにするためには、各国における国家と資本への対抗運動が不可欠である。各国の変化のみが国連を変えるのである。と同時に、逆のことがいえる。国連の改革こそが、各国の対抗運動の連合を可能にする、と[12]。

柄谷の交換様式論にしたがえば、この「国連改革」にも互酬の原理が関与する。だが、これは既成の海外援助とは区別されなければならない。海外援助とは、多くの場合、援助国の資本が最終的に見返りを期待するものであって、純粋「贈与」とはならないからだ。では、純粋な贈与にはどんなものがあるのか。これに関して、柄谷は大変思い切ったことを述べている。

たとえば、このとき贈与されるのは、生産物よりもむしろ、生産のための技術知識（知的所有）である。さらに、相手を威嚇してきた兵器の自発的放棄も、贈与に数えられる。このような贈与は、先進国における資本と国家の基盤を放棄するものである[13]。

ここで、われわれはさきほどのアピール文にあった日本国憲法第九条の、柄谷による新たな意味づけを見ることができる。そしてそのことがより明確なかたちで、しかも頻繁に語られるようになるのが二〇一〇年ごろで、たとえば、雑誌『世界』のインタヴューでは、こう発言するに至る。

このことについて、もっと具体的にいいましょう。『世界史の構造』にも書いていないことですが、現在の時点で、「贈与」として最も有効なのは、戦争放棄・軍備放棄です。これはある意味で、日本人には実現しやすいことです。というのは、現行憲法の九条を文字通り実現すればいいだけですから。現状では、憲法九条はまったく実行されていない。強大な軍備があり、しかも米軍基地がある。たとえば、日本人は北朝鮮が脅威と言うけれども、日本こそ彼らにとって脅威でしょう。そこで、日本が軍備を放棄したら、どうなるか。国連総会で、戦争放棄を宣言し、基地や軍隊の段階的廃棄を宣言する。これに対して、諸外国はどうするか。国連はどうするか。かってないことが起こるはずです。チャンスだといって、日本に攻めてくる国があるだろうか。そんな恥ずべきことをしたら、その国は終りです。軍事力や経済力以上に、「贈与の力」が働くのです。[14]

カントも、さきにあげた確定条項の前提として、常備軍の全廃を言っているが[15]、柄谷はそれを日本国憲法と結びつけながら、「贈与」という積極的な行為として解釈しなおしているのである。いずれにせよ、このような発言は保守派や右翼陣営から見れば、きわめて「非現実的」に映るだろうが、私には軍事力ですべてを押さえこもうとする政策の「現実」度に比べて劣っているとは思えない（たとえば、湾岸戦争後の中東、まもなく七〇年にもなろうとするパレスチナ問題を見よ）。柄谷は、とくに二〇〇一年の九・一一以降この問題を切実に感じるようになったと述べているが、九条問題は彼からすれば、「カントのいう、「永遠平和」を実現するため」の「贈与の互酬性にもとづく社会契約」のひとつだということになる[16]。その意味で、国連改革という大課題は、たんなる柄谷の思考実験や空想の産物などではない。それは自国の憲法に対する日本人一人ひとりの姿勢が問われる、きわめて「現実的」な問題であるからだ。

この提題に問題があるとすれば、自らの交換様式の原理論を貫こうとするあまり、「放棄」を強引に「贈与」と読み替える論理だろう。柄谷は傍証としてクラ交易やポトラッチのような人類学的現象を引き合いに出して、これらが贈与によって平和状態を創り出すためのものであることを強調している。たしかに、一方的な財の蕩尽ということでは「贈与」も「放棄」も似ているかもしれない。しかし、クラ交易にせよ、ポトラッチにせよ、あるいはまた新たな意味づけをなされた「海外援助」にせよ、「贈与」の対象となる相手があるのに対して、「放棄」には論理的にその相手が存在しない。その意味で軍備の放棄はネガティヴな「贈与ならぬ贈与」とでも言うべきだろう。もし、相手を求めて、この放棄した兵器を国連に「贈与」することにでもなれば、現行のPKOと同じになってしまう。これは、もちろん柄谷の望むところではあるまい。こうした論理上の疑問をのぞけば、柄谷があらためて人びとに憲法第九条への関心を促したのは、評価すべきことだと思う。じじつ、その後大江健三郎などの主催する「九条の会」の運動とは別に、これを世界遺産にとか、ノーベル平和賞の対象に、というような斬新奇抜なアイデアが若い人たちの口に上っている。むろん、こうした動きのすべてが柄谷の功績だとは言わないが、いまや保守派や右翼の攻勢にあって風前の灯になろうとしている、この九条問題に新たな一石を投じたという意義は小さくない。

脱原発とデモ

二〇一一年三月一一日の東日本大震災と福島原発の大事故が日本中を、いや世界中を震撼させた。アクチュアルな政治に敏感な柄谷がこれにただちに反応したのは、いうまでもない。以来今日まで彼がさまざまな抗議集会でメッセージを発表したり、associationsのメンバーたちとたびたびデモに参加していることは知られている。日本の核兵器戦略との関連や原発の経済的不合理、見通し不可能な核廃棄物の最終処理等々といった脱原発派の唱える大半の反対理由は、柄谷もまた当然これを共有しているが、それを繰り返しても仕方がないので、ここでは脱原発についての柄谷らしい発言だけを取り上げることにする。事故の三カ月後『週刊読書人』の編集部インタヴューに答えて、柄谷はまずこう述べる。

日本の場合、低成長社会という現実の中で、脱資本主義化を目指すという傾向が少し出てきていました。しかし、地震と原発事故のせいで、日本人はそれを忘れてしまった。まるで、まだ経済成長が可能であるかのように考えている。だから、原発がやはり必要だとか、自然エネルギーに切り換えようとかいう。しかし、そもそもエネルギー使用を減らせばいいのです。原発事故によって、それを実行しやすい環境ができたと思うんですが、そうは考えない。あいかわらず、無駄なものをいろいろ作って、消費して、それで仕事を増やそうというケインズ主義的思考が残っています。地震のあと、むしろそのような論調が強くなった。[17]

柄谷に言わせれば、リーマン・ショックから地震の直前まで日本経済の低成長が問題とされ、そこに新たな「脱資本主義化を目指すという傾向」が出始めていた。それが原発事故以来あっさりと忘却され、再び投資による経済成長路線が前面に出てきてしまった。この観察の背後に、これまで述べてきたような世界＝経済システムに対する根本的な不信がはたらいているのは、いうまでもない。柄谷にとっては、原発もまた世界システムの一部であり、それを含めたシステムそのものが変わらないかぎり、問題は解決しないという基本認識があるからである。要するに、脱原発は同時に脱資本主義でなければならないということである。

オヤッと思うのは、この発言のなかの「自然エネルギーへの切り替え」に対する柄谷のやや消極的な発言である。これについて少々私自身のコメントを付け加えておきたい。柄谷がいうように、たしかに日本でも、そして脱原発を決断したドイツでも、再生可能エネルギーの開発は、結局大手の電力会社の手に握られ、柄谷の危惧するような「ケインズ主義的思考」が現実化している。ドイツでいえば、原発に代えて北海やバルト海に造られる大型風力発電装置や、それに付随する送電線網の建設は大手企業の手によってしかできないことは明らかである。

しかし、他方で、この再生可能エネルギーの開発事業は、展開の仕方によっては柄谷が考えるNAM的な運動をも可能にする要素をもっている。現在目立たないながらも、各地に小さなコミュニティ単位で再生可能エネルギーを生産しようとする試みがおこなわれているが、たとえばそうした方向性のなかに、地域通貨的な互酬システムを実現する可能性がまったくないわけではない。基本的に貯蔵が困難な電力にとって、余った電力の処理と不足分の補充という需給バランスが大きな課題のひとつとなっているが、見方によっては、これこそ「贈与」による「互酬」の問題にほかならない。一言でいえば、再生可能エネルギーの生産と流通には、やり方によって資本制システムに対抗するようなオールターナティヴなシステムを創り出す可能性があるということである。じじつ、ドイツでは、バイエルン州東部にある小都市ローゼンハイムのインフラ担当課が、地域通貨のキームガウアーと連携して地元産の水力電気を提供しているというような例もある。むろん、これにはさまざまな現実的困難がある。[18] だが、その困難は柄谷の唱える対抗運動すべてがどのみち抱えざるをえない不可避の困難と同じであろう。

別のところで、柄谷は「「脱原発」とは、原発を推進してきた資本＝国家の諸勢力、その中に組み込まれてきた地方自治体、メディア、大学、労働組合その他の脱構築を意味する。そのために必要なのは、むろん昔の中間勢力の「復興」ではなく、資本＝国家に対抗する新たなアソシエーションの形成である」と述べているが[19]、ここで言われる「脱構築」や「新たなアソシエーション」を掛け声だけにとどめず、少しでも具体化していこうとするなら、再生可能エネルギーが現在直面している現実的課題の克服が、そのひとつの道を示すことになると私は思う。

原発問題に関して柄谷らしい発言の二つ目は、デモの問題である。柄谷が指摘するように、日本では一九八〇年代以降、格差社会を助長する新自由主義が大手を振って歩くなか、メディア、大学、労働組合等々一定の批判力をもった「中間勢力」はことごとく解体され、ほとんどまともなプロテストがおこなわれない異様な社会ができてしまった。柄谷は、どのようなテーマであれ、そもそもデモの消失した社会に危機感を抱く。さきのインタヴュー記事によれば、柄谷自身は五〇年ぶりにデモに参加したとされているが、事故の深刻さとは別に、柄谷をそういう行動に駆り立てたものは何だったのか。『柄谷行人　政治を語る』にこういう発言がある。

　先に、現在の日本にはデモがない、といいましたけど、その話の続きをします。日本人がデモに行かないということは、大衆社会や消費社会のせいだという人がいるし、また、ネットなどさまざまな政治活動・発言の手段があるという人がいます。しかし、それは一般論であって、日本の状況をとくに説明するものではない。アソシエーションの伝統のあるところでは、インターネットはそれを助長するように機能する可能性があります。しかし、日本のようなところでは、インターネットは「原子化する個人」のタイプを増大させるだけです。匿名で意見を述べる人は、現実に他人と接触しません。一般的にいって、匿名状態で解放された欲望が政治と結びつくとき、排外的・差別的な運動に傾くことに注意すべきです。だから、ここから出てくるのは、政治的にはファシズムです。（中略）
だから、日本では、デモは革命のために必要だというようなものではない。とりあえず、デモが存在することが大事なのです。[20]

現状を的確にとらえた発言である。ここに述べられた「とりあえず、デモが存在すること」の意味は大きい。デモとは自分を表にさらすことである。言い換えれば、ささやかであれ、パブリックな自立への一歩である。この自己を公の前にさらす自立をぬきにしては、いかなる対抗運動も真に力をもつことができない。柄谷が一貫して代議制民主主義の弊害を批判し、それに対抗するアソシエーショニズム運動の基礎に自立した個人を置く理由もそこにある。かつて丸山眞男は近代における「個人析出のパターン」には自立化、民主化、私化、原子化の四つのパターンがあって、その配分バランスによってさまざまな個人のタイプが出てくることを指摘したが[21]、さきの引用の意味するところは、同じ個人でも、私化や原子化に傾くところでは自立した政治行動など期待できないということである。

前にも触れたように、一九八〇年代以降新自由主義の跋扈する日本では労働組合や大学といった中間勢力がなし崩しに解体され、それにともなってメディアも批判能力を失っていった。デモの消滅はそれと平行している。かつてデモの多くは労働組合による呼びかけによるか、学生運動としておこなわれ、それをメディアが伝えるというかたちが曲がりなりにも成立していた。だが、それがわずか数十年のうちにそっくりそのまま消失してしまったのである。柄谷がこのような状況を「ファシズム」に比定するのも不思議ではない。底知れぬ先行き不安のなか、あてもなく「経済復興」とホモジーニアスな「絆」ばかりが強調される今日の日本の政治状況は、さしずめ「フレンドリー・ファシズム」とでも呼ぶべき不気味さを漂わせている。柄谷の危機感は根本的にそれに起因している。「とりあえず、デモが存在すること」、それは柄谷にとって、この「時代閉塞の現状」(啄木)を打ち破る第一歩にほかならない。それは匿名のヴェールに被われたインターネットのコミュニケーションによってはどうしても肩代わりのできない、ある政治的手ざわり、柄谷の最近の言葉でいえば、「イソノミア」の内実をはらんだ何ものかである。その意味では、デモをすることとそれ自体が目的となるのである。

しかし、デモはたんなる手段なのではない。デモ自体が重要なのだ、と私は思う。カントは道徳法則を、「他者を、たんに手段としてのみならず、同時に目的として扱え」という命令に集約させた。それをもじっていうと、われわれは、デモをたんに手段としてのみならず、同時に目的として見るべきである。つまり、デモは現実に、何かの「手段」としてあるほかない。たとえば、反原発のための手段として。が、デモは同時に、それ自体「目的」としてありうるし、またあらねばならない[22]。

社学同再建アピール

最後に珍しい文章を紹介しておこう。いまから五〇年以上も前の一九六一年に、二〇歳になったかならないころの東大生柄谷善男が当時の学生運動グループを代表して書いた「社学同再建のアピール」という文章である。この種の文書では決まり文句の「全国の学友諸君！」で始まるアピール文から、その一部を引用する。

全学連の学生大衆運動としての再建とマルクス主義の革命的再生ないし革命思想の新たな創造―われわれの前には、この二つの課題が同時に提起されている。この困難な課題をわれわれは同時に実現することが可能であろうか。可能である。しかも、両者は結合されつつ行なわれる時はじめて可能である。何となれば、戦後学生運動の歴史、なかんずく、安保闘争の過程が示すように学生運動は既成の党派的マルクス主義の支配から自由になり、既成体系からはみ出て現実の日本社会と世界資本主義へと理論的に肉迫したとき、最もよくその社会運動としての自立性を発揮し、プロレタリア運動に影響を与え得るからである。学生運動は一つの社会運動としてブルジョアジーと客観的に敵対し得るばかりでない。それは、自らの内部において全社会の思想的政治的潮流を観念的に最も純粋、極端な形で開花させうるものであることによって革命思想の創造と実験の場の一つとなりうるのである。

従って、学生運動の自立性を否定し、学生運動を既成のイズムの工作の対象・客体としてのみ見做すものは、学生運動にとって、絞殺者であり、敵である。「仮空の前衛」ではなく現実のチャチな小集団又は量的にのみふくれあがった醜悪な集団を「前衛」と称して己れの立脚点とし、綱領的対立を大衆組織の前提としてその中に持ち込もうとするものは、断乎排撃されねばならない。われわれ社学同は、われわれが思想的、理論的に「一枚岩」ではないことを何ら否定しない。何故ならすでにのべたように、われわれは「マルクス・レーニン主義」や「革命的マルクス主義」などによって包括し得ない問題状況の中にあるからだ。個人の思考と共同の討論、これが前進の唯一の手段である。自分たち自身の内部に討論の可能性をもたない組織は、大衆との対話と交流をなし得ず、死への道をたどるであろう。大衆の獲得は「不可謬の原則＋マヌーバー」によると考えるものに禍いあれ。

（中略）

今日、再び世界資本主義の危機がより深刻に進行し、米ソの軍拡競争が公然と開始され、ベルリン、ラオス、ベトナム、台湾、朝鮮での緊張が発火点に達しようとしている時日本のブルジョアジーは国際紛争を契機に自衛隊の出兵と憲法改正を一挙に進めて支配体制を完全に確立しようとたくらんでいる。そして、この戦後二度目の転回点において再び「左翼」は分裂を開始しているのである。恐らく、この危機そのものが「左翼」分裂の客観的要因であろう。しかし「危機」と「分裂」は単なる外的関係にあるのではない。

誕生したばかりの第四インターは、第二次世界大戦の勃発という巨大な現実の前に崩壊せしめられた。日共の第一次分裂は朝鮮戦争と国内武装闘争によって発展をおしとどめられた。従って今日、もし我々が、階級情勢の危機と「左翼」の分裂について歴史から何事をもまなび得ず「左翼」内部だけに眼を向けセクト的党派性に終始するならば、またもや、我々は資本主義のつくりだす巨大な現実の前になすところなく敗退を余儀なくされるであろう。そうではなく、我々がこの危機に主体的にかかわり、それによってためされつつたたかい抜き生き抜く時、はじめて我々は現代資本主義と既成のマルクス主義運動を乗りこえた地点へと突き進み得るであろう(23)。

やや背景を説明しておこう。学生、労働組合、市民運動グループ、リベラル知識人、それに社会党、共産党がタイアップして戦後空前の盛り上がりをみせた一九六〇年の安保反対運動が急激に衰退すると、その中心になっていた全学連およびそれを指導した共産主義者同盟(通称ブント）は分裂し、その学生組織に当たる社会主義学生同盟（社学同）もまた翌年には四分五裂の混乱状態に陥る。このアピール文はそうしたなかで書かれたものである。そしてこれを起草した柄谷には次のような思惑があった。

ブントが解散したあと、一九六一年五月に、僕は「社会主義学生同盟」（社学同）の再建を構想しました。そこで、まず、駒場で社学同を再建した。そして、それをもとにして全国的な社学同再建のアピールを書いた。僕は、社学同再建にあたって、前衛党としてのブントをめざすことを否定しました。㉔

大事なことは、ここで柄谷はそれまで指導的な地位にあったブントという親組織（党）を否定して、もっぱら学生組織の社学同のほうだけを再建しようとしていることである。これは、その後も貫かれる柄谷の政治姿勢であると言っていい。彼は上からの党的指導というものに幻想を抱かない。というより、むしろそれをマイナスの存在とみなす。前節のテーマでもそうであったように、あくまで一人ひとりの自立した行動のみが運動を可能にすると考えているからである。彼のその「アナーキズム」には、そのような基本姿勢がはたらいており、それは今日彼がいう「アソシエーション」にまで一貫している。引用に即していうなら、若き学生柄谷が安保闘争から学んだ「学生運動は既成の党派的マルクス主義の支配から自由になり、既成体系からはみ出て現実の日本社会と世界資本主義へと理論的に肉迫したとき、最もよくその社会運動としての自立性を発揮し、プロレタリア運動に影響を与え得る」という認識は、今日まで一貫して変わっていないのである。

彼は前衛党の再建を目指したのではない。彼にとっての「社学同」とは、党的桎梏をのがれた自立的個人による「革命思想の創造と実験の場」の別名にほかならなかった。そのひとつの期待の表現がその後の全共闘運動であったが、これもまた最終的に党派の引き回しに翻弄されて、セクトどうしの内ゲバという負の遺産を残したまま解体してしまった。全共闘が自立した個人の戦いであったうちは、柄谷はこれを支持した。しかし、それがセクト的な動きに左右されるや嫌悪をもってこれから距離をとった。彼のいう「単独者」にはそのような政治的起源がある。そして第一章に述べたような、自らを離人症の際まで追いこんだ若き柄谷の、ファナティクな「意味」を忌避する「畏怖する人間」とは、孤独な戦いを選んだ者が必然的に遭遇せざるをえなかった挫折や絶望の反映である。だが、彼は「絶望をも絶望する」（魯迅を評した竹内好の言葉）ことによって、彼の当初の想いをその後もかたくなに守りつづけてきたのである。私が本書の冒頭に、柄谷の言説のなかには一貫した「批判精神の連続性」があると述べた理由がここにある。かつての全共闘運動で「連帯を求めて孤立を恐れず」（谷川雁）という言葉が流行ったが、柄谷はときどきこれを反転させて「孤立を求めて連帯を恐れず」と自らの心情を表現する。彼は言葉通り、最後まで「戦う単独者」でありつづけることだろう。

第六章註

（1）『トランスクリティーク』四五三―四五四頁
（2）この概念についての詳しい説明は『隠喩としての建築』三三二頁以下参照。
（3）『世界史の構造』四六六頁
（4）『ＮＡＭ原理』一七―一九頁。ただし、この引用は引用者によるエッセンスの要約であり、文言はそのままではない。
（5）日本では「緑の党」という通称で知られているが、もともと「Die Grünen」というネーミングには、彼らの理念からして、「Partei 党」という表現に象徴される組織形態を避けるという意図がこめられていた。
（6）『ＮＡＭ原理』七一頁
（7）『ＮＡＭ原理』一〇九頁以下
（8）私には実情がわかっていないので、立ち入った口出しはできないが、この「内紛」には柄谷自身も当事者として関与していると言われている。しかし、こうした運動はそもそも、「柄谷」というブランド名が忘れられて、各地で自然に進められていったとき、はじめて成功するものだろうと思われる。
（9）カント『永遠平和のために』四七頁
（10）『世界史の構造』四九二頁
（11）『世界史の構造』四九三―四九四頁
（12）『世界史の構造』四九四頁

(13)『世界史の構造』四九一頁

(14)「平和の実現こそが世界革命」『柄谷行人インタヴューズ2002-2013』二一七―二一八頁。同様の発言内容は『「世界史の構造」を読む』に収められた苅部直との対談に出てくる。同書一一〇―一一二頁を参照。

(15)カント『永遠平和のために』予備条項の第三条項「常備軍は、時とともに全廃されなければならない」が、これにあたる。一六頁以下

(16)『「世界史の構造」を読む』一三八―一三九頁

(17)「反原発デモが日本を変える」(『週刊読書人』二〇一一年六月一七日)

(18)この困難をもう少し説明しておこう。EU圏では最近電力生産会社と送電会社は分離させられ、しかも再生可能エネルギーを優先的に買い取らなければならないという法律ができているのだが、日本のように原発を推進する大手電力会社が同時に送電線をも占有しているところでは、こうしたコミュニティの電力互酬などということは絵に描いた餅になってしまう。さらに言えば、陽光や風力といった自然現象に依存する再生可能エネルギーは、送電線を維持する絶対条件としての需給バランスないし安定した送電量を維持することが難しく、他のエネルギーとの組み合わせが必要になってくる。そのためにどうしても大規模な送電線を利用する必要があり、そうなると小さなコミュニティで単独の送配電網をつくるということが難しいということがある。これは蓄電技術の開発とともに、技術上の大きな課題だが、いずれは克服されなければならない課題である。

(19)「原発震災と日本」『大震災のなかで　私たちは何をすべきか』二一七頁

(20)『柄谷行人　政治を語る』一五五―一五六頁

(21)「個人析出のさまざまなパターン」『丸山眞男集』第九巻三八二頁以降参照。ちなみに、この分類に即していえば、丸山と柄谷の相違は前者が「民主化」をとるのに対して、後者が「自立化」を優先することだろうか。

(22)「人がデモをする社会」『世界』二〇一二年九月号一〇一頁。ほぼ同様の言葉が「デモは手段ではな

い」『脱原発とデモ――そして、民主主義』六九頁にも出てくる。
（23）『資料戦後学生運動6』八五―八八頁
（24）『柄谷行人　政治を語る』二一頁。同様の発言は『柄谷行人インタヴューズ1977-2001』二三二頁および『「世界史の構造」を読む』三一五―三一六頁にも見られる。また私はこの文書の存在を絓秀実の力作『吉本隆明の時代』（一五一頁）によって知った。

あとがき

だれかが猫に鈴をつける役を引き受けなければならない、大げさに言えば、そんな決意で本書を書いた。ところが、この猫、近頃では猫どころか、虎とも獅子ともなって、とても鼠ごときの手に負えなくなっている。まさに大山鳴動鼠一匹、出てきたのは哀れなおのれの姿だけだったのかもしれない。

ここで鈴をつけるとは、一度柄谷行人を日本戦後思想史のなかに位置づけてみるという意味である。まえがきにも書いたことだが、日本近代思想史についていろいろ書いてきた者にとって、柄谷という題材が魅力的なのは、彼が半世紀以上にわたって日本の戦後思想を、ある意味ではみごとに体現し、ときには代表し、しかも現在にいたるまで現役でありつづけてきた人だからである。そういう意味では、近年亡くなった吉本隆明なども格好の題材と言えるのだが、あいにく私は一度も吉本の良き読者ではなかった。それに対して、私は柄谷の著作を当初から伴走するように読んできた。私にとって柄谷論は、そのまま自分自身の読書経歴でもある。

ご本人としては日本戦後思想史などという狭い枠に閉じこめられるのは大いに不満であろうが、本書の意図はこういう解釈のパースペクティヴもありうるということであって、彼の著作がいまや英語圏を中心に、海外でも広く読まれるようになっているという事実は、それとはまた別のことだ。英語を苦手とする著者には、グローバルなパースペクティヴにもとづいた柄谷論などはじめから望みようもない。それはそれでだれか適任者がやってくれるだろう。

それにしても、いざ書き始めると、柄谷のテクストは扱いにくい。同じタイトルをもっていても、版が変わるごとに頻繁に手直しが施され、こちらの記述もそれに翻弄されることがままあった。しかし、考えようによっては、これは柄谷行人という思考マシーンがそれだけ絶え間なく作動しつづけているということにほかならず、じじつ、その思想の変遷は造山運動にも似て、褶曲や隆起によって長年かかってできた堆積層が突然表面に出てきたりするところがある。思想史家としては、そのダイナミズムをどうとらえてみせるかが腕のみせどころだが、そのできばえのほどは読者の判断にゆだねる以外ない。

こうした思考のダイナミズムをとおして、本書は柄谷における「〈他者〉のゆくえ」を追ってみた。あの若き文芸評論家が抱いた「他者」や「他なるもの」に対する繊細で鋭敏な実存的感情が、やがてシステムの「外部」に対する哲学的数理的関心へと移り、最後には「共同体と共同体の間」という、ある意味ではこれもまた他者どうしの関係にほかならないテーマを、政治経済のみならず歴史や社会一般の問題にまで発展させていった思想的展開は、まさに柄谷における「〈他者〉のゆくえ」を示していると思われたからである。本書によって、その一見きらびやかな変遷ぶりの裏に、柄谷行人という稀有な思想家の不器用なまでのこだわりが少しでも明らかになれば幸いである。

記述に関して、ひとつ心残りがある。著者は長年西田幾多郎をはじめとする京都学派の言説と取り組んできた者だが、本書の執筆中、柄谷の「世界史の構造」論を京都学派とりわけ高山岩男の「世界史の哲学」とつき合わせて論じてみたらどうなるのだろうかという誘惑にたびたび駆られた。しかし、この作業を始めると、とても簡単には済みそうもないと予想されたので、これに関しては、本書でわずかに触れただけの梅棹忠夫の「生態史観」ともども新たに別稿ないし別書をもって論じてみたいと考え、本書ではあえて言及しなかった。

例によって、日本を離れて文献が思うように利用できない立場上、参考文献も限られてしまったが、柄谷に関しては幸い関井光男氏による綿密な文献リストや年譜（『国文学解釈と鑑賞別冊・柄谷行人』『柄谷行人インタヴューズ2002-2013』）が出されており、個人的な問い合わせに応じてくれた友人たちのアドヴァイスともども、執筆に当たって大いに助けとなったことを記しておく。

引用には基本的に入手しやすく、かつ新しい版を優先させた。また外国文献からの引用には、日本の読者のことを配慮して、意図的に既成の邦訳書で統一した。なかには訳文や訳語に不満なものもあったが、基本的な意味がわかれば良しとして、あえてそのままにした。

ちょっと妙なことを書き記しておく。今回意図的にある「頭の実験」をしてみた。本書の執筆に平行して、ベルリンの国立図書館から借り出してきた藤沢周平の全集を読みつづけた。普段は執筆を開始すると、それに直接関係しないものはできるだけシャットアウトしてしまうのだが、今回はあえてその逆をやってみたわけである。執筆内容とは無関係なものを読みつづけてみたら、仕事のはかどりはどうなるのだろうという気まぐれめいた好奇心から出たものである。さしずめ、バックグランド・ミュージックの代わりのバックグランド・ロマンというところか。使用する脳の部位がちがうのだろう、結果は、さまたげになるどころか、むしろ能率が上がった感じがするのである、少なくとも主観的には。おまけに藤沢文学のファンになるという余得もあった。一石二鳥である。ただし、柄谷行人と藤沢周平を結びつけるようなアナロジカル・シンキングは生じなかった。私が気づくことなく、私の頭のなかのどこかで、両者が共存しているのであろう。

最後にこの著作が成るにあたって、編集の労をとっていただいた筑摩書房の北村善洋氏にお礼を申し上げる。氏とは前著『父と子の思想』以来の二度目の共同の仕事だが、著者からの面倒な依頼にも毎回快く応えていただいた。氏の献身的な協力がなかったら、執筆はこれほどスムーズに進むことはなかっただろう。

二〇一五年初春

ライプツィヒにて

著者

参考文献

柄谷行人の著作

『畏怖する人間』講談社文芸文庫　一九九〇年
『意味という病』講談社文芸文庫　一九八九年
『マルクスその可能性の中心』講談社学術文庫　一九九〇年
『批評とポストモダン』福武文庫　一九八九年
『坂口安吾と中上健次』講談社文芸文庫　二〇〇六年
『内省と遡行』講談社学術文庫　一九八八年
『隠喩としての建築』講談社学術文庫　一九八九年
『探究Ⅰ』講談社学術文庫　一九九二年
『探究Ⅱ』講談社学術文庫　一九九四年
『日本近代文学の起源』講談社文芸文庫　一九八八年
『終りなき世界』（岩井克人との対談）太田出版　一九九〇年
『ヒューモアとしての唯物論』講談社学術文庫　一九九九年
『〈戦前〉の思考』講談社学術文庫　二〇〇一年
『倫理21』平凡社　二〇〇〇年
『NAM原理』太田出版　二〇〇〇年
『日本精神分析』講談社学術文庫　二〇〇七年
『世界共和国へ』岩波新書　二〇〇六年
『柄谷行人　政治を語る』（小嵐九八郎によるインタヴュー）図書新聞　二〇〇九年

『トランスクリティーク』岩波現代文庫　二〇一〇年
『世界史の構造』岩波現代文庫　二〇一五年
「原発震災と日本」『大震災のなかで――私たちは何をすべきか』（内橋克人編）岩波新書　二〇一一年
『「世界史の構造」を読む』インスクリプト　二〇一一年
『柄谷行人中上健次全対話』講談社文芸文庫　二〇一一年
「デモは手段ではない」『脱原発とデモ――そして、民主主義』（瀬戸内寂聴他）筑摩書房　二〇一二年
「人がデモをする社会」『世界』二〇一二年九月
『哲学の起源』岩波書店　二〇一二年
『柳田国男論』インスクリプト　二〇一三年
『遊動論』文春新書　二〇一四年
『柄谷行人インタヴューズ1977–2001』講談社文芸文庫　二〇一四年
『柄谷行人インタヴューズ2002–2013』講談社文芸文庫　二〇一四年
『帝国の構造』青土社　二〇一四年
「柄谷国家論を検討する」『現代思想』（佐藤優との対談）二〇一五年一月臨時増刊号
「網野善彦のコミュニズム」『現代思想』二〇一五年二月臨時増刊号
『資料戦後学生運動6』三一書房　一九六九年

柄谷以外の引用参考文献

赤坂憲雄『山の精神史』小学館ライブラリー　一九九六年
赤松啓介『非常民の民俗文化』ちくま学芸文庫　二〇〇六年
浅田彰『構造と力』勁草書房　一九八三年
イ・ヨンスク『「国語」という思想』岩波書店　一九九六年
市川浩『〈中間者〉の哲学』岩波書店　一九九〇年

今村仁司『暴力のオントロギー』勁草書房　一九八二年
今村仁司『排除の構造』ちくま学芸文庫　一九九二年
岩井克人『ヴェニスの商人の資本論』ちくま学芸文庫　一九九二年
上村忠男『超越と横断』未來社　二〇〇二年
宇野弘蔵『経済学方法論』東京大学出版会　一九六二年
宇野弘蔵『資本論の経済学』岩波新書　一九六九年
宇野弘蔵『経済原論』（合本改版）岩波書店　一九七七年
梅棹忠夫『文明の生態史観』中公文庫　一九九八年改版
大江健三郎『河馬に嚙まれる』文春文庫　一九八九年
大室幹雄『正名と狂言』せりか書房　一九七五年
小熊英二『単一民族神話の起源』新曜社　一九九五年
葛西弘隆「丸山真男の「日本」」（酒井直樹他編『ナショナリティの脱構築』）柏書房　一九九六年
木村敏『自覚の精神病理』紀伊國屋新書　一九七〇年
木村敏『あいだ』ちくま学芸文庫　二〇〇五年
九鬼周造『偶然性の問題』（『九鬼周造全集』第二巻）岩波書店　一九八〇年
熊野純彦『マルクス　資本論の思考』せりか書房　二〇一三年
合田正人『吉本隆明と柄谷行人』ＰＨＰ新書　二〇一一年
小林敏明『西田幾多郎——他性の文体』太田出版　一九九七年
小林敏明『父と子の思想——日本の近代を読み解く』ちくま新書　二〇〇九年
小林敏明『西田幾多郎の憂鬱』岩波現代文庫　二〇一一年
小林敏明『フロイト講義〈死の欲動〉を読む』せりか書房　二〇一二年
小林敏明『西田哲学を開く』岩波現代文庫　二〇一三年

坂口安吾『教祖の文学・不良少年とキリスト』講談社文芸文庫　一九九六年
坂部恵『理性の不安』勁草書房　一九七六年
島弘之『〈感想〉というジャンル』筑摩書房　一九八九年
絓秀実『吉本隆明の時代』作品社　二〇〇八年
関井光男編『国文学解釈と鑑賞別冊　柄谷行人』至文堂　一九九五年
高澤秀次「「風景の発見」再考」『新潮』二〇一四年五月号
高橋和巳『わが解体』高橋和巳コレクション10　河出文庫　一九九七年
高橋敏夫「『他者』としての状況」関井光男編『国文学解釈と鑑賞別冊　柄谷行人』至文堂　一九九五年
永井均『〈私〉のメタフィジックス』勁草書房　一九八六年
中上健次「物語の系譜」（『中上健次全集』第15巻）集英社　一九九六年
永田洋子『十六の墓標』（上・下）彩流社　一九八二年
夏目漱石『こころ』岩波文庫　一九八九年改版
夏目漱石『行人』岩波文庫　一九九〇年改版
夏目漱石『坑夫』岩波文庫　二〇一四年改版
平田清明『市民社会と社会主義』岩波書店　一九六九年
平田清明編『経済原論』青林書院新社　一九八三年
廣松渉『世界の共同主観的存在構造』（『廣松渉著作集』第一巻）岩波書店　一九九六年
廣松渉『存在と意味』第二巻（『廣松渉著作集』第十六巻）岩波書店　一九九七年
廣松渉『資本論の哲学』（『廣松渉著作集』第十二巻）岩波書店　一九九六年
廣松渉『資本論を──物象化論を視軸にして──読む』（『廣松渉著作集』第十二巻）岩波書店　一九九六年
廣松渉『生態史観と唯物史観』（『廣松渉著作集』第十一巻）岩波書店　一九九七年
廣松渉『今こそマルクスを読み返す』講談社現代新書　一九九〇年
廣松渉『哲学者廣松渉の告白的回想録』（小林敏明編）河出書房新社　二〇〇六年

丸山圭三郎『ソシュールの思想』岩波書店　一九八一年
丸山眞男『日本の思想』（『丸山眞男集』七）岩波書店　一九九六年
丸山眞男「個人析出のさまざまなパターン」（『丸山眞男集』九）岩波書店　一九九六年
丸山眞男『歴史意識の「古層」』（『丸山眞男集』十）岩波書店　一九九六年
村井紀『南島イデオロギーの発生』福武書店　一九九二年
柳田国男『「小さきもの」の思想』（柄谷行人編）文春学藝ライブラリー　二〇一四年
山路愛山『現代日本教会史論』（『現代日本文學大系』６）筑摩書房　一九六九年
吉本隆明『共同幻想論』角川文庫　一九八二年
吉本隆明『マチウ書試論・転向論』講談社文芸文庫　一九九〇年
吉本隆明『柳田国男論・丸山真男論』ちくま学芸文庫　二〇〇一年
吉本隆明『カール・マルクス』光文社文庫　二〇〇六年
B・アンダーソン『想像の共同体』（白石隆・白石さや訳）リブロポート　一九八七年
M・アンリ『精神分析の系譜』（山形頼洋他訳）法政大学出版局　一九九三年
K・ウィットフォーゲル『オリエンタル・デスポティズム』（湯浅赳男訳）新評論　一九九一年
I・ウォーラーステイン『入門・世界システム分析』（山下範久訳）藤原書店　二〇一一年
I・カント『永遠平和のために』（宇都宮芳明訳）岩波文庫　一九八五年
I・カント「視霊者の夢」（植村恒一郎訳）（『カント全集』第3巻）岩波書店　二〇〇一年
I・カント『純粋理性批判』（熊野純彦訳）作品社　二〇一二年
S・クリプキ『名指しと必然性』（八木沢敬・野家啓一訳）産業図書　一九八五年
E・ゲルナー『民族とナショナリズム』（加藤節監訳）岩波書店　二〇〇〇年
S・ジジェク「視差的視点」（遠藤克彦訳）『思想』岩波書店　二〇〇四年八月号
S・ジジェク『パララックス・ヴュー』（山本耕一訳）作品社　二〇一〇年
R・ジラール『暴力と聖なるもの』（古田幸男訳）法政大学出版局　一九八二年

J・デリダ『声と現象』(高橋允昭訳) 理想社 一九七〇年
H・テレンバッハ『メランコリー』(木村敏訳) みすず書房 一九七八年
G・ドゥルーズ『ニーチェ』(湯浅博雄訳) ちくま学芸文庫 一九九八年
F・ニーチェ『道徳の系譜』(木場深定訳) 岩波文庫 一九六四年改版
A・ネグリ/M・ハート『帝国』(水嶋一憲他訳) 以文社 二〇〇三年
M・フーコー『監獄の誕生』(田村俶訳) 新潮社 一九七七年
M・フーコー『性の歴史I 知への意志』(渡辺守章訳) 新潮社 一九八六年
E・フッサール『幾何学の起源』(田島節夫・矢島忠夫・鈴木修一訳) 青土社 一九七六年
W・ブランケンブルク『自明性の喪失』(木村敏他共訳) みすず書房 一九七八年
S・フロイト「悲哀とメランコリー」(井村恒郎・小此木啓吾他訳『フロイト著作集』6) 人文書院 一九七〇年
S・フロイト「トーテムとタブー」(高橋義孝他訳『フロイト著作集』3) 人文書院 一九六九年
S・フロイト「人間モーセと一神教」(高橋義孝・生松敬三他訳『フロイト著作集』11) 人文書院 一九八四年
D・ホフスタッター『ゲーデル, エッシャー, バッハ』(野崎昭弘・はやし はじめ・柳瀬尚紀訳) 白揚社 一九八五年
K・ポランニー『経済の文明史』(玉野井芳郎・平野健一郎編訳) ちくま学芸文庫 二〇〇三年
K・マルクス『資本論』(向坂逸郎訳) 岩波文庫 一九六九—一九七〇年
K・マルクス『経済学批判』(武田隆夫他訳) 岩波文庫 一九五六年
K・マルクス『資本制生産に先行する諸形態』(岡崎次郎訳) 青木文庫 一九五九年
K・マルクス『ルイ・ボナパルトのブリュメール18日 [初版]』(植村邦彦訳・柄谷行人付論「表象と反復」) 平凡社ライブラリー 二〇〇八年
K・マルクス/F・エンゲルス『新編輯版ドイツ・イデオロギー』(廣松渉編訳/小林昌人補訳) 岩波文庫 二〇〇二年
B・レーニン『帝国主義論』(角田安正訳) 光文社古典新訳文庫 二〇〇六年
E・レヴィナス『実存から実存者へ』(西谷修訳) ちくま学芸文庫 二〇〇五年

小林敏明 こばやし・としあき

一九四八年、岐阜県生まれ。一九九六年、ベルリン自由大学学位取得。ライプツィヒ大学教授資格取得を経て、ライプツィヒ大学東アジア研究所教授。専攻は、哲学、精神病理学。著書に『精神病理からみる現代思想』（講談社現代新書）、『西田幾多郎――他性の文体』（太田出版）、『西田幾多郎の憂鬱』『西田哲学を開く』（ともに岩波現代文庫）、『廣松渉――近代の超克』（講談社）、『憂鬱な国／憂鬱な暴力――精神分析的日本イデオロギー論』（以文社）、『父と子の思想――日本の近代を読み解く』（ちくま新書）、『〈主体〉のゆくえ――日本近代思想史への一視角』（講談社選書メチエ）、『フロイト講義〈死の欲動〉を読む』（せりか書房）、『風景の無意識――C・D・フリードリッヒ論』（作品社）など。

筑摩選書 0111

柄谷行人論《からたにこうじんろん》 〈他者《たしゃ》〉のゆくえ

二〇一五年四月一五日　初版第一刷発行

著者　小林敏明《こばやしとしあき》

発行者　熊沢敏之

発行所　株式会社筑摩書房

東京都台東区蔵前二-五-三　郵便番号　一一一-八七五五

振替　〇〇一六〇-八-四一二三

装幀者　神田昇和

印刷 製本　中央精版印刷株式会社

筑摩書房サービスセンター

さいたま市北区櫛引町二-六〇四　〒三三一-八五〇七　電話　〇四八-六五一-〇〇五三

 ISBN978-4-480-01617-1 C0395

筑摩選書 0070

社会心理学講義
〈閉ざされた社会〉と〈開かれた社会〉

小坂井敏晶

社会心理学とはどのような学問なのか。本書では、社会を支える「同一性と変化」の原理を軸にこの学の発想と意義を伝える。人間理解への示唆に満ちた渾身の講義。

筑摩選書 0072

愛国・革命・民主
日本史から世界を考える

三谷 博

近代世界に類を見ない大革命、明治維新はどうして可能だったのか。その歴史的経験から、時空を超える普遍的英知を探り、それを補助線に世界の「いま」を理解する。

筑摩選書 0098

日本の思想とは何か
現存の倫理学

佐藤正英

日本に伝承されてきた言葉に根差した理知により、今・ここに現存している己れのよりよい究極の生のための地平を拓く。該博な知に裏打ちされた、著者渾身の論考。

筑摩選書 0104

映画とは何か
フランス映画思想史

三浦哲哉

映画を見て感動するわれわれのまなざしとは何なのか。本書はフランス映画における〈自動性の美学〉にその答えを求める。映画の力を再発見させる画期的思想史。

筑摩選書 0106

現象学という思考
〈自明なもの〉の知へ

田口茂

日常における〈自明なもの〉を精査し、我々の経験の構造を浮き彫りにする営為——現象学。その尽きせぬ魅力と射程を粘り強い思考とともに伝える新しい入門書。

筑摩選書 0109

法哲学講義

森村進

法哲学とは、法と法学の諸問題を根本的・原理的レベルから考察する学問である。多領域と交錯するこの学を、第一人者が法概念論を中心に解説。全法学徒必読の書。